殺人

ジョン・ディクスン・カー

オーギュスタン蠟人形館に入る姿を目撃されたのを最後に行方不明となった元閣僚の娘オデットは，翌日，セーヌ河に死体となって浮かんでいた。予審判事バンコランが老館主を尋問すると，彼は最近，館内で女殺人鬼の人形が動き回るのを見たと言いだす。蠟人形館へ赴き現場を確認しに地下の恐怖回廊へ向かった一行を出迎えたのは，セーヌ河に巣くう半人半獣の怪物サテュロスの像に抱えられた女の死体だった。優雅な装いの下にメフィストフェレスの冷徹さと鋭い知性を秘めたバンコランの名推理。新訳・初文庫版。

登場人物

オデット・デュシェーヌ……元閣僚の令嬢
ベアトリス・デュシェーヌ……オデットの母
クローディーヌ・マルテル……オデットの友人。名家の娘
マルテル大佐……クローディーヌの父。伯爵家の主
マルテル夫人……その妻
ジーナ・プレヴォー……オデットの友人。新人歌手
ロベール・ショーモン大尉……オデットの婚約者
ポール・ロビケー……外交官。オデットの幼馴染
オーギュスタン……蠟人形館の館主
マリー・オーギュスタン……その娘。蠟人形館の窓口係
エティエンヌ・ギャラン……暗黒街の大物
アンリ・バンコラン……パリの予審判事
ジェフ・マール……バンコランの友人。本書の語り手
デュラン……パリ警視庁の警部

蠟人形館の殺人

ジョン・ディクスン・カー
和爾桃子訳

創元推理文庫

THE CORPSE IN THE WAXWORKS

(THE WAXWORKS MURDER)

by

John Dickson Carr

1932

目次

蠟人形館の殺人

「君臣ともに、グロテスクな異形じみてはいた。どぎついほどの光彩を放ち、肌が痛くなるほどの刺激や幻をまとい……ちぐはぐな手足や道具立てに思い思いの趣向を凝らした者たち。狂人特有の錯乱じみた磁力をそなえ、しどけない美しさや奇怪な持ち味をふんだんにふりまき、そこはかとない凄みを漂わせ、見ようによっては怖気をふるう点もわずかにある。そんな者たちが、夢から抜け出した群像のごとくに七つの広間をそぞろ歩いていた」

——エドガー・アラン・ポオ『赤死病の仮面』

「それに、われわれときたらジュール同様に、度し難いロマン主義を奉じて人生をまかり通ってきた。そんな私たちだからこそ、初の舞踏会をオペラ座にしたことで、往時のロマン主義再現をあえて試みることになるだろう……中身は変わりばえしなくても。ビュッフェテーブルでクリスタルの酒杯に注いだところで、陽光を溶かしたようなシャンパンにゆらめき立つ泡に変わりはない。黒い仮面とつばの広い帽子に隠れていても、危うさをたたえた明眸が冴え冴えしているのと同じことだ」

——ジョージ・スローコーム

1　幽霊は茶色い帽子をかぶる

バンコランが燕尾服《えんびふく》を着ずにあらわれた。ならば、今のところ目をつけられたやつはいないのだ、と世間は見る。

なぜかというと、モンマルトルからド・ラ・シャペル界隈《かいわい》には、この人狩り稼業のダンディ、パリ警察の顔たる予審判事にまつわる伝説が鳴りひびいているのだ。いったいにパリっ子というのはとかく風采を重んじ、たとえおっかない警察であろうと、絵になる男は下にも置かない。おかげでバンコランの行きつけはあちこちにあり、俗に〝ボット・ド・ニュイ〟と呼ぶダンスフロアつきナイトクラブを夜通しはしごして回るのが常だ。フォンテーヌ街口の瀟洒《しょうしゃ》な店に始まり、いささか怪しげな店が密集するサン＝マルタン門界隈、はてはまともな人なら二の足を踏むサン＝タントワーヌ街左側の路地裏にひそむ場末の吹きだまりにまで出没し、紫煙こもる店内で嘆き節のタンゴを肴《さかな》にビールを飲《や》っていたりする。本人曰く、へたな場所よりよほど落ち着けるのだそうだ。色つき燈の薄暗がりでビール片手にテーブル席におさまり、大音量のジヤズに耳を傾けながら――よしなしごとを思い巡らすのがいいんだよ、と言う。メフィストフエレスもかくやの山なり眉の裏にどんな思念をひそめているかはさておき、にぎにぎしいジャズ楽団より目立ってしまう人にそんなセリフを吐かれても、素直にはいそうですか、とはいかない。が、当人は涼しい顔で受け流し、夜っぴて葉巻をくゆらしてひとを煙に巻くばかりだ。

ところでさきに述べた伝説だが、バンコランが普段のスーツならば、非番にふらりと寄っただけの話だ。その恰好を見てとるや、いかがわしいカフェの亭主どもはいそいそと小腰をかがめ、店のおごりですなどとシャンパンをボトルで出しかねない。ところがタキシード姿となると、何やら追ってはいるが当面は泳がせているしるしだ。したがって店のおやじは内心びくつきながらもしかるべき席に案内し、手っ取り早く片づくグラス売りのコニャックなどをあてがっておく。だが、おなじみの燕尾服にシルクハットと銀の握りのステッキなどを合わせ、笑みが心なしか少なめ、左腋の下がほんのりふくらんでいようものなら――よろしいかな、ひと騒動ありますぞという知らせであり、店内の一同がその含みを十全に察知する。おやじは飲み物を出そうともせず、楽団はちょいちょい演奏をしくじり、給仕《ギャルソン》どもの手もとがお留守になって受け皿が一枚か二枚割れる。気のきいた客ならば、なじみの女同伴で折悪しく来合わせたとしても、切ったはったの騒ぎになる前に連れをせきたててとっとと退散するほどだ。

面妖なことに、実際、その伝説の通りなのだ。なにしろ、職務遂行のたびにそんな手順を踏んでいては、あたら予審判事のお株を下げるぞ、とこの私に苦言を呈されるほどだ。厳密には、盛り場の巡回など予審判事の重要職務でもなんでもないのだから、警部どもにやらせたって文障はないのだが、当の本人が何よりの楽しみにしている以上、はたがとやかく言っても仕方ない。いつの日か、どこぞの路地のガス灯の下で出合い頭《がしら》に刃物か凶弾を食らい、抜きかけの仕込み杖を手に、オパールの飾りボタンを泥だらけにして斃《たお》れるまで、夜歩きをやめる気など毛頭なさそうだ。

ここ最近になって、私がそんな夜のお供をすることもままあった。もっとも燕尾服着用に及んだのは一度だけだったが。その夜は手錠をかけるまでが大変で、おろしたてのシルクハットに風穴をふたつも開けられて悪態をつき散らし、そのさまをバンコランに笑われながらも、いっかな静まろうともしないその紳士をふたりがかりでなんとか取り押さえて憲兵に突き出した。その件が頭にあったものだから、本件の幕開けとなった十月某日の夜、バンコランに電話で夜歩きをもちかけられた時には、わが故国の人ならば複雑な心境とでも呼ぶものが胸中にきざしたのだった。それでも一応、「正装かい、それとも平服で?」と伺いをたてたら、ふだんの服装でいいというのでひとまず胸をなでおろした。

そんな次第で肩を並べて大通りの紅灯をなぞり歩き、見るからにうさんくさい野郎ども御用達の猥雑なサン＝マルタン門界隈へと向かった。真夜中を回ってさる地下ナイトクラブへ入ってみれば、店内は酔漢だらけだ。フランス人は飲んでも飲まれないという俗説を、諸国わけてもわが米国では頑迷に信奉してやまないが、片隅に席を取ったわれわれはその笑止な妄説をあげつらいながら、店内の喧騒をついて声高にブランデーを頼んだ。

天井の電動ファンがもうもうたる紫煙を散らしてフル稼働中とはいえ、暑さは衰えない。舞台の闇に一条の青いスポットが乱舞し、入り乱れる踊り子の列のあちこちに光をあてていた。そのたびに満艦飾の厚化粧が凄みを帯びて浮きあがり、また闇へとしりぞいて黒い集団に埋もれる。金管の長音と踊り子の足拍子に合わせてゆるくタンゴが流れ――アコーディオンの蛇腹《じゃばら》がひときわ哀切に区切りをつけ、かそけき金管が引っぱる。そこへホルンがまたひとしきりにぎやかにはやしたて、踊り子たちも元気百倍、景気よく脚を上下させては小声の合図で一同あざやかに向きを変える。そのたびに青いスポットが四方の壁に影法師をめまぐるしく投写した。ダンス曲は数あれど、ひときわ野性の激情をかりたてるタンゴに囚われた男どもが、どこぞでひっかけてきた売り子の連れとともに目を閉じて全身で浸っている。私はもっぱら客席に目をやり、青から緑に転じたスポットが黒い人波からつぎつぎに抜きだす顔を見ていた。一様にはりつめ、ふいと浮かんでは消えゆく顔、顔、顔。なかには酔顔もあるが、いずれも判で押したように悪夢じみた凄愴《せいそう》を帯びている。むせび泣くアコーディオンが息をつくたび、にぎにぎしい旋律の間隙を縫って電動ファンのモーター音が響く。悪意を帯びて、ひそやかに。

「で、どうしてわざわざここへ?」と尋ねた折も折、給仕がこれ見よがしに受け皿を小気味よく鳴らし、テーブル越しに注文の品を並べていった。

バンコランが目を上げずに答えた。「顔を上げるんじゃないぞ。だがね、ここからテーブルふたつ隔てた隅の男に気をつけていてくれたまえ。ことさら私を無視しているやつだよ」

とっさに目をやる。と、なにぶん暗くて気づかなかったが、じきにバンコランが言った男に緑のスポットの端がかかった。女どもを侍《はべ》らせ、両手に花で笑い興じている。不気味な閃光があたった刹那、てかてかの黒髪、頑丈なあご、つぶれてひん曲がった鼻、光を見すえる目つきの悪さまで見てとれた。こんなありふれた店の客筋ではない。が、その理由を的確に言い表すのは難しい。ライトの光に目をぎらりと光らせ顔をそむけるのを見ていると、名状しがたいもやもやが胸にわだかまる。まるで、なんの気なしに光を隅へあてたら、蜘蛛《くも》が飛びあがって逃げていったのを見てしまった感じだ。一度見たら忘れられる顔ではない。

「やつが目当てか?」私は訊いた。

バンコランがかぶりを振る。「いや、今日は違う。ここで会う約束をした人がいてね……。あ、あれだ! そら、来るぞ。グラスを干したまえ」

指し示す方角から、はた目にも浮き足だってテーブルを縫ってくる者がいた。頭でっかちの小男で、うらぶれた感じの白髯《はくぜん》をなびかせている。緑のライトをまともに食らって目をつぶったはずみに、付近のテーブル席のひとりに足をひっかけてしまい、おろおろと目でバンコランを探した。バンコランにうながされてともに腰を上げると、小男もわれわれのあとについて店裏へ向かった。去りがてら、あの曲がり鼻に名残の一瞥をくれる。と、やつは片方の女の頭をかき抱いておざなりに髪をくしゃくしゃやりながら、目だけはまばたきもせずにこちらの行方を見定めていた……。

そこから天井の低い漆喰《しっくい》塗りの通路に出た。楽団のひな壇のすぐ脇、鼓膜が破れそうな場所に通用口があった。頭上には裸電球がぼんやりとともっている。小男はわれわれと向かい合って立ち、こころもち顔をそむけるようにして背をかがめ、小心らしく目をしばたたいた。目の縁を赤くし、淡い青の瞳は脈拍にあわせて薄気味悪い収縮を繰り返しているようにみえる。骨ばった顔はぼさぼさの口ひげと白い頬ひげばかりがわがもの顔にのさばり、頬骨はてかっているのに、禿頭はいちめんに粉をふいている。両耳のすぐ後ろに白髪の房がちょんちょんとはねていた。ようかん色に焼けたぶかぶかの一張羅《いっちょうら》で、いかにも不安のおももちだ。

「ムッシュウのお呼び出しに心当たりはないんですが」と、甲高い声を震わせる。「それでもとにかく参りましたよ。本日はもう閉館しましてね」

「こちらはね、ジェフ」バンコランが述べる。「ムッシュウ・オーギュスタンだ。パリ最古の蠟人形館をやっておられる」

「そら、オーギュスタン蠟人形館ですよ」小男が説明しながら、まるでカメラの前に立つようにポーズをとり、背筋をのばして小首をかしげた。「展示した蠟人形はすべてあたしの自作です。えっ！　オーギュスタンですよ、お聞きになったことがない？」

いかにも頼りない顔をするのでついつい うなずいてしまったが、実は聞いたこともない。グレヴァン蠟人形館なら知っているが、オーギュスタンなど初耳だ。

「人の入りも、昔のようじゃなくてねえ」オーギュスタンがかぶりを振る。「あたしゃ、目抜き通りに越す気なんざ毛頭ないし、派手に電球つけて酒を出すのもまっぴらなんでね。へん！」手にした帽子を腹立ちまぎれにひねりあげる。「どいつもこいつも何考えてやがんだか、遊園地じゃあるまいし。こちとら、れっきとした博物館のお仲間なんだ。芸術の場ですよ。だからこそ、あたしも死んだおやじの志を継いでこの道ひとすじに邁進してきたんだ。おやじの仕事といったらそりゃあもう、お歴々からこぞってお褒めの言葉をいただきましてねえ――」

居直りと哀訴をないまぜにかきくどき、真情こめてまたも帽子をもみしぼる。バンコランが制して先へ行かせ、行き止まりのドアを開けた。

出たところはごてごてした一室だった。中ほどにテーブル、窓はすべて古びた赤いカーテンにたっぷりひだを寄せて外からの目をさえぎっている。どうみても密会部屋だ。テーブルにいた若者が飛び立つように腰を上げた。けちな肉欲と安香水ふんぷんのありがちな悪所、ほこりまみれの桃色のシェードが照らしだす道具立てにしっくりする図といったら、はてしのない密会ぐらいだ。だが、息が詰まるほどの紫煙をたてていたその若者はおよそ場違いのたたずまいだった。よく日焼けしてひきしまり、刈り上げた黒髪に遠目のききそうな目つき、てきぱきと軍人らしい身のこなし。どうやら、よんどころなく待つ間は行き場のない不安にさいなまれ通しだったらしいが、ようやく具体的な相手を前にして、油断なく目を細めながらも手足の緊張を解いたとみえる。

「いや、申し訳ない」バンコランが声をかける。「こんな場所を指定しまして。ですが、ここなら他の耳目《じもく》がありませんのでね……。ご紹介しましょう、ショーモン大尉。こちらはマール君――私を手伝ってくれています――こちらがムッシュウ・オーギュスタンです」

若者は頭を下げたが、にこりともしない。どうやら軍服でないと落ち着かないらしく、上着の脇へさかんに手を上下させながらオーギュスタンを検分し、むっつりうなずいた。「じゃ、この男ですね?」

「ぜんたい、なんのことでしょうか」オーギュスタンが口ひげをさかだて、切り口上で気色《けしき》ばむ。「ただいまのお口ぶりだと、まるであたしが何かしでかしたみたいじゃありませんか。ここはどうでも、ひとつ合点《がてん》のいくように説明してもらいますぞ」

「まあ、おかけになって」バンコランのとりなしで各自ひとまず腰をおろし、桃色のシェードの下でテーブルを囲んだ。が、ショーモン大尉は相変わらずつっ立って、剣はどこだといわんばかりに上着の左脇を手探りしている。

「さてと、それで」バンコランが続けて述べる。「ほんの少々お尋ねしたいことがあるんですが。かまいませんかな、ムッシュウ・オーギュスタン?」

「ああ、かまいませんよ」もったいつけて応じる。

「蠟人形館の持ち主になられてお長いんでしょう?」

「四十二年ですよ。それでも、これが初めてです」オーギュスタンが充血した目をショーモンにさまよわせ、しだいに声を震わせる。「け、警察に疑いをかけられたなんてためしは、これまで――」

「ですが、客の入りははかばかしくない?」

「わけはさっき申し上げた通りで。別にいいんですよ、来ても来なくても。あたしゃ芸術家かたぎなんですから」

「おたくの従業員はつごう何人です?」

「従業員ですって?」ふと現実に引き戻され、オーギュスタンはきょとんとした。「そりゃ、うちの娘だけですよ。あれに切符を売らせ、お帰りの際にあたしが回収します。ほかはなんでも自分でこなしてますよ」

バンコランは優しげといっていいほど鷹揚に構えていたが、もうひとりはまっこうからオーギュスタンをにらみすえた。無言の憎悪、深い傷手《いたで》や絶望が目にのぞいているようだ。ショーモンが腰をおろした。

「あれは、お尋ねにならない……?」そう口にしながら、すさまじい力で両手を握り合わせて自らをおさえる。

「いや」バンコランがそう答えてポケットから写真を出した。「ムッシュウ・オーギュスタン、このお嬢さんに見覚えはおありかな?」

かがみこんでよく見ると、面白みはなさそうだが人目をひく美人だった。十九か二十ぐらいのうら若い娘で、快活な濃い色の目にぽってりした唇、意志の弱そうなあご。写真片隅の印字はパリの最先端をいく有名写真家の名だ。してみると、これはそんじょそこらの小娘ではあるまい。ショーモンはその白黒写真の柔らかな陰翳《いんえい》に見入っている。見ているだけで目が痛むといわんばかりの顔をして。手をのばすと、ひとしきり見たオーギュスタンから写真を取りあげて卓上に伏せ、照明をまともに浴びるように身を乗り出した。灼熱の日ざしや砂嵐をいくつもくぐってきた顔は無表情ながら、両の眼球の奥からゆらめき立つ瞋恚《しんい》の炎《ほむら》がある。

「どうか、ようくお考えいただきたい。この人は私の婚約者なのでね」

「存じませんよ」オーギュスタンは思い切り目をすがめた。「あんたさん――まさか、あたしが知ってるとでも……」

「これまでに見かけた覚えはない？」バンコランが尋ねた。

「どういうつもりですか、ムッシュウ？」オーギュスタンが詰め寄る。「みんなしてそんな目で、さも、さもあたしが——どういう魂胆ですかい？　あの写真の顔の話ですね。ええ、見覚えならありますよ。絶対どっかで見かけてるんだ、いっぺんでも見た顔は絶対に忘れませんから。うちの蠟人形館に来た人の顔はいつも穴があくほどよく見てますからね。そうやって」——と、骨ばった両手を広げてみせる。「人間の表情をとらえるんですよ——翳《かげ》り具合やら——生きた人のをね——蠟人形の参考にするんです。わかりましたか？」

と、蠟をこねる手まねをしながら、必死で一座の顔を見ていく。「でも、もう何が何やら！　何のために呼び出されたんです？　あたしが何をしたって？　誰にも何にもしちゃいませんよ。他人《よそ》のことまで知るもんかい」

「この写真の娘さんはね」バンコランが述べた。「オデット・デュシェーヌ嬢といって、元閣僚のご令嬢だったんですよ。亡くなってしまいましてね。オーギュスタン蠟人形館に入るところを目撃されていますが、それが生きている最後の姿で、あとは二度と出てこなかった」

しばらく沈黙が続くなか、オーギュスタン老人はわななく手で骨ばった顔をなで、両目をぎゅっとおさえた。そして哀れっぽい声で、

「ムッシュウ、あたしゃ生まれてこのかたずっと堅気で通してきたんです。そのあたしにいったい何をおっしゃりたいんですか、見当もつきませんよ」

「殺されたんですよ」バンコランが答える。「死体がセーヌに浮いたのは、今日の午後です」ショーモンが部屋の向こうをにらんで補足する。「あざがあった。殴られたんです。ですが――死因は刺殺でした」

銃剣をつきつけられ、石の壁ぎわにじりじり追いつめられたらこうもあろうかという目で、オーギュスタンはふたりの冷静な顔を見つめた。

「まさか、そんな」ようやくぼそぼそと、「あたしが、その――?」

「かりにそう思っていたら」ふっとショーモンが笑った。「この手でしめ殺してますよ。事実関係を知りたくてお呼びしたんです。ただし、このての話はなにも今度が初めてじゃないそうですな。ムッシュウ・バンコランに伺った話では、六ヵ月前にも別の娘がオーギュスタン蠟人形館に入ってゆき、そして――」

「そんなの、警察からはなんのお尋ねもありませんでしたよ!」

「そうなんですよ」バンコランだ。「その娘が立ち寄ったと判明した場所が、ほかにもいろいろあったのでね。だからあなたは外れたんです、ムッシュウ。しかも、その女はそれきり二度と見つからなかった。もしかすると、自分から雲隠れしたという線もないわけじゃない。そんな事件にはよくある話です」

オーギュスタンは震えあがりながらも自らを励まし、バンコランとまともに目を合わせた。

「じゃあ、どういうわけで」と、問う――「なんで今回はそこまで言い切れるんですか、うちの蠟人形館にそのお嬢さんが入って、二度と出てこなかったと?」

「それは私がお答えしよう」ショーモンが口を開く。「オデット・デュシェーヌ嬢とは言い交わした仲でした。現在の私は自宅待機の休暇中です。彼女とは一年前に婚約して以来、ずっと会っていませんでした。その間に、ずいぶんいろいろ変わってしまって」

そこで言いよどむ。

「以下はあなたの知ったことではないが、一応の話だけ。昨日はデュシェーヌ嬢とご友人マルテル嬢の三人でパヴィヨン・ドーフィーヌ（貴族向けの公園として設けられたブーローニュの森に面する十六区の高級社交場）に出かけ、五時のお茶を飲む約束でした。ですが、彼女のふるまいが――どうも変で。四時ちょうどに電話があり、まともな理由も言わずにどうしても伺えないわとくる。それでマルテル嬢に電話してみたら、同じような電話がすでにあったという。これはおかしいぞと感づいて、すぐさまデュシェーヌ嬢のお宅へ向かいました。

すると、入れ違いに彼女がタクシーで出ていくのが見えました。それで別のタクシーを拾い――あとをつけたのです」

「あとをつけたんですか、あなたが……？」

ショーモンは身をこわばらせ、頬骨の形がわかるほどに緊張した。「その行為を釈明するような理由は思いつきませんな。とはいえ、婚約者の権利というのもあるので……。女ひとりで、あんな界隈に出向くのを見て、不審はさらにつのりました。昼日中であろうとなかろうと、若い娘にふさわしい場所じゃない。彼女はオーギュスタン蠟人形館の前でタクシーを降りました。でも、蠟人形に興味があるなんて聞いたこともないし、やはり腑《ふ》に落ちない。あとについて入ろうかどうしようかと自問を重ねたあげく、見送りました。私にも自尊心というものがあるのでね」

　いかなる状況でも、堪忍袋の緒を切らさずにいられる男。フランス古来の美風にのっとり、武技と品性を兼備した軍人たれ、と厳格に育てられた人物というわけだ。まったく感情の読めない目でひとりひとりの顔を見渡し、よけいな口出しを封じる。

「おもての表示には五時閉館とありました。ならば、あと三十分だ。そのまま待ちました。だが閉館しても出てこないので、てっきり別の出口から引きあげたかと。おかげで、その――腹が立った――ずっと往来で立ち通しの――あげくに空振りなんて」オーギュスタンのほうへ顔をつきだして、相変わらず険悪な目で、「それなのに今日になって、まだ帰っていないとわかったんですよ。さっそく出向いて調べてみたら、あの蠟人形館には正面出入口しかない。違いますか?」

　オーギュスタンがじりっと椅子ごと後ずさった。

「ありますよ、ちゃんと!」と抗弁する。「出入口なら、もうひとつあります」

「が、そっちは客用じゃない」バンコランが割って入った。

「ああ……まあ、そりゃそうですよ!　そっちは裏通りへ出るんです。人形の背後の壁へ通じていて、そこで照明を調節するわけですよ。ですから内輪だけのものです。ですが、ムッシュウ――!」

「それに、常時施錠してある」バンコランがぼそりと口に出した。

老人は前後の見境なくわめきそうになり、両手をひろげた。「それで？　あたしにどうしろとおっしゃるんで？　なんとか言ってくださいよ！　人殺しの罪でしょっぴこうってんですか？」

「いやいや」と、バンコラン。「まずは、おたくの蠟人形館をちょっと見せていただきましょうか。それと重ねてお尋ねしたい、あのお嬢さんを見たことがあるかどうかを」

オーギュスタンは震えながらも立ちあがると、しなびた両手をテーブルについてバンコランに顔をつきだした。奇妙な、恐ろしい幻でも見るかのように、瞳孔が開いたり閉じたりしている。

「そいじゃ、お答えしますよ。ええ、見ました。見ましたとも！　ここんとこ、あの蠟人形館じゃいろいろあってね、なんでそうなるか見当もつかない。われながら正気のほどを危ぶんでたぐらいですよ」と、突きかかろうとする山羊よろしく頭をふりたてる。

「まあ、おかけなさい」バンコランがやんわりうながす。「腰をおろして、その話をしてごらんなさい」

テーブル越しにショーモンが手を出し、そっと老人を席へ押し戻した。老人のほうは席について、しばらくさかんにうんうんとひとり合点しながら、ひげに隠れた上唇を指でこつこつやっていた。「さてねえ、旦那がたに話がちゃんと伝わるかどうか」やっと話しだしたその声は、熱を帯びて甲高い。これまでずっと誰かにしゃべってしまいたかったものとみえる。「だけど、それこそが蠟人形の目的、蠟人形の作りだす世界、蠟人形の心ってもんなんだ。死の気配をかもしだす、これが肝腎かなめですよ。音もなく動きもない。夢の中のように岩窟で昼の光を締めだし、こだまばかりが響く中でものうい緑の光に包まれて、深い海底さながらの場に身を置く。わかります？　恐怖の、さもなきゃ荘厳な身ぶりをしながら、ものみなすべて死にたえてる。うちの岩窟におさまってんのは、過去の歴史をひきうつした事実そのままの場面ばっかりだ。マラーは浴槽で刺し殺され、ルイ十六世はギロチンに首をのべて横たわり、ナポレオンはセント・ヘレナ島の茶色い小部屋で青ざめて御臨終。外では嵐が吹きすさび、付き添いの召使は椅子でこっくりこっくり船を漕いでる……」

そこまでひとりごとのようにつぶやくと、老人はバンコランの袖をとらえた。

「でね——わかりますかい？——この薄闇のなか、黙して動かぬその場のあるじたち、こいつがあたしの領分なんです。思うんですがね、死ってのはまさしくこんなふうでしょう。だってさ、死は人間を臨終《いまわ》の姿にずっととどめておけるでしょ。でも、埒《らち》もない想像をするといってもそんな程度でね、人形が実際に生きてるなんてこた思いもよりません。夜に自作の人形を見て回り、手すりを越えて中に入り、人形のまんなかに立つなんてこともしょっちゅうです。そんなときにナポレオンの死に顔なんぞに見入ってますとね、自分がほんとに臨終の部屋に立ち会ってるんじゃないかって気がしてきますよ。思い込みが過ぎて、夜の闇にゆらめく灯影やら、風の音、息を引き取るまぎわにごろごろいう喘鳴《ぜんめい》なんぞが、もうまざまざと身に迫ってきましてねえ……」

「世迷言だ、ばかばかしい！」ショーモンが一喝する。

「いや……いいから話をさせてくださいよ！」はるか遠くからのようにとらえどころのない声で、オーギュスタンが哀れっぽく言いつのる。「あのねえ、旦那がた。そんなことの後じゃあ、こっちも精気を吸い取られちまってねえ。目を洗って身震いするのがおちですよ。ですがね、うちの人形が本当に生きてるなんて、本気にしたことなんざ一度もありませんでしたよ。かりに、一体でも動きだそうもんなら」――と、震え声をひときわ張り上げ――「あたしの目の前で動きだそうもんなら、まっさきに疑うのはおのが正気のほどですよ」

その一事にひたすら恐れおののいているというわけだ。ショーモンがまたしてもしびれを切らしてさえぎろうとし、バンコランに止められた。こちらはひげをたくわえたあごを片手で支え、半眼でオーギュスタンを興味深げに見つめている。

「あんただってお笑いになるでしょ」と、老人がいきなり話しだす。「蠟人形館で、人形が生きていると思いこんで話しかけたりするやつがいたら？」目を向けられたバンコランがうなずいた。「それにね、蠟人形の横に本物の人間がじっと立ってたら、見た人は絶対に蠟人形だと勘違いしますよ。そこでそいつがひょっと動こうもんなら、とびあがって悲鳴をあげるんじゃありませんか？――でね、うちの恐怖回廊には斧使いの女殺人鬼ルシャール夫人の人形があるんです。あの女の話をお聞きになったことは？」

「あの女をギロチン送りにしたのは私だよ」バンコランがあっさり片づける。

「ああ！　じゃあ、どんな女かはようくご存じだ」声にいささか不安のいろがまじる。「なかには古なじみも同然の人形もありましてねえ。なんなら話しかけたっていいくらいですよ。可愛いもんです。でもねえ、このルシャール夫人ばかりは……そもそもの作り始めから、どうにも嫌でしょうがなかった。手の内でわかるんですよ、蠟がだんだんとおぞましい悪魔の形をとっていくのが。出来栄えとしちゃ上々です。でもね、見てるとあたしまで怖くなるんだ」ぞっと身ぶるいした。「ちんまりと両手を重ねた立ち姿なんか、ほんに楚々《そそ》とした美人でねえ。毛皮の襟巻に茶色い帽子をちょこんとかぶって、花も恥じらう新妻さんて風情ですよ。

それがひと月前のある晩、閉館のしたくにかかったらね。誓って申しますが、ルシャール夫人が出たんですよ。いつもの毛皮を巻いて小さな茶色の帽子をいただき、緑の明かりがついた恐怖回廊をすたすた歩いてたんですよう……」

ショーモンがテーブルをこぶしで叩き、愛想を尽かして声高に言い捨てた。

「もういい、さっさとここを出ましょう。その男はどうかしてる！」

「いえいえ、ですがそれは目の迷いでして……。よく見れば、人形はちゃんといつもの場所に立っておりました」オーギュスタンがショーモンをしっかり見すえて述べた。「ようくお聞きにならなきゃ損しますよ。こっからはあんたさんにも関係ある話なんですから。消えたお嬢さんとは婚約中とおっしゃったね？　そうですか！　……で、見覚えあるのはどういうわけだとおっしゃるんだね。いま教えてさしあげますよ。

昨日、あのお嬢さんは閉館三十分前にお見えになった。主展示室にいたお客は二、三人だけだったからね、よけい目についた。あたしは地下へ通じる階段の入口脇に立ってたんだ――恐怖回廊は地下だからね――初めはあたしのことも蠟人形だと思ったかして、不思議そうに見てたねえ。別嬪《べっぴん》さんでしたよ。身なりもシックでね。そこであちらが、「あのう、サテュロスはどちらでしょう?」って尋ねてきたんだ」

「くそっ、いったい全体」ショーモンが歯嚙みする。「彼女、何のつもりでそんなセリフを口にしたんだ?」

「恐怖回廊にそいつも展示してあるのさ。さて、それでな!」オーギュスタンがまたも前のめりに顔をつきだすようにして、白ひげのはしばしから骨ばんだてかり顔、淡い青い目にいたるまでわなわなくほどに熱弁をふるった。「ありがとうって、そのまま下へ降りてったよ。こっちはこっちでそろそろ閉館だから、あとどれくらいか正面口で時間を確かめようと思ってさ。で、行きがけにちょいと振り向いて、なんの気なしに階段を見おろしたら……

　階段は両側とも荒削りな石壁で、両方にどんより緑の光がさしてた。あのお嬢さんは角を折れてく途中で、用心してそろそろと一歩ずつ降りてくらしい足音がしたよ。そしたら誓ってもいいが、別の人影が階段にあらわれて、黙ってあとをつけてくんだ。恐怖回廊から、あの斧使いの女殺人鬼ルシャール夫人の人形が抜け出してきたんじゃないかと思ったよ。なぜって、毛皮の襟巻に茶色い帽子をちんまりかぶってたからさ」

2　緑光の凶行

ひょろひょろした老いぼれ声が歌うように節をつけて淡々としめくくると、ショーモンは腕組みした。

「貴様というやつ、よほどの悪党か」歯切れよい軍人口調で決めつける。「本物の狂人か、ふたつにひとつだな」

「まあ、おさえて！」バンコランがさえぎる。「ムッシュウ・オーギュスタン、あなたが見かけたのは本物の女というほうがありそうですぞ。調べてみたんですか？」

「その――怖くて」老人が答える。見る影もなくしおれ、いまにも泣きだしそうだ。「ですが、そんな様子の来館者はまちがいなくその日ずっとおりませんで。顔をのぞきにいく度胸もありませんでした、なにしろ怖くて。もしかしたら――のぞいてみたら――蠟の顔にガラスの目がはまっていたらと思うと。それで正面入口に出て、切符を売った人のなかにルシャール夫人そっくりな女がいたかいと娘に訊いてみましたら、いいえと申します。まあ、おおかたそんなこったろうと思いましたよ」

「で、それからどうしました？」

「自分の部屋へ行って、ブランデーをひっかけました。怖がりなもんで。あとは閉館過ぎまで部屋にこもって……」

「じゃあ、その日は切符回収をしなかった？」

「だって、どうせ数えるほどなんですから！」鼻をぐずぐずさせて言い返すと、老人はものうく続けた。「この件を口にしたのはこれが初めてですよ。そしたらどうだ、狂人呼ばわりだなんて。ほんとにそうなのかもしれんね。あたしにゃもう、さっぱりわからんよ」

そう言うや、うつむいて両手に顔を埋めた。

しばらくしてバンコランは席を立つと、黒いソフト帽をまぶかにかぶり、表情の読みにくい切れ長の目をひさしで隠した。鼻の両脇からひげで隠した口にかけて、くっきりと深いしわを刻んでいる。

「じゃあ、まずは蠟人形館へ行ってみようか」

前も見えないありさまのオーギュスタンをみなで誘導し、カフェの喧騒の中に連れ戻す。折しもタンゴが最高潮を迎え、五感がしびれそうな大音響だ。そこで私は、さっき来店そうそうバンコランが指し示した胡乱《うろん》な目つきの曲がり鼻をふと思い出した。やつは相変わらずあの席で、かすかに火のともる葉巻を指ではさんでいた。ただし無理して姿勢を保ってはいても酔眼朦朧《もうろう》、それとわかるほどの酔態だ。連れの女どもはとうに退散し、置き土産にうずたかく積まれた飲み物の受け皿をためつすがめつして、ひとり笑いしている。

階段を上がっておもてに出れば、広場のにぎわいもいささか下火になっていた。冴えた秋の星空に、サン＝マルタン門の巨《おお》きな石造アーチが黒くそびえ立つ。風が並木の茶色い破れ衣《や》を容赦なく打ちすえ、舗道にこぼれた落ち葉からは小さな忍び足のような音がする。窓から灯のこぼれるカフェも数軒あるにはあるが、のぞいてみれば給仕どもが椅子を重ねて店じまいのさなかだ。サン＝ドニ街からセバストポール街へ折れると、街角に立って内輪話をしていた警官二名が、バンコランをみとめて敬礼した。路上に人通りはない。だが、家々の戸口からのぞかれているという気がした。あちこちの壁際に身をひそめ、灯の洩れる鎧戸のわずかな隙間からひそやかに外をうかがう人々が、われわれが通り過ぎるほんの一瞬だけ動きを止めているのではないか。

サン＝タポリーヌ街は狭くて短い通りで、沿道の民家は鎧戸をぴったり閉ざしていた。街角では酒場やダンスホールの喧騒が響きわたり、暗いカーテンにちらりと人影がうつる。だが、その先は明かりひとつなく、左手に赤い灯の照らす二五という表示が見えるだけだ。われわれはその向かいで足を止めた。ねじり文様の石造りの門柱と鉄枠に縁どられたドアの玄関がそびえている。汚れた看板は金文字の剝落がひどいが、かろうじてこう読めた。「オーギュスタン蠟人形館、世の奇観奇蹟の集大成。創設J・オーギュスタン、一八六二年。開館　午前十一時―午後五時、午後八時―十二時」

オーギュスタンが呼び鈴を押すと、かんぬきを外す気配がしてドアが開いた。入ってすぐは狭い玄関ホールで、おそらく開館時はずっと開放してあるのだろう。天井に、ほこりをかぶった電球がAの字をかたどっている。壁面にも金文字の広告があり、世に比類ない恐怖の数々とうたってある——フランス人生来の怪奇趣味をそそる宣伝文句だ——教養のための見学もさることながら、スペイン宗教裁判所の「拷問」や、殉教者が放り出された先に「恐ろしいライオン」が待ち構えていたり、史上に名をはせたあの人この人が「剣で、あるいは弓矢で、はたまた絞首刑によって」惨殺される光景がこたえられないのだ。宣伝文句が少々稚拙でも興をそがれたりはしない。病的なものに健全な興味がわかなくなったら死人も同然、埋葬したってかまわないというのが彼らフランス人なのだ。だから私の見るところ、一行のうちでこの広告にもっとも関心を寄せたのは、どうやらきまじめな常識家のショーモンらしい。こちらの目が自分に向いていないとみて、黒い目で食い入るように一言一句を追っていた。

かくいう私はというと、戸を開けてくれた娘に目を奪われていた。これがオーギュスタンの娘に違いない。だが、父とは似ても似つかない。茶色い髪はやや長めに切り揃えて耳にかけ、濃い眉にすっきりした鼻筋、こげ茶の目は鋭さと興奮と穿鑿《せんさく》がましさが昂じて、顔から飛び出してきそうだ。父親に向ける目など、ふいと駆け出して車にはねられもせずに帰ってきたなんて意外だわ、といわんばかりだった。

「まあ、パパ!」早口で、「この人たち、警察ね? ふうん、じゃあ閉館したぶんの損はあなたたちのせいってわけね」と、こちらに顔をしかめる。「さてと、どういうご用件か話してくださらない。パパがでたらめを吹きこんでないといいんだけど」

「これこれ、娘や!」オーギュスタンがやんわり異を唱えた。「後生だから中へ行って、全館の電源を入れてきておく——」

そこを娘がぶっきらぼうにさえぎる。「いやよ、パパ。自分でやって。あたしはこの人たちと話すんだから」腕組みし、てこでも動かない構えで父をにらむ。とうとう父親が折れてうなずき、間の抜けた笑顔で奥のガラス戸を開けに行った。そこで娘が、「こちらへどうぞ、皆さん。あとでパパが呼びにきますから」

切符売場右手の戸を開け、一同を招じ入れる。その先が住まいだった。乏しい明かりが照らす室内は、安物のレースやタッセルがわがもの顔にのさばり、ゆでジャガイモの臭いがこもっている。娘は相変わらず腕組みしたままテーブルの奥におさまった。どうやらここの入場券とおぼしい、薄青い紙のチケットつづりが卓上にひと巻きころがっている。

「父はほんとに子供みたいなのよ」と説明しながら、蠟人形館のほうへうなずいて示す。「だから、話があるならあたしにして」

バンコランが事情をかいつまんで述べた。ただし、さっきオーギュスタン老人から聞いた話には触れなかった。失踪に父か娘が関わっている可能性には極力触れないようにして、無雑作といっていい口調で話した。しかしながらオーギュスタン嬢の顔色をつぶさに見た限りでは、かえってそのせいで娘の疑念を呼んだようだ。バンコランの伏し目がちの視線が室内をあてどなくさまようのを追ううちに、なんだかその目がうつろになってきた。心なしか息もせわしくなったようだ。

「父は——この件でなにか？」ひととおりバンコランの説明がすむと、娘はそう詰め寄った。

「ひとつだけね」バンコランが答えた。「出ていくところは見てないそうだ」

「それはそうよ」腕組みしたまま、上腕に指を食いこませる。「でも、あたしは見たわ」

「あのお嬢さんが帰るところを?」

「そうよ」

目の前で、ショーモンがまたも肉の薄いあごの筋肉を張りつめた。「マドモワゼル。ご婦人への反論は本意ではないが、勘違いをなさっておられる。私はずっとここの表にいたんですぞ」

ようやくショーモンの存在に気づいたとでもいうように、娘は目を向けた。上から下までじろじろ眺められても、彼の厳しい目はゆるぎもしない。

「あらそう! それで、いつまでいらしたの、ムッシュウ?」

「すくなくとも、閉館十五分後までは」

「あらそう!」と娘が繰り返す。「だからなのね。あのお嬢さんはね、帰りしなにあたしと話しこんでいらしたの。それで、特別に戸を開けて出してあげたのよ」

この娘の手前にあるガラスの壁に突き当たったとでもいうように、ショーモンが宙でこぶしを握りしめた。娘のほうはとりつくしまもなく、まばたきもせずに見ている。

「まあ、それでいろんなことの辻褄が合う」バンコランが笑顔でつぶやく。「十五分ほどおしゃべりしたんですね?」

「ええ」

「なるほど。警察としては、あとひとつだけ不明な点があるんですが」バンコランは額にしわをよせた。「着衣のうち、なくなったものがあるようなんでね。おしゃべりした時の服装はどんなでしたか？」

オーギュスタン嬢はちょっとまごついた。「気がつきませんでした」と、おとなしく答える。

「そうですか、じゃあ」ショーモンが肩をそびやかして声を張った。「容姿がどうだったか、言ってごらんなさい！　説明できますか？」

「どうって、ごく普通よ。よくいるような感じ」

「髪の色は？　金髪ですか、それとも黒っぽい？」

またも迷う。「黒っぽかったわ」と、あわてて言う。「茶色い目。大きな口。小柄な人よ」

「デュシェーヌ嬢の髪は黒みがかっています。だが上背はあるほうだし、目は青いんだ。まったく！」あらためてこぶしを作ってどなりつける。「なぜ本当のことを話そうとしないんだ？」

「話してるわよ。勘違いはしてたかもしれないけど。あのね、ムッシュウ、ここへは毎日おおぜい出入りするんですよ。とりたてて誰かひとりを覚えていられるわけないでしょう。きっと、誰かとごっちゃにしちゃったのね。ただ、この点だけは動かないわ。お帰りの際は、あたしがドアを開けてさしあげました。あとは一度もお見かけしてません」

ちょうどそこへ老オーギュスタンが入ってきた。氷のように冷たくこわばった娘の顔を見てとるや、あたふたと言いだす。

「旦那がた、電気はつけましたよ。詳しくお調べになるんなら、ランプがないとだめでしょう。お世辞にも明るいとは言えませんのでね。ですが、どうかお入りになって。なにひとつ隠しだてはいたしませんから」

バンコランが戸口に行きかけて、心を決めかねる様子で足を止めた。それと同時にオーギュスタンの肘がかすってランプシェードがかしぎ、裸電球の強烈な黄色い光がもろにバンコランの顔にあたった。高い頰骨がいつにもまして目立つ顔は、山なりの眉をひそめ、不機嫌な目が室内を落ち着きなくあちこちしている……。

「この周辺！」ぼそりと、「近所だ！　こちらに電話がありますかな、ムッシュウ・オーギュスタン？」

「ありますよ、あたしの部屋に。工房も兼ねてます。お連れしましょう」

「ああ、そうしてください。すぐにも使いたい用があって。ですが、その前にもうひとつ。あのね、さっきのお話じゃ、こういうことでしたね。昨日のデュシェーヌ嬢ですが、初めてにしては妙なことを訊いてきたとか――「サテュロスはどちらでしょう？」ですか。どういう意味ですかね？」

オーギュスタンがわずかにむっとする。

「ムッシュウ、お聞きになったこともないんですか？　〝セーヌ河のサテュロス〟ですよ？」

「いやあ、ないですねえ」

「あたしが手がけたなかじゃ、とびきりの部類ですよ。まあ、一から十まで想像でこしらえたんですけどね」オーギュスタンがあわてて説明する。「元ネタはパリっ子に親しまれたお化けのひとつでね、セーヌ河に巣くい、女を引きずりこんで溺死させる半人半獣の怪物ですよ。ま、そんなんでも、もとになった事実がなんかしらあるんでしょうな。ごらんになりたきゃ、うちに資料がありますよ」

「なるほど。で、その人形はどちらに？」

「恐怖回廊の入口ですよ。階段を降りていった踊り場です。あれについては、これまでずいぶん絶賛されてきまし——」

「電話をお貸しいただきたい。で、君らが先に館内を見ていてくれれば」と、あとの私たちふたりに告げる。「私もすぐ追いつく。では、案内をお願いできますかな」

オーギュスタン嬢はランプ脇の古いロッキングチェアにおさまり、テーブルの裁縫籠をとった。よく光る黒い目で針をにらんで糸を通しながら、冷たくつきはなす。

「おふたりとも、道順ならおわかりでしょ。あたしの邪魔はしないでね」

これみよがしに椅子を揺すると、断髪を耳にかけて、青いストライプのシャツをつくろいにかかり、家事のあれこれに追われていますという態度でせかせか針を動かした。それでいて、こちらから目を離さない。

ふたりで玄関ホールへ戻ると、ショーモンがシガレットケースを出してすすめてくれた。火をつけながら、さりげなくおたがいを見定める。狭いホールに立つショーモンの姿は棺桶に閉じこめられでもしたようだ。帽子のひさしをうんと引きおろし、不安げな目を四方へ向けて敵を探している。

だしぬけに言われた。「ご結婚は？」

「いや」

「ご婚約は？」

「ええ、してます」

「ああ！　じゃあ、おわかりいただけますね」と、激しい身ぶりで、「こんな目に遭ったらどんな気がするか。もう動転してしまって。度を失っていても、どうか大目に見てやってください。あの死体を見てからというもの、もう……！　じゃ、参りましょうか」

その場の静けさ自体がぞっとしない。じっとり湿った臭い。どんなのかというと――これしか言いようがない――濡れた服と髪の臭いだ。この場所は巨大な洞窟だった。奥行き八十フィート近くあり、天井を支える石の列柱には悪趣味な雷文飾りを施してある。光源のわからないぼやけた緑光がゆらゆらにじみでて、緑の水中にいるみたいだ。その光が手当たり次第にものの輪郭を不気味にゆがめ、アーチや列柱が金魚鉢に入れる模型の洞窟もどきにゆらめき変化《へんげ》する。それは緑の触手がゆっくり漂うようにも、真珠色のぬめりがびっしり付着しているようにも見えた。

だが、一堂に会した動かぬ姿こそ、ひとの心を恐怖で満たすものたちだ。すぐ手近に直立不動の巡査がいた。実際に話しかけてみるまでは、本物の人間だと信じて疑わないだろう。左右の壁に沿って、手すり越しに人形どもが見ている。まっすぐ前を見ているのだ、まるで私たちの存在に気づいていながら、わざと無視してでもいるように（どうしてもそんなふうに想像してしまう）。暗い緑のなかに黄みがかった光がぽつんとともり、そこの一群を目立たせていた。

ガストン・ドゥメルグ（フランスの政治家、第三共和制で首相・大統領を歴任）、ムッソリーニ、プリンス・オブ・ウェールズ（後の英国王エドワード八世）、スペイン王アルフォンソ十三世、フーヴァー（米国大統領）、さらにはスポーツ、舞台、映画界の人気者が続く。どれもこれもただならぬ技巧でうまく似せてあった。だが、そんなのは先触れの歓迎団というだけで――お歴々やら世間並みの日常を軽んじているわけではないんですよというしるしみたいなもので――この先に控えるあれこれに向けて、心の準備をさせるためのしつらえだ。いささかどぎもを抜かれたのは、洞窟中ほどのベンチに腰かけた動かぬ女だった。その傍らで、ベンチの端に酔漢らしいやつがうずくまっている。心臓が止まるかと思ったが、よく見ればどっちも蠟人形ではないか。

　おずおず歩く自分の足音が天井にこだまする。ベンチにもたれたあの酔いどれ人形にあと一フィート弱のあたりを通りすぎざま、目隠しの麦藁帽に手をかけたい、本当に口がきけないのか確かめてみたいという衝動に負けそうになった。背中にガラスの視線を感じる気持ち悪さは、本物の視線に劣らない。ショーモンの足音がふらふらそれていくので肩越しに一瞥してみたら、やはりうさんくさそうにベンチの酔漢をためつすがめつしていた……。

　洞窟を抜けると円形広間で、ほぼまっくらだが人形の周囲にだけ最小限の照明を配している。アーチの上からおぞましい笑い顔が、歯をむきだしてのぞきこむ。道化師だった。おまえに触れてやるぞというふうに棒をさしのべてウィンクしている。その下を通ると、極彩色の道化衣装についた鈴がかすかに鳴るしかけだ。円形広間の闇ではこれ以上ないほどこだまが響き、ほこりや服や髪の臭いがいっそう強まり、蠟人形のたたずまいも格段に不気味だった。ダルタニヤンが愛剣を構えている。闇の中でほのかに光るのは、斧をかざした黒甲冑《かっちゅう》の巨人。そこで、おぼろな緑に光る通路がもうひとつあらわれた。その先の石壁にはさまれた階段を降りれば、行きつく先は恐怖回廊だ……。

通路にかかげられたその銘板だけで二の足を踏む。そこまで明確に断ってあるからには、この先の様子にもおよその見当がつくというものだ。さてそうなると、見え見えな物事のごたぶんにもれず、本当に行きたいかと念を押されれば、とたんに歯切れが悪くなってしまう。あの階段のどんづまりにしつらえられた閉所であれやこれやの恐怖をいやおうなくつきつけられ、逃げようにも逃げられないかもしれない。今しも階段の手前にたたずみ、はしなくも思い出した。オーギュスタン老はこの階段を降りてゆくオデット・デュシェーヌを見送り、さらにそのあとをつける顔なしの恐ろしい幽霊を、毛皮の襟巻に小さな茶色の帽子をかぶった女を見たという話を……。地下へ降りるにつれてうそ寒さがつのり、階段を踏む足音の反響が前方にはね返り、誰かが階段を跳びはねながらすぐ先を降りていくようだ。ひとりきりがふと心細くなり、引き返そうかと思った。

階段が急に折れる。踊り場の緑に光る粗い石壁に黒いものがぬっと立ったのでどきりとした。前屈みの男だ。顔は中世風の衣のフードに隠れているが、長いあごの形からすると笑っているらしい——この不気味な人形はかがみこむように壁にもたれている。衣がかぶさって一部隠れているが、腕に抱えているのは女の人形だった。ごく普通の人間の男だ、一歩踏み出した足が割れた蹄《ひづめ》でなければ。これがサテュロスか！　ありふれた人間のようでいて、汚らわしい魔物の本性をそれとなく匂わせ、痩せたあばらやあごだけの笑みに作り手の非凡な着想がうかがえる。フードで目を隠したのも心憎い……。

おぞましいこの像をそそくさとやりすごし、曲がりくねった通路を抜けて地下円形広間へ出た。仕切りごとに様々な場面の群像が展示され、いずれ劣らぬ鬼気迫る職人芸だ。過去がよみがえり、息づいている。どの人形もヴェール越しのように血の気がないが、往時の情景はしのばせる。マラーはブリキの浴槽に背をあずけ、ぽっかり断末魔の口を開け、青白い肌を突き破らんばかりに浮いたあばらを血みどろにして、胸板に刺さった短剣をつかんでいる。ここからが見ものだ。浴室では放心したシャルロット・コルデーが女中に押さえられ、同時に外では赤い軍帽の兵どもが喉も裂けよと怒号をあげて扉を破りにかかっている。恐怖と情熱の諸相が口口に声なき叫びをあげるひとこまだった。それでも、この茶色い部屋の奥まった窓からは九月らしい黄色い日ざしが入り、窓辺に蔦がからまっている。こうして、いにしえのパリが立ちあらわれ、ふたたび騒乱にたぎるのだ。

そこへ、水かなにかがしたたる音がした……。

私は不安に駆られた。これら蒼白の群像をひとわたり見渡せば——宗教裁判所の拷問官はたいまつややっとこをふるい、王は無音の太鼓隊が乱打する中で断頭台に首をさし出し——などという情景を見るにつけ、動かないほうが不自然ではないかという気がしてくる。なまじ現実離れしているぶん、じっと動かないでいるほうが、色とりどりの衣装で歩きだして口をきくよりよほど怖い。

さっきの音は空耳ではなかった。〝何か〟がしたたっている。ゆっくり、一滴ずつ、ぽとり、ぽとりと……

けたたましい反響をたてて階段を駆け上がった。蠟とかつらだらけの息詰まるこの場にいると、明るい光が、ちゃんと生きた人が恋しくてたまらない。階段の最後の曲がり角にたどりつき、なんとか平常心を立て直しにかかった。ひと山いくらの作り物に震えあがって度を失うなんて、そんなことがあってたまるか。お笑いぐさだよ。こんな不吉な場所とおさらばしてバンコランとふたりになったら、ブランデーと煙草をやりながら盛大に笑いとばしてやるさ。

階段を上りきって一階の円形広間に出ると、ちょうどバンコランとオーギュスタンがショーモンに合流してやってくるところだった。気を取り直して声をかけたものの、乏しい明かりでもそれとわかるほど、動揺が顔にあらわれていたにちがいない。

「どうした、悪魔にでも出くわしたか、ジェフ?」バンコランが声をかけてきた。

「いや、別になんでも」とは言ったものの、声音であっさり嘘がばれた。「その――蠟人形を見せてもらってたんだ――下で。マラーの群像だった。それに、例のサテュロスも見ておこうかなと思って。すごいね、サテュロスも真に迫っているけど、あの腕に女を抱かせたところなんかもう――」

オーギュスタンがぎょっとして顔を上げた。

「なんだって?」と問い詰める。「なんの話をしとるんだね、あんたさん?」

「すごいです、お見事ですよ。サテュロスもですが、腕に女を抱か――」

催眠術にかかったように、オーギュスタンが言った。「あんたさん――絶対にどうかしとる。あのサテュロスに女なんか抱かせた覚えはないよ」

3　通路の血だまり

「さてさて、実際に女がいたわけだ」バンコランが述べた。「生身の女、しかも死んでいる」

大型懐中電灯を人形にあてる。私たちも彼の周囲にかたまってのぞきこんだ。

サテュロス像は階段の踊り場でこころもち後ろに傾き、壁に背をあずけていた。曲げた両腕に小柄な女の死体がすっぽりおさまり、重心も崩れていない（あとで知ったが、このての人形には鋼鉄の芯が通してあるため、あの女より重いものでもちゃんと支えられるのだという）。女の重みのおおかたはサテュロスの右腕と胸にかかっていた。頭は内向きに押しこまれて腕に一部さえぎられ、頰から上半身にかけてはサテュロスの粗末な黒サージの衣におおわれている……。バンコランが懐中電灯で足もとを照らした。毛むくじゃらのサテュロスの脚から割れた蹄にかけてべっとり血が流れ、そこから周辺の床にしたたって血だまりが広がりつつある。

「そっちへおろそう」バンコランが口数少なく指示する。「気をつけるんだぞ、何ひとつ壊しちゃいかん。そら、いくぞ！」

みなで軽い死体を持ちあげ、踊り場の石畳にまっすぐ寝かせる。死体はまだ冷えきっていない。そこでバンコランが死体の顔に懐中電灯をあてた。いまわの恐怖と苦痛と驚きに茶色の目をみはっている。血の気のうせた唇は閉じ、ぴったりした青い帽子がずれていた。懐中電灯の灯がゆっくり全身をなぞっていく……。

すぐ横で息遣いが乱れた。ショーモンだ。なんとか平静を保とうとしながらも、おのずと声に出る。「この人なら、誰だか知っています」

「ふむ、それで？」バンコランがただす。膝立ちで懐中電灯をかまえたまま、いっこうに立つ気配もない。

「クローディーヌ・マルテルさんです。オデットの親友です。オデットに取り消されたあの日の約束で、一緒にお茶を飲む予定だった。それが……ああ、なんてこった、こん畜生！」と、大声を出して握りこぶしで壁を叩く。「またしても殺されたとは！」

「しかも、またしてもご令嬢だ」バンコランが考えながら口にする。「前閣僚の。お父上はマルテル伯爵だ。その人でしょう？」

と、うかがう。ショーモンはほぼ平静に戻ったとはいえ頬骨脇の筋がぴくぴくしているし、バンコランの顔にはサテュロスと互角の悪意がにじんでいる。

「そう、その人です」ショーモンがうなずく。「どんな――死因ですか？」

「刺殺ですな、背中からひと突きです」バンコランが死体を横向きにすると、あざやかな青いコートの左身頃に血痕が見えた。「ひと思いに心臓を刺したんだ。銃弾ならこんなに血は出ない……ああ、だがひとつ厄介な難問がある！　そら、争った痕跡がまったくない。着衣も乱れていない。どこもかしこもちゃんとしている――これ以外はね」

娘の首にかかった細い金鎖を指さす。どうやら、ペンダントかなにかをつけて服の内側に入れ、素肌の胸もとにさげていたらしい。だが、どんなペンダントか知らないが、引きちぎって持ち去られている。ちぎれた鎖の一部がコートの襟もとに引っかかったので落ちずにすんだのだ。

「ふむ……争ったわけじゃないのは確かだ」バンコランがぼそぼそ話している。「両腕に力はこもっていないし、指もこわばってはいない。腕の確かなやつがひと思いに心臓を刺したんだ。ところで、ハンドバッグはどこだ？　くそっ！　ないではすまされんぞ！――女なら誰でも持ってるんだ、どこへ行った？」

懐中電灯でいらいらと周辺を照らすうちに、光がオーギュスタンの顔にあたった。老人は妙なふうに這いつくばって、サテュロスのサージの衣を引きおろしてやっていた。そこへ強い光を目に射こまれて、ぎゃっと大声を出す。

「今度こそあたしをしょっぴく気かい！」声高に言う。「断じて、こんなことに関わったりしちゃいないよ！　あた――」

「いいから黙ってろ！」と、バンコラン。「いや、待って。立ってこっちへ。あのね、この娘は死んで二時間もたたないんですよ。閉館したのは何時でした？」

「十一時三十分のちょっと前です、ムッシュウ。あんたさんの呼び出し状が届いてすぐです」

「ここへは閉館前に寄りました？」

「いつもそうしてます、ムッシュウ。一階のメインスイッチにない照明もあるんで、こまめにあちこち消して回りませんと」

「でも、その時は誰もいなかったんでしょう？」

「いませんよ！　なんにもありゃしない！」

バンコランが手もとの時計を見た。「十二時四十五分か。つまり、ここへ立ち寄られてから一時間強になるわけです。おそらくこの娘、正面口から入ったわけではないでしょう？」

「ありえませんよ、ムッシュウ！　うちの娘があたし以外に入れるもんですかね。すぐわかるように呼び鈴の合図も決めてありますし。なんなら娘にお尋ねになったらいい……」

懐中電灯の灯が踊り場の床を横切っていく。壁の足もとをひと通りなぞってから壁面そのものへと移った。サテュロス人形がもたれる壁は、蠟人形館のいちばん奥――つまり、正面と平行な位置だ――にあり、客は階段を曲がるさいにその人形を横目でにらんでいくことになる。この壁と、さらに下へ通じる階段の壁の継ぎ目まできてバンコランの懐中電灯がぴたりと止まった。継ぎ目の角におぼろな緑の電球が設置され、フードをかぶったサテュロスの顔に横合いからうまく光をあてている。石壁と寸分違わないようでいて、懐中電灯の強烈な光があたるとわかる。一部は、石に似せた模様を描いてそれらしくしてある板張りだ。

「ふむ」バンコランがつぶやく。「これですな、もうひとつの出入口というのは？」

「そうなんですよ、ムッシュウ！　この壁の裏に恐怖回廊へ降りる抜け道がありまして、隠し照明を裏から調節できるようになってます。あと、向こう側に別のドアがあって……」

バンコランが鋭く反応して振り向く。「で、そっちはどこへ？」

「そりゃ――まあ、隠し通路みたいなもんをつたってくと、セバストポールの通りへ出られます。でも、その戸を開けることはないんです。いつも鍵がかかってます」

隠し板戸の下からサテュロスの足まで、懐中電灯で床をゆっくりなぞる。何かを引きずったような曲がりくねった跡と血痕が点々とついていた。バンコランは慎重にその血痕をよけながら壁に近づいて押した。すると、石壁もどきの部分がぱっと内側へ開いた。彼のすぐ背後から中をのぞくと、空気のよどんだ隠し部屋と恐怖回廊へ降りる階段、さらに石壁もどきと平行になった頑丈な扉があらわれた。バンコランがこの外扉の錠に懐中電灯をあてて調べる間、オーギュスタンの指が私の袖に触れてわななきを伝えた。

「イエール錠だ。だが、ちゃんとかかっていない。やっぱり、今晩の出入りはここからだな」

「開いてる、と言いなさるんで？」老人の声が裏返った。

「そら、さがって、さがって！」バンコランはいらだった。「ここに積もったほこりに足跡がついているかもしれんじゃないか」ポケットからハンカチを出して指に巻くと、外扉のドアノブを回した。

出てみると天井の低い石畳の通路が、これまた、蠟人形館の裏手と平行に延びていた。どうやら、こちらの館と隣家のはざまに昔つくった裏道のようなものらしい。今となっては名も知れぬ大工が木材の骨組みにブリキの屋根をかけており、高さはせいぜい七、八フィートというところ。隣家側は窓のないレンガの壁面だけで、はるか左方に堅牢なドアが見えるがノブはなく、左の行き止まりはやはりレンガ壁でふさいである。だが、暗いトンネルの右手は通りの灯がかすかに見え、路上にこすれる自動車のタイヤや警笛の音がする。

バンコランが懐中電灯で照らすと、湿気の強いこの通路の中ほどに落ちていた柔らかい白革の婦人用バッグをとらえた。中身はぶちまけられている。白いバッグの鮮明な黒い模様や、ぴかぴかの銀の留め金が今も記憶に焼きついている。その先で隣家のレンガ壁際の石畳に血しぶきが散り、片方のゴム紐がちぎれた黒いドミノ仮面がすぐそばに落ちていた。

バンコランがうんと息を吸いこみ、オーギュスタンに向きなおった。

「で、これについては何かご存じかな?」

「これっぽっちも知りませんよ、ムッシュウ! ここんちに住んで四十年になりますが、このドアをくぐった覚えなんざ一ダースでおつりがきます。鍵が――そもそも鍵のありかさえ知らないんですよ!」

バンコランが辛辣な笑みで応じる。「そんなことをおっしゃるが、錠前は換えてそんなにたっていませんよ。ドアの蝶番には油をさしてあるしね。言い逃れもほどほどにしておきなさい!」

通りへ出るほうの端へ足を向けたので、私もついていった。ここにもやはりドアがある。だが、こちらは壁につくほど開け放してあった。これはこれは、とバンコランが低く口笛を鳴らす。

「そら、ジェフ」小声で教える。「本物の錠前とはこういうのを言うんだ。スプリング式だが、ブルドッグ錠の名で通っている特製の防犯錠だよ。どんなことをしても破れるものではない。

それなのに開けっ放しとはな！　まったくいまいましい！——さて、ひとつ不思議なんだが……」目で周囲を探る。「このドアを閉めきれば通路はまっくらだよ。電気はつくのかな？　ああ、これか！」

　と、地面から六フィートの高さのレンガ壁についたごく小さなスイッチを目ざとく見つけて押す。すると屋根を支える木組みのはざまにほんのり灯がともり、うらぶれた通路のはしばしを照らした。ほほう、と声をあげたきり、あっさり消してしまう。

「どうしたんだ、何か不都合でもあるのか？」私は詰め寄った。「そのままでいいだろう？　これから、あのへんをじっくり検分にかか——」

「そこまで！」バンコランは抑えた声に力をこめて、すばやくさえぎった。「ジェフ、こんなことをするのは後にも先にもこれっきりだ。だが、今度だけは警察《シュルテ》の大仰な手続きをはしょらせてもらう。連中のことだ、写真を撮った上であれこれ調査し、夜明け方までかかってこの通路をくまなく調べ上げるはず。そんなことをしていたら、おくれをとるのは目に見えている。百害あって一利なしだ、断じて容認できん……。さ、急げ！　ここは閉めておくんだ」そうっとドアを閉めた。「さてと、ハンカチを出して、あのバッグや散らばった中身を回収してくれたまえ。私のほうは残り部分を駆け足で見てこんと」

　バンコランは、ここに足を踏み入れた時からずっと爪先立ちで動いていた。私もその範にならう。彼は血痕の散った壁際の石畳にかがみこんだ。独り言をつぶやきながら何かをかき集めると、懐中電灯の光できらりと光るそれをそっと封筒に入れた。私は私でなにひとつ見落としがないよう気をつけながら、バッグと中身を拾い集めた。小さい金のコンパクト、口紅、ハンカチ、名刺数枚、手紙、自動車の鍵、住所録、小額紙幣とばら銭。その後はバンコランにうながされて後に続き、石壁もどきの隠し戸を抜けてサテュロスの場所へと戻った。

だが、バンコランの足が隠し戸で止まり、目をすがめて角にとりつけた緑の照明をにらみ上げている。けげんそうに眉をひそめてこちらとあちらの戸を一瞥、目で距離をはかっているらしい。

「そうだな」と、半ばひとり合点のようにもらす。「やはり。もしもこれが」——隠し戸をこつこつやり、「閉じて通路側の戸が開いていれば、壁のすきまから緑の光がもれてくるはず……」急にオーギュスタンに向いて詰問する。「いいかね、あらためてようく考えてもらいたい！　さっきこう言ったね、照明を全部落としてここを出たのは十一時半ごろだったと？」

「確かにそうです、ムッシュウ！」

「すべてですか？　そう言い切れますか？」

「うけあいますとも」

バンコランは両手を握りしめて自分の額に打ちつけた。「どこかが違う。決定的に違う。照明が——ここのだけでも——ついていないことには筋が通らん。ショーモン大尉、いま何時でしょうか？」

ショーモンはそれまで階段に腰をおろして両手で頬杖をついていたが、やにわに質問の矛先が向いて、茫然と顔をあげた。

「はい？」

「いま何時でしょうか、とお尋ねしたんですが」バンコランが繰り返す。

けげんな顔になったショーモンは大きな金時計を出した。「一時近いですね」ふてくされて答える。「いったいなんだって、そんなことを知りたがるんです？」

「知りたがってなどいません」と、バンコラン。彼にしてはいささかとんちんかんな問答だが、真相の核心に肉薄した時はいつもこの調子だ。「さてと、行きますか」と続けて言う。「マルテル嬢の死体はしばらくこのままにしておきましょう。もう一度あらためた上で……」

と、死体の脇にひざをつく。先ほどの恐怖の表情はなくなっていた。茶色い目はうつろになり、ずれた帽子に変な姿勢で寝そべった姿は蠟人形よりまだ現実味に乏しい。ちぎれて首に巻きついていたあの金の細鎖を、バンコランがまた手にとってよく検分した。「鎖の輪は小さいが丈夫にできている。それがきれいにちぎれてるんだから」

「よほど力任せにやったんだな」と、引くまねをしてみせた。

立って階上《うえ》へ行こうとすると、ショーモンがさえぎった。

「この人を、こんなところへひとりぼっちで置き去りにするんですか？」

「いけませんか？」

若者がなんとなく片手で目をこする。「さあ、どうでしょうか。不都合はないでしょうね。でも、いつも大勢の取り巻きに囲まれていたのに——生前は。こんなうらぶれた場所に！　そこがどうにも嫌だ。いくらなんでもひどすぎる。なんなら、私がつきそっていてはいけませんか？」

　そうは言ってみたものの、バンコランにけげんそうな目をされて迷いが生じる。

「その」ショーモンが完全に顔をこわばらせて説明する。「このひとを見てると、どうしてもオデットのありさまを思い出すんですよ……ああ、神よ！」そこまで必死に抑えていた声が、悲しみに割れた。「どうしても、思い出さずにはいられないんだ……！」

「気を確かに！」バンコランが言う。「さ、ご一緒に階上《うえ》へいらっしゃい。気つけに一杯飲まないとね」

　一同は洞窟から正面の玄関ホールへいったん出て、オーギュスタンの住居に入った。オーギュスタンの娘はぎいぎい漕いでいたロッキングチェアの音をやや控え、歯で糸を切りながらこちらを見た。みなの顔色で、予想以上のものが出てきたと見てとったに違いないし、そうでなくともあの革バッグはいやでも目を引く。バンコランは無言で電話をかけに行き、オーギュスタンはむさい室内の戸棚を不器用にあさってずんぐりしたブランデーの瓶を出した。それをショーモンにどぼどぼ注いでやると、娘が量の多さを見とがめて口をへの字にした。だが、さしあたっては相変わらず椅子を漕ぐだけにしている。

　私のほうが居心地悪くなった。時計の針の音につれて、ロッキングチェアのきしみも続く。これから先、この部屋はゆでジャガイモの臭いと切っても切れない記憶のひとこまになるという予感がした。オーギュスタンの娘はなにも訊かずに全身をこわばらせ、機械的に指を動かしている。つくろいものの青いストライプのシャツの周辺に爆発寸前の力がわだかまって震えていた。私もブランデーをお相伴しながら、ショーモンの目も娘にすえられているのに気づいた……。父親が何度か口を開こうとしたが、みな気まずく押し黙っていた。

　バンコランが戻ってきた。

「マドモワゼル」と、声をかける。「お尋ねしたいことが――」

「マリーや！」父親が内心の懊悩《おうのう》をあらわに呼びかけた。「とてもじゃないが、話すに話せなかったんだよ！　殺しが、人殺しがあったん――」

「お静かに願えますか」バンコランがたしなめる。「マドモワゼル、あなたにお尋ねしたい。蠟人形館の電気をつけたのは今夜いつごろですか？」

　なんのことでしょう、などと逆らったりせず、娘は平然と縫い物をおろして述べた。「パパがあなたのところへ出かけて間もなくです」

「どの照明ですか？」

「地下室への階段と一階主洞窟の共同スイッチを」

「どういうわけで？」

　われ関せずの涼しい顔で見返す。「ごく当然ですよ、誰だってそうします。人形館のほうにどうも誰かいるような気配がしたので」

「神経が細いようには見えませんが？」

「ええ、違います」娘はにこりともしない。だが、神経が細いという手合いをすべて軽蔑しているのが伝わってくる。

「出向いて確かめましたか?」

「そうしました……」バンコランが眉をつり上げてうながすので、さらに、「気配がしたはずの洞窟をひと通り見回りましたけど、何もなくて。空耳だったんですね」

「階段は降りなかった?」

「降りてません」

「明かりをつけていた時間はどれくらい?」

「さあ、はっきりとは。五分か、もっとでしょうか。さ、今度は話してもらうわよ」——椅子から伸びあがるようにして、ずけずけと口にする——「殺しがあったっていうけど、誰がやられたの?」

「まだ若い娘さんですよ」バンコランがおもむろに述べる。「クローディーヌ・マルテル嬢といってね。殺された死体は、階段踊り場のサテュロス像が抱きかかえてたんですよ……」

そこでオーギュスタン老人がバンコランの袖を引いた。バンコランを見上げる禿頭の耳の後ろで、間抜けた形に白髪が立っていて、なんだか犬そっくりだ。充血した目をぎょろぎょろ開閉させて、すがるようにする。

「後生です、ムッシュウ！　やめてくださいよ！　この子はうぶで、わかりゃしないんですから——」

「うるさいわね、おいぼれ！」娘がどなる。「おせっかいはよして。ひとりでちゃんとやれるわ」

父親はそれで引き下がり、さすがはうちの娘だ、でも頼むからお手柔らかにしておくれという顔で白い口ひげやあごひげをなでつける。娘はまたもバンコランに好戦的な目を向けた。

「それで、マドモワゼル？　クローディーヌ・マルテルという名に聞き覚えは？」

「ムッシュウ、ここの窓口を通るだけのお客の名前を――顔もだけど――逐一知っているとでも思います？」

バンコランが身を乗り出す。「ほほう、どういう根拠があって、クローディーヌさんを蠟人形館のお客だろうと思われたんですか？」

「あなたが言ったんじゃないの」と娘はむっつりと言い返す。「その人がここへ来たんだって」

「殺された場所はこの裏手から通りへ抜ける通路ですよ。蠟人形館を見にきたことは、おそらく生まれて死ぬまで皆無でしょうな」

「ああ！――まあ、そういうことならね」肩をすくめ、また縫い物に手を出した。「じゃあ、蠟人形館とは関係ないかもねえ？」

バンコランは葉巻を出し、眉間にしわを刻んで今の答えを吟味するふうだった。マリー・オーギュスタンのほうはまた縫い物にかかり、難所をうまく切り抜けて、してやったりと言わんばかりの笑みを浮かべている。

「マドモワゼル」考えながらバンコランが口にする。「ちょっとお越し願って、その死体をあらためていただこうかと思っていたんですが……。今夜、さきほどあなたとやりとりした件を思い返しますとねえ」

「は?」

「オデット・デュシェーヌ嬢の話ですよ。ほら、若いみそらで殺されて、セーヌ河に浮かんでいたご令嬢です」

娘はまた縫い物をおろした。「ちっ、ああもう!」と大声を出してテーブルを叩く。「いつまでしつこくするつもり? 知る限りは洗いざらい話したじゃないのよ」

「私の記憶違いでなければ、ショーモン大尉にデュシェーヌ嬢の姿かたちを詳しく述べてくれと言われましたよね。ただの記憶違いかその他の理由かはさておき、あなたが述べた特徴はあたっていなかった」

「言ったでしょ! きっと勘違いしたのよ。きっと、ほかのこと――ほかの人――が頭にあったのよ、それで――」

バンコランは葉巻に火をつけ終え、マッチを振って消した。

「まさしくその通り! 的確な表現ですな、マドモワゼル! 頭にあったのはほかの人だった。デュシェーヌ嬢のことはたぶん見たこともないのでしょう。なのに、いきなり詳しい特徴を述べろと言われてとっさに出た答えが、頭に浮かんだほかの人だったのは明らかです。だからこそ私としても、どうしてかなあと不思議に思っているわけですよ――」

「というと?」

「――つまり」バンコランが思案顔で続けた。「どういうわけで、まっさきに思い浮かべた姿があれだったのか、そこが不思議でならない。要するにね、クローディーヌ・マルテル嬢の特徴をあれほど寸分違《たが》わずに述べるとは、いったいどういう事情かなあと」

4　幻が現実に

　バンコランは痛いところをついた。娘がわずかに口を開けて息をつめ、目をこわばらせたので、それとわかった。が、そのさなかにもめまぐるしく頭を働かせて逃げ道を探っている。ついで、声を上げて笑いだした。

「あらまあ、あなたのお話にはついていけないわ！　さっき言ったような特徴なんて、誰にでもあてはまりそうじゃないの——」

「ああ！　それじゃ認めるわけだ。デュシェーヌ嬢を見かけたことはまったくないと？」

「なんにも認めてないでしょ！……今も言ったように、あの特徴にあてはまる女なんて、それこそ掃いて捨てるほどいるだろうし——」

「ただし、そのひとりがここで死んでますからねえ」

「——実際、そのマルテルさんはたまたまあたしの言った通りの人だったわけだけど、まぐれ当たりよ。ただの偶然の一致というだけだわ」

「そこまで！」バンコランが警告のしるしに葉巻を振る。「そもそもあなた、どうやってマルテル嬢の外見を知ったんですか、マドモワゼル？　今までに会ったこともないんでしょう」

娘がまっ赤になって怒った。嫌疑をかけられたからでなく、バンコランのかけたかまにまんまと引っかかったのが癪だったとみえる。口先の応酬で、わずかでも人におくれをとるのが我慢ならないたちらしい。あらためて長めの断髪をぞんざいに後ろへ追いやった。

「あのね」出ていけと言わんばかりに冷たく言いはなった。「弁護士ばりの小細工なら、もうさんざん披露したでしょ！　もう大概にしたらどう！」

子供に対するようにバンコランはかぶりを振ってみせ、よけいに相手を怒らせた上で、あっけらかんと笑顔を向けた。「ほんとにねえ。でもまだだめですよ、マドモワゼル！　まだ訊いておきたいことがあるんでね。そう簡単に放免するわけにはいきません」

「警察の職務権限ね」

「その通り。さてと、それで。この点だけは手放しで認めませんとね。オデット・デュシェーヌさんとクローディーヌ・マルテルさんの死にはつながりがあります――それも密接なつながりが。ですが、ここで第三の女に行きあたったわけだ。さきのふたりのどちらと比べてもいっそう謎めいた女。その女がこの建物の中を徘徊しているらしい。いちおう述べておくとこの女の顔は誰も見たことはないが、毛皮の襟巻に茶色い帽子をかぶっているそうです。その件については今夜、おたくのお父さんがずいぶん面白いお説を開陳なさってね……」

「あらまあ、なんてこと！」娘がかみつくように言う。「この老いぼれのたわごとに耳を貸したってわけ？　そら、パパ、隠しだてせずに白状しなさいよ！　この人たちにしゃべったの――あれ全部？」

老人が妙に威厳をこめて背筋をのばした。「マリーや、かりにもわしはおまえの父親だ。だから、自分が事実だと思うことをこの人たちに伝えようとつとめたまでだよ」

常識をふりかざして冷たく凝りかたまった白い顔が、その晩初めて和らいだ。そっと父に寄り添い、両肩を抱くように腕を回す。

「あのね、パパ」つぶやくように言って父親の顔を探り見る。「いい。パパは疲れてるの。だから、もうここはいいから寝なさいな。こちらの方々も、お父さんとはもうお話しするご用も特にないんだし。お訊きになりたいことがあれば、あたしのほうで話してあげられるわ」

そう言ってこちらをうかがう。バンコランがうなずいた。

「ふうむ」迷いながらも老人が口にする——「まあねえ——おまえさえよければ。いや、ほんとに仰天させられ通しだったからなあ。肝がつぶれたよ。こんなに動転したことは、ついぞなかったねえ……」どっちつかずの身ぶりで、「四十二年だよ」と声を張る。「四十二年かけて築き上げた評判、かけがえのない評判なんだ。そうともさ……」

すまなそうにこちらへ笑ってみせ、背を向けておぼつかない足どりで灯の届かない暗がりへと向かう。くすんだ禿頭と丸まった背中が、ランプに照らされてひとしきり上下し、やがて厚ぼったいカーテンのすきまから街の青白い灯がこぼれるなか、白い亡霊じみた椅子カバーや馬の毛を詰めた椅子の彼方に消えた。マリー・オーギュスタンが深呼吸する。

「それで何ですか、ムッシュウ?」

「茶色い帽子の女については、いまだにでっちあげだと言い張るつもりですか?」

「当然でしょ。父の……想像なんだから」

「ま、お父さんの場合はね。ささいな点だが、それと関連してひとつだけ触れておきたい。お父さんの口から評判という言葉が出たね、自分の仕事に誇りを持っておいでだ……。ここをやっていて、利益は出てますか?」

娘は警戒心をあらわに身構え、罠の気配を慎重に探る。しぶしぶ答えた。「なんの関連もないじゃない」

「でも、あるんだよ。お父さんによると、入りがはかばかしくなくて左前だとか。経理をみているのはおそらく、あんただね?」

「そうよ」

バンコランは葉巻を口からはずした。「では、お父さんはいったいご存じなのかな、あんたがパリ市内あちこちの銀行に預けている金が総額で百万フラン近いというのを?」

返事はなかったが、頬骨の下まで青白くなり、目がまん丸になった。

「さて」バンコランがざっくばらんに言う。「なにか言いたいことでも?」

「ないわ」娘はしわがれ声でなんとか言葉を絞り出した。「ただ——あなたって、油断もすきもない人ね。ああっ、やられた! でも、ほんとに抜け目ないお手際だわ。そのこと、父に話す気なんでしょう」

バンコランは肩をすくめた。「そうとも限らんよ。あ! あれはたぶん、うちの連中だ」

おもての通りで、警察車のけたたましい警鐘が近づいてくる。じきにすぐ外で止まり、がやがやと人声がした。バンコランが玄関からそちらへ駆け出していく。二台めが到着し、一台めのすぐ横に止まった。ショーモンをうかがうと、狐につままれたような顔だ。

「まったく」ショーモンがいきなりうめいた。「こいつはどういうことだ？　さっぱりわけがわからん。何をやってるんだ？　えい……」そこでマリー・オーギュスタンがいるのを思い出したらしく、当惑まじりの笑顔でお茶を濁した。

私は彼女に向かい、「マドモワゼル」と声をかけた。「警察が来ました。これから館中ひっくり返して家宅捜索にかかりそうです。ひきとってお休みになりたければ、そうなさってもバンコランはだめだと言うような人じゃありませんよ」

娘が真顔になってじっと見てきた。ちょっと思いがけなかったが、その時気づいた。それ相応の道具立てさえ調えれば、この女は美人で通る素材だ。かたくなさを捨てて身のこなしを和らげれば、釣り合いのとれたすこやかな肢体はしとやかに見ばえするだろう。服や色のとりあわせで目鼻立ちもぱっとするし、憂いを宿した瞳の輝きをいちだんと引き立てるはずだ。やぼったい黒い服の陰にそんな幻のような姿が見てとれた。それをあちらも私の顔から読みとり、しばし見合って問わず語らずのやりとりがかわされた。こんな以心伝心の一幕があったおかげで、ほどなくわが身に降りかかった危機一髪の窮地をどれほど救うことになるかなど、その時点では知るよしもなかったのだが。私の内心に応じるように、娘がうなずいた。

「お若いのに、とっても気がつくのね」幻が口をきいた！　かたくなな口もとにほんのり微笑が浮いている。まるで、今しがた思い描いた幻が実体化したようにも、無言のやりとりの余禄で答えをもらったようにも思えて、不覚にもどぎまぎした。「感じのいい人だわ。でも、寝なくたってちっともかまわないのよ。警察の仕事を見るほうが面白そうだもの」

開いたドア越しに、館内にどやどや立ち入る一団が見えた。制服の巡査部長が一名、いかにも目ざとそうなソフト帽の私服二人組、てんでにカメラの三脚や箱を肩に担いだ助手たち。バンコランの指示が聞こえ、しばらくして私服の片割れを従えて戻ってきた。

「デュラン警部だ」と紹介する。「この場は彼が引きつぐ。あとは一切任せた。さっきの話はあれでわかったな、警部──あの通路の件だが」

「留意いたします」と、警部は言葉少なに答えた。

「写真撮影はなしだぞ?」

「あそこでは撮りません。心得ております」

「で、これなんだがね」バンコランがテーブルに行った。卓上にはあのバッグと中身、通路の石畳で拾った黒いドミノ仮面がずらりと並んでいる。「見ておきたいだろうと思ってね。さっき話した通り、すべてあの通路に落ちていたんだ……」

きれいにひげをあたった切れ者らしい顔を近づけて、警部がその品々に手早く触れていく。

「そのバッグ、死んだ女の所持品ですよね?」

「ああ、そうだ。留め金に頭文字が刻んであるよ。中身にさしたるものはなかったが、これだけは別だ」

バンコランが出してみせたのは、ちっぽけな紙きれだった。どうやらメモ帳の端を大あわてでちぎったものとおぼしい。名前と住所が書いてあった。警部が口笛を吹く。

「なんとまあ!」とつぶやいた。「この件はあの男がらみですか! ははあ、なるほど! この隣ですな……しょっぴきますか?」

「それには及ばんよ! 私が出向いてじかに事情を聞いてくる」

背後でかすかな音がした。マリー・オーギュスタンがロッキングチェアの背を握りしめていたら、力余って唐突にきしんだのだ。

「あの、いいですか」はっきりした声で尋ねる。「そこにあるのは、誰の名前ですか?」

「ええどうぞ、マドモワゼル」警部が帽子のひさしの下から鋭い目を投げてよこす。「『モンテーニュ街六四五番地、エティエンヌ・ギャラン。電話エリゼー局一一の七三』お知り合いで?」

「いいえ」

デュランはさらに一歩踏みこんだ質問をしかけたが、バンコランがいちはやく腕に触れて注意をひいた。「住所録にめぼしいものはない。こっちが車の鍵。これが免許証、車のナンバーが記載されてる。巡査に伝えて、この付近に駐車していないか調べさせたらいい……」

デュランがさっそく呼ぶ声に応じて巡査一名が入室とともに敬礼した。ひととおり指示を受けたあと、ちょっと言いよどむ。

「本件に関係ありそうな情報をご報告いたします」とたんにバンコランと警部にそろって振り向かれ、うろたえる。「大した話ではないかもしれませんが。今晩さきほど、女がひとり、この蠟人形館の前に立ってました。なんで覚えてるかというと、十分ぐらいのうちに二度その前を通り過ぎたんですが、二度ともその女が玄関口の前に立っていたからです。呼び鈴を押そうかと迷っているふうでした。本官を見たとたんに顔をそむけ、誰かと待ち合わせているというふりをしましたが……」

「閉館していたのか？」バンコランがただす。

「はい、ムッシュウ。その点は確かです。意外でした、ふだんなら十二時まで開いてますし、最初に行きすぎた時は十二時に二十分以上は間があったので……その女も首をかしげているふうでした」

「その女、どれくらいそこにそうしていたんだろう？」

「さあ、そこまでは。その次の巡回は十二時をとうに過ぎており、女はいませんでした」

「また会えば見分けがつくか？」

巡査は自信なさそうに眉をひそめた。「うーん――ほとんど明かりがなかったので。でも、まず大丈夫だろうと思います。はい、だいたいは」

「結構だ！」と、バンコラン。「では、残りの連中が戻りしだい合流して、死んだ女をあらためてきてくれたまえ、その女かどうか。よく注意して、慎重に確かめてこいよ！　あ、待て！　その女だが――びくついてたか？」

「はい、すごく」

手を振って巡査をさがらせ、間髪を容れずマリー・オーギュスタンに向く。「おもてに立つ人を見かけるか、声を聞くかしましたか、マドモワゼル?」

「そんな人いなかったわよ!」

「呼び鈴は鳴らなかった?」

「鳴らなかったわ。さっきもそう言ったじゃありませんか」

「わかりました、わかりましたよ。さて、警部」——黒い仮面を手にとり——「血痕のすぐそばにこいつがあった。私の推理では、殺された女は隣家側のレンガ壁に背をあずけて、まあだいたいその仮面から一・五フィート離れたあたりの通路に立っていたはずだ。血しぶきの飛び散り具合からすると、加害者は女の目の前に立ち、血痕から判断するに左肩越しに肩胛骨の下をひと突きした。傷の方向を調べればはっきりするだろう。さて、この仮面がなかなかに意味深だねえ。片方のゴム紐のとれ具合からして、どうもむしりとったような……」

「犯人の顔からですか?」

バンコランがうなる。「ふうむ、君ならどう説明する?」

ランプのそばでひとしきり仮面の白い裏をあらためた末に、デュラン警部が声を上げた。

「これをつけてたのは女ですね。小さい顔ならこの仮面の下の縁に上唇があたりますよ。ほら、ここに赤いしみがついてる」——指の爪でかきとってみせ——「やっぱりな、口紅ですよ。かすかですが見分けはつくでしょう」

バンコランがうなずく。「ああ、女がつけてたんだな。ほかには?」

「ちょっと待った! この仮面の持ち主って、もしや、あの被害者《がいしゃ》では?」

「私もさっき死体をよく見たんだがね、警部。口紅はつけてなかったよ。だが、その紅はやや暗色だ。したがって、その仮面の主だった女はわりに浅黒い肌だったんじゃないかね、たぶん髪もブルネットで。それと、ゴム紐が普通よりだいぶ長めだね。普通サイズの仮面が上唇にかかってしまうという事実から顔が小さいとわかったわけだが、それだと紐が余ってしまう。じゃあ、小柄な女がうんと紐を長くした仮面をつけていたのは――」

「そうですね」言いさしてそれとなくうながすバンコランに、デュランがうなずいて応じる。「髪が長くてたっぷりあるから、あのゴム紐で留めなきゃならないわけだ」

バンコランが破顔し、葉巻の煙を吐きだした。「つまりだ、警部。小柄なブルネットで化粧は濃いめ、髪をアップに結い上げた女ってことだな。仮面が教えてくれるのはそこまでだ。仮面自体はどこの店にもあるような、ありふれた品だな」

「ほかに何か?」

「あとはこれぐらいだ」ポケットから封筒を出すと、卓上に小さなガラスの破片を数個ふるいだした。「通路に落ちてたんだよ」と説明する。「細かいかけらがひとつだけ壁にくっついていた。こいつは君の思案にゆだねよう、警部。今のところ、私にはわからん。私の目に狂いがなければ、あの通路では足跡も指紋もいっさい出てこないだろうよ……。それじゃ、これで。私はこれからジェフとショーモン大尉を連れてギャランを事情聴取に行ってくる。用があったら、その後で。自宅に戻っているからいつでも電話してくれたまえ。さしあたっての指示はそれだけだ」

「被害者の住所はどこでしょう。死体を持ち帰って検死すると、近親者にはいちおう伝えておきませんと」

「デュラン」いかにも気分屋めいた口調でそう言うと、バンコランは警部の肩を叩いた。「君の良識ときたらむきつけもいいところだねえ、いっそすがすがしいほどだ。マルテル嬢のお父上も、そんなやりかたで寝耳に水の知らせを受けたら、さぞ感謝されることだろうよ。だめだ、だめだ。私か――さもなければ、こちらのショーモン大尉が――その役目は引き受けた。だがね、あの傷に関する検死医の所見はちゃんと知らせてくれよ。捜索したところで、凶器の出てくる見込みはなさそうだが……。ああ、戻ってきたぞ！　で、どうだ？」

さっきの巡査が帽子を脱いでかしこまっている。

「死体を見てきました、ムッシュウ。今晩、蠟人形館の玄関先で見かけた女とは、どうも別人のようです」

デュランとバンコランが目配せし合い、バンコランが尋ねた。

「なんでもいい、玄関先にいた女の人相特徴を言えるか？」

「難しいです」と、身ぶりをまじえて、「とくに目につくものがなかったんで。なにぶんあの暗がりですし。身なりはよかったかな。髪はブロンドみたいで、たしか中背だったかと……」

デュランがソフト帽のつばをぐいとおろした。「まったくなんなんだ！　今回の事件じゃ、いったい女が何人出てくりゃ気がすむんだ？　たったいま――仮面をもとに――どういう外見の女か割り出したばっかりなのに、今度はブロンドか！　ほかにまだあるか？」

「そのう、はい、あります」巡査がそう答えて、また口ごもる。「毛皮の襟巻に茶色の小さい帽子をかぶってたはずです」

みながしばらく言葉を失い、ショーモンは頭をかかえ、バンコランはオーギュスタンの娘に丁重に頭をさげた。

「幻の女が現実にあらわれましたね。ではお休みなさい、マドモワゼル」

バンコラン、ショーモンと私の三人は、おもての暗く肌寒い路上へと出ていった。

5　銀の鍵クラブ

バンコランとは古くからの付き合いだ。だから、誰かと話したければ夜中の一時過ぎでもおかまいなしという彼の性分はよく心得ている。せっかちゆえの行動ではない、彼にとっては昼も夜も変わりないというだけだ。睡眠をとるのを失念していない時には、眠気がさしたらその場で寝る。ただ、何であれ没頭してしまうと時間などおかまいなし、他人にもそんなゆとりを与えない。そんなふうだから、蠟人形館を出ると元気にこう言いだした。

「よかったらご一緒しませんか、大尉。これからジェフとふたりで実に面白いやつを訪ねていくんですよ。ですが、まずはコーヒーでもいかがです。情報をいただきたいのでね。現状では、話してもらえそうな人はあなたぐらいなので……」

「ああ、ご一緒しましょう」ショーモンが暗い顔でうなずく。「何だってやりますよ、帰宅して寝ずにすむんなら。それだけは耐えられない。徹夜なら望むところです」と、勢いこんであたりを見回した。「さ、参りましょう」

バンコランの車はモンマルトル大通りの角に停めてあった。手近に深夜営業のカフェが一軒あり、ぼんやり灯のともった窓があくびするように開いていた。戸外のテーブル席はまだ店内に取りこまれていないが、生彩のうせた街には人っ子ひとりおらず、風がテーブルの日よけをばたばたあおっている。われわれはコートにくるまって戸外のテーブルに陣取った。大通りのはるか先の空がぼうっと光っている。夜ともなればパリ上空の高みに出る光の暈《かさ》だ。遠くで、車のにぶい騒音を一本調子なタクシーの警笛がつんざいていく。舗道の石畳では幽霊の衣ずれめいた音をさせて落葉が舞う。われわれみんな、すっかり神経がはりつめて気が立っていた。だから熱々のカフェ・ロワイヤルが三つ運ばれてくると、私はむさぼるように自分の分を飲んだ。

とうにコートの襟を立てていたショーモンが胴震いする。

「いささか疲れたな」それまでの威勢はどこへやら、そんなことを言いだした。「会いに行くって、誰にですか？　この寒い中を……」

「これから会うのは、エティエンヌ・ギャランと称する男です」バンコランが答える。「まあとにかく、数ある名前のひとつがそれです。そういえばジェフ、今夜やつを見かけただろう。ナイトクラブへ入ってまっさきに教えたあいつだよ。君はどう見た？」

覚えてはいる。だが、その後にいろんな怖い目に遭ったせいで印象など忘れかけていた。かろうじて残っているのは蠟人形館の照明そっくりのぞっとしないスポットライトに照らされたひと癖ありげな目つき、曲がり鼻の笑顔ぐらいだ。モンテーニュ街、エティエンヌ・ギャランか。私の住所と同じ通り、懐がさびしくては住んでいられない場所だ。しかもデュラン警部にも名を知られているやつ。今夜はしょっぱなから、お化けかなにかのようにこの男の姿が見え隠れについてくるらしい。私はうなずいた。

「どういうやつなんだ?」

バンコランが渋い顔になった。「エティエンヌ・ギャランというのはな、ジェフ、すこぶるつきに剣呑なやつだよ。今の段階では、それ以上踏みこむのは差し控えよう。ただし、だ。今夜の事件にはなんらかの形でやつが一枚噛んでいるとだけは言っておく」所在なげな目で自分のカップを前後に動かす。「こんなふうに先が見えない手探り状態だと、君らふたりともさぞじりじりさせられるだろうが、これだけは請け合うよ。首尾よくやつが自宅にいれば、今夜の件はかなりのところまで判明する。もしかしたら、一足飛びに全容解明までいくかもしれん……」

しばし無言になる。日よけについたまぶしい灯めがけて黄色い落葉が舞いこみ、テーブルに落ちてひそやかに震えた。くるぶしあたりにうそ寒い風がまといつく。

「それから、クローディーヌの死をご両親に告げる役目があるよ」バンコランがおもむろに述べた。

「ああ、そうでしたね。嫌な役回りだ。どうでしょう」ショーモンはためらった。「電話でお知らせしたほうが……?」

「いや。朝まで待ったほうがいい。朝刊の記事にはもう間に合わんことだし、そっちで知る気づかいはないよ。あそこの父上ならまんざら知らんわけじゃない。だから、そのほうがよければ君はついてこなくたってかまいませんよ……まったく、信じがたいな!」と、語気をことさら強めた。「どちらの娘も名家の子女とは。庶民ならわかるがね。それが、あんな……」

「つまり、どういうことです？」ショーモンが食いつく。

「罠かな」と、バンコラン。「どうだろう。頭が混乱して、思うように働かない。これまで手がかりを見逃さないことで評判を得てきたのに……。情報が足りん。さ、お話しなさい、大尉！――あの娘ふたりのことを、あなたのいいなずけとクローディーヌ・マルテルのことを話していただきたい」

「ですが、どんなことをお知りになりたいんです？」

「手当たり次第になんなりと！　そこから目ぼしい情報を拾っていきますよ。ですから、話すだけ話してごらんなさい」

ショーモンが宙をにらんだ。「オデットは」こわばった低いかすれ声で、「これ以上ないくらいの美人で……」

「ああもう、そんなことを聞きたいんじゃない！」バンコランが珍しく、ふだんの余裕をかなぐり捨てた。この夜すでに何度かそんなことがあったので、私としては驚きの目を向けた。見れば、指の爪を噛まんばかりに焦燥感をあらわにしている。「頼むから、恋人の主観は抜きにしてくれたまえ。知りたいのは彼女の人となりなんだ。どんな人だったんですか？　どんな友人がいましたか？」

ぜがひでもはっきりした返答を迫られ、ショーモンは懸命に言葉を探した。日よけの照明からテーブルに並んだグラス、落葉へと目をやり、少々まごつきながらも生前の姿を再現しようとがんばっているらしい。

「いや……そりゃあ可愛くて……」そう言いさしてこれはまずいと気づき、はたと詰まって赤面した。「母親と同居してまして。母上は未亡人です。彼女はあの屋敷と庭が大好きで、あとは歌うこと――そう、歌が大好きでしたね！　蜘蛛を怖がってました。目にしただけで、ひきつけを起こしかねないほどで。それに、たいへんな読書家でしたよ……」

　とまあ、そんなふうに不器用で荒削りな輪郭で、過去形になりきれずに現在形が混在しながら、混乱と感傷からくる熱をこめて駆け足で記憶をなぞっていった。こまごましたできごと――日当たりのいい庭で花を摘むオデット、干し草の山をすべり降りて笑うオデット――の積み重ねで浮かんでくるのは、快活で素朴で幸せいっぱいの娘だった。本気で誠実な愛をはぐくんできたのだという彼の語りと、あの写真の娘がひとつに重なる。美しい顔だち、ふんわりした黒っぽい髪、ちんまりしたあご、本の挿絵以外では見ないような目。ああ、そうとも！　このふたりはそら恐ろしいぐらい真心こめて愛し合っていた。将来の計画をあれこれ立て、手紙をやりとりした。すべて、すこぶる世慣れた母親（ショーモンの話から、そのようにうかがえた）の監督のもとでなされたものだ。

「軍人だというので好かれたんです」ショーモンがひたむきな語り口で述べる。「でも、実戦には出てないんですが――あんまり。サン＝シール陸軍士官学校を出てすぐ海外へ送られ、リーフ（モロッコの山岳地方。一九二〇年、第三次リーフ戦争が勃発）の現地人と刃をまじえました。ですが、おかげでうちの家族が臆病風に吹かれちまってね。ふん、まったく！　そのさしがねでモロッコの安全地帯に飛ばされました。後方支援ってやつですよ！　なじめませんでしたね。でも、オデットが喜んでくれたので――」

「そうでしたか」バンコランが優しく話をひきとる。「で、交友関係は？」

「うーん、そんなに出歩く娘じゃなかったのでね。そういうのが好きじゃなかったんですよ」ショーモンが得意そうに断言した。「昔は〝分かちがたき友〟と名づけた女の子三人でいつも一緒でね、本当に仲がよかったです。オデットでしょ、それに――それに――クローディーヌ・マルテルと……」

「続けてください」

「それに、ジーナ・プレヴォーです。修道院学校の寄宿舎にいたころの仲よしでした。もう昔ほどべったりじゃないですが。でも――どうだろう。私はパリにいるのが珍しいくらいですし、オデットはどこへ出かけたとか、誰に会ったなんて話を事細かに書いてよこすほうじゃなかったから。ただの――おしゃべりと変わらない文面なんですよ。わかります？」

「ではあなたは、クローディーヌとはさほどお親しくなかった？」

「うーん、そういうことになりますか。どうも、あまり反《そ》りが合わなくてね」と、肩をすぼめる。「早口でぺらぺら皮肉ったあげく、面と向かって人を笑うんですからね。だけどもう亡くなった人だし、オデットには好かれていましたよ。わかりませんねえ、なにしろ滅多に帰ってこなかったもので」

「そうですか。で、このプレヴォー嬢というのはどういう方です？」

虚をつかれて、大尉はまた飲もうとしていたグラスをあたふたと置いた。「ジーナ？　ただの……そう、ただの友だちですよ。似たような家柄の人です。たしか舞台を志望してたんですが、家族ががんとして許しませんでした。ああいうタイプがお好きなら、すごい美人ですよ。わりあい長身の金髪でね」

しんとした中で、バンコランが指でめまぐるしくテーブルを叩く音がする。ごくかすかにうなずき、半眼になっていた。

「いやあ」ようやく口を開く。「どうもあなたはねえ、娘ふたりの人となりを過不足なく伝えるには不向きな方のようですな。まあいい！　もう出てよければ」――と、ばら銭で受け皿のふちを鳴らして給仕を呼びよせ――「さっそく向かうとしましょうか」

パリが宵っぱりだという悪評は的外れだ。この街の夜は早い。すっかり生彩のうせた大通りは一様に鎧戸をとざし、うらぶれた街灯が無人の路上に数本だけついている。バンコランの大型ヴォワザン（一九二〇年代にはやったフランス産高級車）がまっしぐらに向かったのはパリ心臓部のオペラ広場だった。ほの白い街灯がネオンの下でまどろみ、冴えた星明かりが沿道の建物をおそろいの青灰色に染め、くぐもった自動車の警笛がかすかに響く。カピュシーヌ大通りの並木たちが破れ衣で不吉に居並んでいる。前座席に三人すし詰めになり、バンコランは運転していることさえ念頭になさそうないつもの涼しい顔で、いつも通り時速五十マイルを出していた。高らかに鳴らす警笛はロワイヤル街にこだまし、フロントガラスを越えてきた凍てつく風が顔を打ち、ついでに湿った道、マロニエ並木、秋の芝土など、いろんな香りを届けてくる。コンコルド広場に林立する白い街灯のあいだを走り抜け、シャンゼリゼへ折れた。矢のように疾走して、あれよという間にみすぼらしいサン＝マルタン門界隈を抜け、落ち着いた窓格子や手入れのよい並木を擁するモンテーニュ街の閑静で上品な界隈に飛びこむ。

六四五番地なら私の住まいのわずか数軒先で、毎日のように前を通っている。背の高い古い家で、街路に面した壁は灰色だ。だが、磨きこんだ真鍮ノブをつけた正面の大きな茶色のドア一対はついぞ開いていたためしがない。バンコランが呼び鈴を押すと、片側のドアがすぐに開いた。そして応対に出てきた誰かと早口でやりとりしたかと思うと、制止をふりきって三人で押し通り、湿っぽく匂う中庭へ出た。暗くて顔は見えないが、制止した声の主もあとから小道をついてくる。屋敷の玄関は開いていて、明るい灯がこぼれていた。そちらへ入ろうとすると、さっきの声の主が立ちふさがって玄関の中へ後ずさりした。

「――ですが、申し上げましたように主人は不在でございます！」

「なあに、じき戻ってくるさ」バンコランが愛想よく述べた。「通せんぼはよしたまえ、君。それより顔を見せてもらおうか、見覚えがあるかどうか」

玄関口には見上げるような天井にカットグラスの吊り照明があった。その下で、短髪に刈り上げた頭、血色は悪いが端正そのものの顔が、内心の不興を目にあらわしている。「ああ、そうだな」バンコランがしばしとっくり検分した上で言葉を継いだ。「よく知った顔だ。ちゃんと私のファイル入りしてるよ。ギャランさんが帰るまで、みんなで待たせてもらうからな」

血色の悪い男は閉じる寸前まで険悪に目を細めたものの、口ではこう応じた。「かしこまりました、ムッシュウ」

通されたのは、屋敷の正面側に配した一室だった。ここでも見上げるような天井に古めかしい文様装飾が施され、暖炉の角飾りなど古びてまっ黒に近い。シェードランプ一灯だけでは部屋の奥までとうてい届かないが、高窓にはすべて鋼鉄の鎧戸がおりているのが見えた。暖炉にはふんだんに薪がくべてあるというのに寒々しさを拭いきれない。凝りに凝った金と灰色の飾り彫りや、大理石に金めっきのテーブル、古式ゆかしいねじり脚の椅子を配したこの部屋より、博物館のほうがまだしもくつろげそうだった。部屋の片隅に大きなハープまですえて、悪趣味にもご念の入ったことだ。家具調度を値打ちものばかりでそろえているのに、どれもこれも実用向きではないとくる。こんな部屋に住むのはいったいどんな手合いだろうか。

「諸君、暖炉近くにかけたまえ」バンコランが勧める。「あるじもほどなく戻ってくるはずだ」

召使はとうにさがっていたが、出がけに玄関へのドアを左右に開け放していったので、室内からでも玄関の薄明かりが見えた。私はそちら向きになって火のそばのブロケード椅子にいそいそと腰をおろし、さて、これから来るはずのやつはどんな足音をさせるだろうかと思い巡らした。火に顔を向けるどころではなく、もっぱら玄関のほうばかり見ていた。だがバンコランは燃えさかる火に向いて座り、痩せぎすの身をだらしなく椅子にあずけて頬杖をつき、なにやら考えこんでいた。時折、火の粉がはぜる音とともに火勢が増し、赤い光がまたたいてバンコランの顔に風変わりなまだら模様をつくった。寄木細工の床をショーモンがしきりに歩き回る足音が耳につく。うなりをたてて屋敷を吹き過ぎる風のただなかで、二時を打つ廃兵院《アンヴァリッド》の鐘を聞くともなく聞いた。

なんの前触れもなかった。それまでずっと、部屋の薄暗がりをへだてて戸口のつくる長方形越しに薄明かりの空間と玄関ドアの一部をずっと見ていたのだが、誰かが入ってきた気配もないのに、閉じた掛け金がひそやかにカチャリと鳴った。にわかに駆けこんできたのは大きな白猫だ。軽やかに駆け回ると火のそばで止まり、シャーッと容赦ない声をあげて牙をむいた……。

そこへ、ドアの長方形を越えて男が入ってきた。大男だ。頭からシルクハットをとり、マントをふんわり脱ぐと、悠然たる足運びで寄木細工の床を鳴らしてきた。

「今晩は、ギャランさん」バンコランが同じ姿勢で、火から目を上げようともせずに声をかけた。「ずっとお待ちしていましたよ」

男が近づいたところで私は席を立ち、バンコランも顔を向けた。こうして座に加わってみるとバンコランにひけをとらないほど背が高いし、筋肉がみっしりついているのに身ごなしは不思議なほどなめらかで、水のようによどみない。黄色い目をまばたきもせず私をにらむあの白猫の動きをほうふつとさせる。浅黒い系統のすこぶる男前、というか、唯一の難がなければ男前だったはずだ。おぞましいと言いたくなるほど鼻がひん曲がり、ほんのり赤い。力強いあご、秀でた額やふさふさした黒髪、切れ長で灰がかった蜂蜜色の目——そんな美点も、象の鼻もどきに垂れた曲がり鼻のせいで帳消しだ。われわれ三人に感じよく笑いかけてきたのに、あの鼻があるばかりにかえっておぞましい表情に変わり果ててしまった。

やつはこちらへ口をきく前に、かがみこんであの猫に話しかけた。さも可愛くてたまらない、というふうに目をみはって声をかける。

「おいで、マリエットや！」声つきも優しい。「お客さまに怒っちゃだめだよ、これ。ほら、おいでおいで！」

品と教養があり、響きのいい深い声。パイプオルガンのように空気調節で自在に操れそうな感じだ。猫を抱き、まだ手にしていた長マントでくるんでやって炉端の席につく。魔力めいた輝きを宿す灰がかった蜂蜜色の目にまぶたを重くかぶせ、ずっと猫の頭をなでている。指はずんぐりしたへら形で、すさまじい力がありそうだ。知力ばかりか体力もあわせもつ男、その力のほどがうかがえる。筋骨たくましい肉体がとぐろを巻き、一撃で致命傷を与えてやれと身構えているのがひしひしと伝わり、ナイフで襲われた時のようにわれとわが身を抱いてかばいたくなる。

「これは失礼」男は柔らかい深い声で述べた。「お待たせしまして。お久しぶりですな、ムッシュウ・バンコラン。こちらは」私たちにうなずいてみせ、「ご同僚の方たちですか？」

バンコランはこちらの顔ぶれを紹介しながら、けだるそうな立ち姿でマントルピースに片肘ついていた。ギャランはまずショーモンに、それから私に形ばかり会釈した。あとはひきつづきバンコランをぶしつけに品定めする。そのうちに薄い油膜が広がるように、自己満足の気取った笑みがおのずと顔全体にあらわれた。みっともない赤鼻にしわをよせて笑う。

「今夜、お見かけしましたね」思案顔でそう言った。「何年ぶりかな。めっきり老けましたねえ、白髪もだいぶ増えておいでだ。今のあなたなら、八つ裂きにしてしまえそうだね……」

仕立てのいいタキシードの広い肩をそびやかし、黄色ガラスの目でこちらをにらむ猫の喉をくすぐりながら指に力をこめた。ふと私に向くと、「これがご不審ですかな」優美といってもいいほどの手つきで自分の鼻に触れる。「ははあ、それはそうでしょう！　わけはムッシュウ・バンコランにお尋ねください。あの人がやったんだから」

「前に、ナイフで渡りあったんだよ」バンコランが絨毯の文様を見つめて言う。その時の彼は実際に老けこんで見えた。痩せ衰え、渋紙のような肌をした疲れたメフィストフェレスだ。

「ムッシュウ・ギャランがならず者《アパッシュ》（パリの底辺出身の凶暴な不良少年たち）流ナイフの達人きどりで腕をひけらかそうとしたんだ。だから、刃を使わずにナイフの柄で一撃してやった……」

ギャランが自分の鼻をつまむ。「かれこれ二十年も前になりますな。あれ以来、こちらもこつこつ腕を磨いてきた。今やフランス広しといえど、右に出るもののない……。でも、その話はおいときましょう。今夜のご用件は？」わざとらしく笑い声をあげてみせ、「私のしっぽをつかんだとでも思いこんでいらっしゃる？」

その後に長い沈黙があり、それを破ったのは意外にもショーモンだった。テーブルを迂回して炉端に近づくと、あやふやな顔でしばし疑念を巡らしたあげく、激した言葉をいきなり投げつけたのだ。

「おい……貴様、いったい何者なんだ？」

「ま、そのときどきの場合によりますが」ギャランは驚きもしなければ気を悪くした気配もなく、思案を巡らすように言った。「バンコランさんの詩的表現にならえば、さしずめこんな感じですかな。ジャッカルの首領——巡礼の王者——悪魔崇拝の大祭司……」

いまだ判断に苦しむショーモンの様子を見て、くすりと笑いをもらす。

「パリの〝暗黒街〟——ああ、その名がどれほど血沸き肉躍る物語を秘めていることか！　有産階級のただなかにおられるムッシュウ・バンコランは、三文小説家の魂をお持ちだ。外人旅行者や労働者だらけのむさいカフェを見ては、どいつもこいつも夜闇に乗ずる無頼どもだと十把一《じっぱひと》からげに決めつけ、悪徳や麻薬や血みどろの出入りに明け暮れる連中としか見ない。暗黒街をその程度だなんて。へっ！——不見識にもほどがあるね！」

あてこすりや含み笑いとともに吐いた言葉の裏に、ひそかな暗闘がうかがえる。このふたりは年来の敵同士だ。互いへの憎しみが燃えさかる火にもましてはっきりとわかる。だが、そのはざまには壁のようなものが立ちはだかり、ギャランが襲いかかりたくとも、おいそれと突き崩したり越えたりできない。いまの減らず口など、その壁にほんのちょっと爪を立てたに過ぎないのだ。ちょうど猫がやるように……。

「ショーモン大尉は」バンコランが言う。「君がどんなやつか知りたいとおっしゃる。ならば、私からおふたりにちょっと話してあげようか。まず、君は文学博士号の学位保持者であり、フランス人としてオックスフォードで英文学の教鞭をとった唯一無二の人物でもある」

「そうそう、その点はお説の通り」

「だが、反社会的人物だった。世間や同僚への憎しみを抱え、さらに申し分ない出自でありながら、ひどい薄給に甘んじている自分に気づいた……」

「その点も認めますよ」

「さて、異論はひとまず抜きにして」バンコランが思案顔で語る。「この人物の普通と違う精神構造にのっとって、その歩みをなぞってみよう。いうなればとびきり頭は切れるが、いかんせん読書が過ぎて知識の重圧で破綻をきたしてしまった男だね。内向きにくよくよ思いつめたあげく怒りっぽくなり、自分の考えるねじれた世界に目を向けるようになった。そこではあらゆる美徳は偽善だ。かりにまっ正直だと評判の人がいたとしたら、そいつは最悪の泥棒にちがいない。操正しいというふれこみの女がいたら、まず売女とみてまちがいない。ここまで増大した恨みつらみの腹癒《い》せに――といったって、とどのつまりは不遇な理想主義者の怨念に過ぎないんだが――友人知己の過去をほじくりにかかった。いわゆる上流社会に顔がきいたのでね……」

　不意にギャランが激怒をおもてに出し、顔の骨がそっくり固まったようにこわばって血の色をのぼらせた。おかげで、ただでさえ赤い鼻が妖怪じみて赤い。それでも椅子から立つ気配はなく、猫にひたすら目をすえて優しくなでてやっている。

「そこで」バンコランが続ける。「上流階級への戦いを挑んだわけだ。まあ、高度な脅迫行為というやつだね。信義なき脅迫とでも言わせてもらおうか。自作のファイルと手下どもを駆使して膨大な相互対照検索システムを編み、手紙や写真やホテルの領収書などを正本複写問わずもれなく収録、水も洩らさぬ準備をすませた上で座して好機を待ちうけた。槍玉にあがるのはこの国きっての名流名士に限っている。過去のささいな過失をいちいちほじくり出し、尾ひれをつけて適宜刈り込み、あとは持ち出す頃合いを見定めるのさ。結婚を間近に控えたご婦人、公職を狙って運動中の候補者、前途洋々たる若手……そんなところへ顔を出すわけだ。とくに金目当てというわけじゃなさそうだね。むろん実際問題として、相手から法外な額を巻き上げてはいるよ。だがね、醍醐味はそこじゃなくて、人の名声をおとしめ、崇めたてまつられる表向きの顔をぶち壊したあげく、こんなふうに啖呵《たんか》を切ってやるだけの力を手にすることさ。「そうれみろ、これほどの名声を手に入れておきながら！　おれの手にかかればこのざまだ！　まだ上に行けるとでも思ってるのか？　やれるもんならやってみろ！」」

ショーモンは魅入られたように椅子を引き寄せ、座部の端に形ばかりかけた。そうしてギャランの顔に見入るそばで、バンコランの低い声が語り続ける。

「わかったかな、諸君？　悪魔と組んで悪戯をしかけるやつには、こんな趣向が汲めども尽きぬ喜びなのさ。見てごらん、やつの顔を。口ではいまの話を打ち消すだろうが、顔は内なる喜悦にほくそ笑んでいるよ……」

ギャランがはっと顔を上げる。バンコランの非難が痛いところをついたからではない。内なる喜悦がおのずと口もとにさしのぼり、いみじくも言われた通りの顔になっていたからだ。

「しかも、それで終わりじゃないんだ」バンコランが思案顔で言う。「信義なき脅迫とさっき言ったが、まさにそういう感じだよ。相手から根こそぎ剝ぎとったあげく、約束を反故《ほご》にする。金を懐におさめても証拠品を返さず、あまつさえ本にして公表する。はなからそういう魂胆なんだ。というのも、真の狙いは相手をとことん破滅させることにあるわけで、そのちょっとしたおふざけが画竜点睛というわけさ……いやはや！　あとでやつを訴えようとしても無理だよ。巧妙しごくにそつなく立ち回っているからね。手紙は絶対書かないし、ふたりきりになれば別だが、それ以外の機会に脅しをかけたこともない。だから証人がいない。だが、諸方に事情が伝わっている。おかげでもう誰も自宅に招いてはくれなくなり、昼夜を問わず用心棒を連れ歩くようになったというわけさ」

「いまの言い草を」ギャランが無理に声をおさえて言う。「なんなら訴えてやろうか、それで──」

バンコランが投げ出すように笑い、マントルピースをこつこつやる。「やるわけないさ！　私との決着は違う手でつける腹づもりで機会をうかがっているんだろう、知らないとでも思ってるのか？」

「まあ、そうかもねえ」この期に及んでも嬉々としてよどみない！

「それでだ、今晩来たのはほかでもない」バンコランが商談でもするようにさりげなく、「君の事業の最新状況を尋ねたくてね」

「ああ！」

「そうとも、ちゃんと承知してるよ。パリの某所に個性的な店が開業したそうだな。〝色つき仮面クラブ〟とでも呼ぶのがお好みか。むろん、発想自体は斬新でもなんでもない──類似の趣向はいくつもある──ただし、こいつはほかの追随を許さないほど手がこんでる。入会資格はゴータ年鑑記載の名家出身に限り、会費もべらぼうに高い。しかも建前上、会員の個人情報は極秘扱いだ」

ギャランがわずかにきょとんとした。バンコランの口からこんな話が出るとは予想外だったのだ。それでも肩をすくめていなしてみせた。

「おいおい、本気で頭は大丈夫なのか。そのクラブとやらの趣旨はなんだね？」

「男女の出会いの場さ。女の場合は満たされぬ結婚や加齢からくるもの、それにスリル目当てなんかだね。男はというと妻が退屈あるいは猛妻だとか、大胆な情事《アヴァンチュール》への憧れか――そんな男女が一堂に会し、女は堪能させてくれる男をつかまえ、男は妻と似ても似つかない女を選ぶわけだ。集合場所はおたくの広間、照明を控えめにして分厚いカーテンを巡らし――全員が仮面で顔を隠している。だから、見ても誰だかわからないし、意気投合すればふたりきりで話そうと廊下へ抜けだす――目の前のあだっぽいご婦人の正体が、前夜のお通夜《つや》じみた晩餐会を仕切ったいかめしい女主人だなんて知るよしもない。姿の見えないおたくのオーケストラ演奏をおともに腰をおろして、さしむかいで差しつ差されつしたあと、どこぞへ消えてしっぽり愛欲の奈落に沈むという手はずだ……」

「おい、うちの広間だとか」ギャランがかみつく。「うちのオーケストラって言うのは――」

「ああ。実質は所有者だからな。もちろん名前を出しちゃいないがね！　表向きの名義人はさる女だろう。だが、牛耳《ぎゅうじ》ってるのはおまえさんだ」

「百歩譲って、たとえそうでも――むろん断乎として否認するぞ――完全に合法営業だろうに。警察がどうして目をつけたんだ？」

「ああ、合法は合法だよ。おまえさんにとっては絶好の道具立てだね、喉から手が出るような脅迫のネタが居ながらにしてよりどりみどりだ。なにせ、会員は経営者が実はおまえさんだと知らない。それでも通いつづけるというのなら、それは彼らの自身の問題だ……」そこでバンコランはひと膝進めるように身を乗りだした。「だがな、警察が目をつけた理由を教えてやろう。おたくのクラブへ行く通路——オーギュスタン蠟人形館の名で知られる場所のすぐ裏手にある通路——そこで今夜、クローディーヌ・マルテルという女が殺された。その件で思い当たることを話してくれないか？」

6　歌手エステル

目の前で、ギャランの顔がぼやけた。ひっと息をのんだショーモンが、暖炉を背にがたんと立ったのがわかったが、幽霊のように実感がない。今の今、目の前にあらわれているのは蠟人形館裏にのびた石畳の細道だった。ずっと左には意味深長にもノブのないドア、街路に出る右手の戸には立派な防犯錠がついているというのに開けっ放しだ。さらに脳裏に浮かんだのは、通路をほんのり照らす照明の小さなスイッチ。ゴム紐がちぎれて血しぶきの脇に落ちていたあの仮面……。

その通路の先からこだまするように、ギャランの声がした。

「なんなら証拠を出してやってもいいんだよ」穏やかな声だ。「お説のクラブとは無関係だという証拠をね。会員だとしたら――それがどうした？　会員なら他にもいるだろう。それに、今晩その界隈にいなかったというアリバイもあるよ」

「これがどういうことか、わかってるのか？」怒りで震えながらショーモンが叫んだ。

「座るんだ、大尉！」バンコランがきつく命じ、ショーモンの暴発を怖れるかのように前へ踏みだした。

「だが——本当だとしたら——ああ、なんてことだ！　あんたはどうかしている！　こいつの言う通りだ！　おかしいよ、あるまじきことだ、そんな——」捨て鉢に振り向いたショーモンはバンコランと目をあわせ、それから自分の椅子に沈みこんだ。今の彼は、軍服とホルスターを身につけているように見える。ばかばかしく装飾過多な室内で、金塗りのばかげた椅子にかけ、不機嫌な目をした不審顔の軍人だ。

長い沈黙があった。オデット・デュシェーヌ、クローディーヌ・マルテル、それに色つき仮面クラブ……。

「こちらの情報をもう少し話させてもらおうか、ムッシュウ・ギャラン」バンコランが話していた。「さらなる意見に先だってね。さっき指摘したように、あのクラブはどうやらさる女が所有し、運営しているらしい。名は別にいいよ、およその見当はついている。もっと言おうか。上流階級に接近をはかり——つまり新規会員獲得に動いたのも——やはりこの女だ。警察のほうではこの女の名を知らないが、上流階級の一員を装い、興味をもってくれそうな口の堅い人人に近づいたのは明らかだ。まあ、その部分はこのさいはしょらせてもらう。君の事業は金がかかり、刺激にみちているが危険が伴う（万が一、会員の身内連中にばれでもしたら！）。言わせてもらえばいつも身辺に置いている大男の用心棒どもは、その種のもめごと防止のためだろう。そんなクラブで痛ましい椿事《ちんじ》が起きてしまった。新聞各紙が競って一部始終を書きたて、会員は夫や妻に知られるのを恐れて二度と足を踏み入れないだろう——つまり、君は一巻の終わりだ」

ギャランがゆるぎない手つきでシガレットケースを出した。

「私は一介の会員に過ぎないのでね」と言う。「むろん、今の話が全部のみこめたわけじゃない。そうは言っても、人殺しが起きたのは確か入口の外の通路だと言ったな。だったらクラブは関係ない」

「いや、でも無関係じゃすまないよ。それというのも、あの通路は事実上クラブの一部だからさ。街路からあの通路へ入る戸は特製の鍵つきで、いつも閉まっている。会員はそのドア専用の鍵を一本ずつ支給される。銀の鍵でね、会員それぞれの名が刻印してあるんだ。だとすると――?」バンコランは肩をすくめた。

「なるほどな」ギャランは相変わらずどうでもよさそうに煙草をつけ、マッチを消した。手つきの確かさにわれながら感心しているらしい。「そういうことなら、新聞が一部始終を聞きつけて、クラブのことも残らず書きたてるだろうな」

「その情報は一切洩れないよ」

「なにっ――なんだって?」

「こう言った」バンコランが平然と繰り返す。「その情報は一切洩れない。だからこそ、こうして私が出向いて話をしているのさ」

またも長い間があってギャランがつぶやく。「おまえさんってやつは、打つ手がさっぱり読めんね。だからこそ一目おいているわけだが」

「この件については一言《いちごん》たりと新聞には洩れないよ。クラブはこれまで通り順風満帆で続くだろう。だが、今夜のできごとをまったく打ち明けない気なら……。ところで、このクラブにはまた違った興味深い特徴がある。〝色つき仮面〟の名は伊達《だて》や酔狂じゃない。会員同士が互いを見分ける情報の役目を果たしてるそうだな。決まった人がいなくて、お楽しみの相手を手当たり次第に物色中というだけなら黒い仮面をつける。特定の相手を探している人は緑の仮面。最後に、特定の相手との約束があって、他の者と口をききたくなければ――手出し無用の合図に――真紅の仮面をつける。今夜、通路に落ちていた仮面は黒だった……。ところであらためて訊くが、殺人について何か知っていることは？」

ギャランはふたたびくつろいで力を抜いた。曲がり鼻から煙草の煙を吐き出し、椅子に深くかけなおすと、漫然とバンコランに目をやった。

「あのね、君、私は何も知らないんだよ。あそこで犯罪があったと教えてくれたのは君だろう。悲しい話だね、まったくもってこれ以上ない悲劇だ。そうはいってもねえ、誰が、どうやって、なぜやったかなんてさっぱりだよ。よかったらヒントをくれないか？」

「クローディーヌ・マルテル嬢を知っているか？」

ギャランは眉をひそめて煙草を見つめ、ついではっとしたように顔をあげた。この男が嘘をついている時と、単純な事実を話すことで答えをはぐらかしている時を見分けるのは難しかった。それがいまや、判断に苦しむことに、本心から驚いているらしい。

「ふむ？」とつぶやく。「いやあ、それにしても妙なことを訊くもんだ！　ああ、知ってるよ、マルテル家はすこぶるつきの名門だからね。娘の話なら、以前にちょっと聞いたことがあるよ。

クローディーヌ・マルテルか！」くすりと笑う。「あのクラブの会員とはな！　いやはや！」

「嘘だ」ショーモンがすかさず冷たく言い放った。「おい、こっちを見ろ！　デュシェーヌ嬢のことは――」

バンコランが声をひそめて悪態をつき、こうさえぎった。「大尉、お願いですからこの件に口をはさまないでくれませんか」

「デュシェーヌ」ギャランがおうむ返しにする。「デュシェーヌ？　その名は聞き覚えがない。とはいえ、よくある名だからな。その娘が何か？」

「そっちはさておき……マルテル嬢の話を続けさせてくれ」とバンコラン。「今晩発見された死体は彼女なんだ。背後からひと突きだった。裏口があの通路とつながる蠟人形館のほうで」

「蠟人形館で？――ああ、あそこか！　どこの話かはわかるよ。なるほど！　それはあいにくだったなあ！　だが、たしかさっきは通路で殺されたと言わなかったかい？」

「そうだ。その後に死体を運んだんだ。開いた戸口から蠟人形館のほうへ」

「どんな目的で？」

バンコランが肩をすくめる。だが、その目がきらりと光った。この役回りを内心楽しんでいるのだ。この二人はちょっとしたことだけで互いの意思を読む。傍目には、まるでバンコランの胸の内がギャランに聞こえているようだ。「動機、それこそが答えだ」と。バンコランが声に出して尋ねた。

「君はオーギュスタン氏やその娘を知っているかね？」

「オーギュスタン？　いや、聞いたことがない……。いや待て、決まってるじゃないか！　あの蠟人形館の持ち主だ。いや、残念ながら面識はありませんな」

そこで暖炉の薪が崩れてごろりと落ち、盛大な火の粉が黄色い光をギャランの顔にあてた。うわべはあくまで心配そうな思案顔を崩さず――明晰この上ない頭脳で慎重に言葉を選んでいる。その下に皮肉が見え隠れする。今はわが身に危険が及ばないと感じて、丁々発止の掛け合いを楽しんでいるにすぎない。その場の沈黙がバンコランの笑い声でみじんに砕けた。

「おい、もう吐いちまえよ！」とけしかける。「考えてみろよ、君！　考えなおすのもいやなのか？」

「どういう意味だね？」実に周到にさりげなさを装ったものだ！

「いやあ、深い意味はないよ。私がさっき話した、君のクラブに関する情報は自分の手柄じゃない。だいぶ前にこちらの密偵がつかんできたんだ。だが、今夜蠟人形館へ出向いた際に、さる事実が明らかになった」

そこで、バンコランは覚書かなにかのように自分の掌に見入った。しかめ面で続ける。

「街路に出るほうの戸口は厳重に防犯錠をとりつけてあり、専用の銀の鍵が会員各自に渡されている。クラブとしては、外側の入口から勝手に侵入されたくないからな。だが、この通路には別の出入口がある！――蠟人形館の裏口だ。さて、これらを踏まえて、クラブの持ち主がその裏口を放置するなんて考えは筋が通るかな？　蠟人形館の内側から開く、ごくありふれたイエール錠のドアを見逃し、通りすがりの穿鑿屋《せんさくや》がそこから通路にうっかり踏みこまないとも限らないのに放っておくというのは筋が通るかな？　そりゃ違うだろう。しかも、この蠟人形館の戸口についた錠は真新しく、蝶番には油がさしたて、どこも支障なく使える状態なのも目についた。その言葉に嘘はないと思うが、オーギュスタン氏が請けあうには、そのドアは使われたことがないし、鍵はなくしてしまったというんだがね。いっぽう、娘の挙動不審はいやでも目をひいたね……。

　そんなこんなで、かなり明白だと思わないか？　オーギュスタンの娘はだいぶ耄碌《もうろく》した親父さんの面倒一切を引き受け、オーギュスタン蠟人形館が蠟人形展示とは別途の資金調達をするすべを見出したんだ。あの蠟人形館に入っていけば、人目に立つのを恐れる会員にとっては完璧な隠れ蓑だ！　そのまま裏手へ出て、鍵を使わずに通路へ入れる——だが、もちろんクラブの会員でなくては——」

「ちょっと待った！」ギャランが片手でさえぎる。「そのオーギュスタンの娘とやらは、クラブの会員だけを入れて他の入館者を断るわけにはいかんだろう？　一般の見物人を——」

　バンコランがまた笑った。「あのねえ、君、あの二つの入口——つまり、あのブルドッグ錠のかかった街路側のドアと、蠟人形館の裏手の内側から開けられるドアが唯一の防壁だと思うほど私は初心《うぶ》じゃないよ。いやいや、まさか！　クラブへ実際に通じるドアがまだその先にあるんだ。そこでもあの銀の鍵がないと戸が開かず、その後に中の見張り役に銀の鍵を呈示しないといけないそうだ。だから、会員はどっちの入口から入るにせよ、自分の鍵を持っていないことにはどうにもならない」

ギャランがうなずく。まるで一般論としてその話を検討しているように。

「蠟人形館のこういう事情については、だいたい察してはいた」とバンコラン。「出向く前に警察で残らず調べてきたんだ。こちらの所轄部署が内務省に連絡を取り、フランスの大手三銀行に照会して、税金の所得申告書より多額の収入や銀行残高があるパリ在住者の月次リストを入手した。その手で、役立ちそうな——あとで役立ちそうな証拠を拾うことがよくあるんでね。で、今日の午後、オーギュスタン蠟人形館へ入るところを最後に目撃された女の死体を収容したとき——（いやいや驚いたふりはなしだ！　殺人は二つあったんだよ）——私はお決まりの捜査手順としてオーギュスタンの娘の銀行残高を調べた。そしたら百万フラン近い預金残高があった。信じられんよ！　その後、今夜になってその金の出所が明らかになった……」

バンコランは両手を広げた。彼はギャランを見ていなかったが、私は見ていた。ギャランの目の奥に乙にすました表情、秘めたる勝利の雄叫びが再びよぎるのを見たように思った。まるで頭の中で笑っているようだ。こう言わんばかりだった。「それでも、まだわかってないぞ……！」だが、ギャランはだるそうに煙草を暖炉に放り投げた。

「じゃあ、それで私がその魅力的なお嬢さんと知り合いだと思いこんだわけだ？」

「まだ否認するのか？」

「ああ、そうだよ。さっきも言っただろう、ただの会員なんだと」

「なら、いったいどうしてかな」バンコランがつぶやくように言う。「おまえさんの名前を出したとたん、なんで彼女はあんなに興奮したんだろう」

ギャランの指がそっと猫の首筋におろされた……。

「他にもあるんだ」とバンコラン。「あのお嬢さんとはいろいろ話したんでね。肝腎な点は伏せたまま質疑応答をやったが、その含みは双方ともわかっていた。それでいくつか明らかになったことがある。娘がそんな目的に蠟人形館を利用していることを父親は知らないし、娘のほうでも知られたくないと思っている。怖いんだ。あの老人は自分の蠟人形館が誇りであり生きがいだから、もしも知ろうものなら……まあ、その件についてては推測不能だが。それにね、君、彼女は明らかに以前マルテル嬢を見かけているんだ」

「なんでそう思った？」ギャランの声がこころもち高くなった。

「ああ、その点は思ったんじゃなくて確信してるよ。ただ、君は――君はさっき、以前にマルテル嬢を見かけたことがないと言ってなかったか？　それにオーギュスタンの娘も知らないんだったね。そうすると話がややこしくなるな」とため息をつく。

「おい、いいか」ギャランがちょっとしゃがれ声に戻った。「こんなのはもう沢山だ。今晩はうちに勝手に入ってきやがって、さんざん間抜けなやり方で罪をきせてくれたな、そのつけは法廷で払わせてやる。まったくうんざりだ！」

ゆっくり椅子から立ち、膝の猫を落とした。大きな顔が凄まじい形相になっている。

「そろそろお開きだ。出ていけよ、さもなきゃうちの者に放り出させるぞ。殺しについては何の関わりもないと証明できる。そもそも、犯行時刻がいつごろという話になっているのか知らないが――」

「私は知っている」とバンコランが平然と言った。

「この私相手に、はったりをかける根拠でもあるのか?」

「あのなあ君、君でも他の誰にでも、わざわざはったりをかけるなんて手間はかけないよ。言っておくが、殺人の犯行時刻はほぼ正確に判明しているんだ。そう断定するだけの物証があるのでね」

バンコランは無関心と言っていいような声で淡々と語った。眉間にしわを刻み、ギャランをろくに見ようともしない。物証だと!――私が知る限り、その時点では何の物証もなかった。クローディーヌ・マルテルが刺された時刻には一時間以上の幅があるのだ。だが、彼が真実を述べているのは全員にわかっていた。

「まあ、じゃあ、いいだろう」ギャランが同意する。うなずいたその目は生気を失ってどんよりしていた。「八時ごろ、デュポー街のプリュニエで食事した。店で裏をとればいい。そこを引きあげたのは九時十五分頃だ。そこを出がけに友人とばったり会った――ドゥファルジュという男だ。住所を教えてやろう――その後に二人でカフェ・ド・ラ・マドレーヌへ一杯やりにいった。十時頃別れて、自分の車でムーラン・ルージュへ行った。あそこはダンスホールだ、従業員から簡単に裏がとれるよ。ちょっとした顔だからな。ダンスフロアから離れたボックス席をとり、そこで十一時ちょうどのステージ・ショーを見た。十一時半には終わったんで、その後はまた自分の車でサン゠マルタン門方面へ向かった。女連れだ――隠し立てしていないのはそれでわかるだろう――例の仮面クラブへ出向こうとしたわけだ。だがサン゠ドニ大通りの角まで来て気が変わった。あれはきっと……まあそれはさておき、十一時四十五分頃だったと思う。それで〝灰色雁〟というナイトクラブへ行き、若い女二人と酒を飲んだ。そこへほどなくあんたが入ってきて、私を見たわけだ。こっちがお見かけしたのは確かだよ。今の話で間違いない。さて——殺人の犯行時刻はいつかな？」

「ぴったり十一時四十分から十一時四十五分の間だ」

それまでのギャランの怒りはぬぐったように顔から消えた。張りつめていた全身がほぐれ、バンコランの肩越しに暖炉の上にかけた鏡で髪をなでつけた。それから肩をすくめる。

「そこまで自信をもって言い切れるなんて、どうやったのかね。だが、おかげで助かった。たぶんムーラン・ルージュの車係が証言してくれるだろうよ、私があそこを出たのが十一時三十分のすぐ後だと。それで思い出したが、通りを渡ってすぐの店に照明つき時計があったな。それから十分ほど車に乗って——目と鼻の先だな——駐車場へ入り、灰色雁クラブに着いたのが十一時四十五分だった……これでも私がマルテル嬢を殺し、その死体を蠟人形館へ担ぎこんでから、服に血痕ひとつない状態でその時間にナイトクラブへ駆けつけられると思うかい？　うちの運転手に聞き込みしてくれても、もちろんかまわんよ。その言い分を君が信じるとは思わんが」

「いやいや、話を聞かせてくれて」バンコランがよどみなく言った。「どうもありがとう。それには及ばない。君を殺人容疑で告発はおろか——私に関する限り——嫌疑さえかけたこともないよ」

「じゃあ、私がやるなど無理だと認めるわけだ?」

「いや、そんなことは」

ギャランの唇がさも不快そうにへの字になる。そしてぐいと顔を突き出した。「率直な話、何の用でここへ来たんだ?」

「そりゃあ、単にこう伝えるためさ、有象無象《うぞうむぞう》がみだりに君のクラブに闖入《ちんにゅう》するんじゃないかという心配は無用だと。友好的訪問ってやつだよ」

「いいか、よく聞いてくれよ、私はもの静かなたちなんだ」ギャランが薄明かりの室内をわずかに手で示す。「ここで趣味三昧に暮らしている。本や音楽」――その目が片隅の大きなハープへ向いた――「それに、かわいいペットのマリエットもいる……。だがね君、もしもそのクラブとやらで警察のスパイが見つかろうもんなら――」

そこで含みを持たせておいて、にっこりした。「じゃあ、おやすみ、皆さん。お越しいただいて光栄だったよ」

白猫をかたわらに、身じろぎもせず暖炉脇に立ったままの主人を残して皆で引き上げた。ギャランはドアが閉まるまで、思案のおももちで鼻をいじっていた。召使の案内で濡れた匂いのする中庭に出た。冷たい星明かりのもと、庭はまるで水を張ったように見えた。私たちの背後で外門が閉まるや、ショーモンがバンコランの腕をつかんだ。

「さっきは黙っていろと言われた」と重苦しく言う。「だからそうしました。今度こそ教えていただきたい。オデットが! いまの話では、人もあろうにオデットが行ったと言うんですか

――あんなところへ？　ばかみたいに突っ立ってないで、なんとか言ってください！　あんな胡乱なクラブへ、なぜ――」

「そうだよ」

並木越しに街灯がショーモンの顔へ青白い光を落とした。彼はしばらく言葉を失っていた。

「まあいい」とようやくつぶやいて街灯の方へ目を眇《すが》める――「まあ、とにかく――そのことは母上には伏せておかなくては」

その気休めにある種の気負いが感じられる。薄明かりでバンコランはそんな彼の顔をつくづく見て、しっかりとショーモンの肩に手をかけた。

「君には真実を知る権利がある。君のオデットは――まあ、総じて無邪気すぎるきらいがあった、君と同じように。軍でも、他のどこでも、君に人生を教えてくれはしないだろう。実際には、おそらく君のオデットは冗談のつもりであそこへ誘われたのだ。ギャラン氏はそういうおふざけを面白がるからな……。おい、おとなしくしたまえ！」指を若者の肩に食いこませ、力ずくで自分のほうへ向ける。「だめだめ、ギャランのところへ戻るのはなしだ。そちらは私に任せておけ」

枯葉さざめく路上に張りつめた沈黙が流れ、ショーモンがバンコランの手から逃れようともがいた。

「彼女が自分からあそこへ行きたがったのなら」バンコランが相変わらず静かに述べた。「生きて出られただろう。君はギャランのユーモアセンスをわかってない」

「じゃあ、こういうことか」と私は言った。「あのギャランというやつが、今回のふたりを――誘いこんで殺した張本人だと」

バンコランが肩をつかんでいた手をおもむろに離して振り向く。その顔には当惑と落胆が浮かんでいた。

「それはうがちすぎだ、ジェフ。あいつを信用しているわけじゃない。ずっとああいう道を歩んできたやつだ。だが――反証が多すぎる。この犯罪は二つとも手際よさを欠いている。不器用すぎるのだ。我らが友人のお手並みとは似ても似つかないし、あまりにも露骨に彼を指しすぎている。それだけでなく……今夜の証拠からでも一ダースは理由を思いつくよ！　まあ待ちたまえ。帰宅する前にあいつが何をしていたか、これから確かめようじゃないか」

手にしたステッキの石突きで石畳をするどく叩いた。すると、モンテーニュ街の先の木の陰から人影がすっとあらわれ、悠然とこっちへやってくる。私たち二人にもついてくるようにとうなずいて、バンコランが近づいていく。

「今夜」と説明する。「デュシェーヌ嬢殺しはあの蠟人形館や例のクラブにつながりがあるとかなり確信を持ったのでね――マルテル嬢の死体を見つける前のことだ――電話をかけたのさ。覚えているだろう。ギャラン氏をあのナイトクラブで見かけたので、おやと思った……まあ意外だったね。あの界隈はあいつの行きつけじゃない。普段見かけない場所ではあるし、あんなうるさがたの学者肌が酔っ払いのふりをしてどこであれ通りをぶらつくなんて普通はない。だから蠟人形館からある男に連絡して、その後をつけさせた。やつがまだ灰色雁クラブにいるものと仮定してね。さてと、結果を聞かせてもらおう」

われわれは葉がかなり残った木の陰の濃いあたりで立ち止まった。煙草の赤い火が点滅すると、火がついたまま捨てられて弧を描き、男が進み出た。

「早い話、ギャランは何かのアリバイを作っているという印象が濃厚だった。それが何なのか、ごくおぼろげな見当しかつかなかったんだが」と、バンコラン。「で、どうだった、プレーゲル?」

「行ってみたら、まだナイトクラブにいました」と声がした。かすかな街灯が糊のきいたシャツの胸もとにあたり、声は堂々としている。警察は見るからに密偵らしい者を使うようなへまはしない。「正確には十二時二十分です。それから十五分ほどで引きあげました。はじめは酔っているのかと思ったのですが、お芝居ですね。灰色雁を出て角を折れ、二区間先に停めてあった車に向かいました。イスパノのリムジン、ナンバーは2X－1470です。運転手が待機し、女とおぼしき人物が後部座席にいました。その時は見極められませんでしたが。やつがリムジンに乗りこみ、私はタクシーで後を追いました……」

「それで?」

「二人でモンマルトルのピガール街二八番地へ乗りつけました。小さいアパルトマンです。通りが混んでいたおかげで、リムジンの二人が降りる際にじっくり観察できました。連れはやはり女で、たいへんなブロンド美人です。毛皮の襟巻に茶色い帽子をかぶっていました」

「またその女か」バンコランがため息をつく。「それから?」

「その女にはたしかに見覚えがありましたが、二人が連れだって上がってしまうのを見届けて、アパルトマンの管理人《コンシエルジユ》に身分証を呈示し、女の身元をただしました。ムーラン・ルージュの新人歌手です——アメリカ人というふれこみで——エステルという芸名を名乗っています」

「ギャランがムーラン・ルージュでちょっとした顔と言っていたのがそれでわかる。ふむ、先を続けたまえ」

「男は一時間ほど上にいました。それから降りてきてリムジンに乗りこみ、この街路のうんと先にあるガレージへまっすぐ向かいました。そしてここまで歩いてきて、自宅に入ったというわけで……」声がやや恥ずかしそうになり、相変わらず個性のない口調だが、言いよどみがちになる。「あの——そのう——たまたま私はその女性歌手の——大ファンでして。パリ・ソワール誌に載っていた写真の切抜きをここに持っております。いまの報告を確認なさりたいということでしたら」

「ほほう!」バンコランが感心した。「上出来だ、プレーゲル! 知る限り、私は一度もそのご婦人を見てないんだ。ぜひ拝ませてもらおうじゃないか」冗談めかして声を落とす。「お二方、ことによると閉館後の蠟人形館の前に立っていたのを巡査に見とがめられた女かもしれないぞ——茶色い帽子の謎のブロンド女だぞ? 灯をあててみてくれ」

プレーゲルがマッチの火を盛大につけて両手でおおった。それから慎重に大判のカラー写真にかざしてみせた。「エステル、アメリカ出身の大歌手。ムーラン・ルージュ出演中」と説明がある。うんと離れた青い目が、流し目にこちらを見ている。なかば誘い、なかば見とれるように。ふっくらしたピンクの唇をわずかに開け、顔をこころもち上向けて笑みをほんのり浮かべている。すっきりした鼻、意志の強そうな形のよいあご、髪は真珠のネットでまとめているが黄色というより茶色で、光をあてると金色に輝く。みな無言で、プレーゲルが風からかばってくれるマッチの灯を頼りにその写真に見入った。やがてマッチがふっと消える。

「ちょっと待った！」ショーモンがふいに声を上げた。「もう一度、灯をつけてくれ！　よく見たいんだ……」

　声に驚きがあった。「まさか、そんな——」とつぶやく。プレーゲルがまたマッチをすってやると、棒立ちになって黙りこくっている。やがて荒く息をつくと、苦い口調で述べた。

「いやあ、どうやら今夜の私はもっぱら身元確認をさせられる巡り合わせだったらしい。以前のオデットに〝分かちがたき友〟なる親友が二人いたとさっきお話ししましたが、覚えておられますか？　クローディーヌ・マルテルとジーナ・プレヴォー——舞台志望を家族に断念させられた人ですよ。まあ、にわかには信じがたいですが、それにしてはあまりにも生き写しです。賭けたっていいくらいですね、このエステルという女がジーナ・プレヴォーだというほうに。まったくなんてざまだ。ムーラン・ルージュに出て歌うなんて！　そんな、けしからん……」

　再びわれわれは闇の中にいた。一拍おいてプレーゲルの声がひっそりと、

「まさに、このムッシュウのおっしゃるとおりですよ。管理人《コンシエルジュ》の口から聞きました。先ほど申したように歌手エステル嬢はアメリカ人というふれこみですが、ちょっと脅しをかけたら真相を吐きました。本当はフランス人でプレヴォーというのだそうです」そこで深く息を吸いこ

む。まるでこう言わんばかりに。「またひとつ夢が消えてしまった！」その後に、「今夜はまだ御用がおありでしょうか、ムッシュウ・バンコラン？」

「いや」とバンコラン。「ひと晩の成果としてはまあこんなもんだろう。諸君はもう帰宅したほうがいい。私も考える時間がほしい」

そう言って背を向け、ポケットに両手を突っこんでシャンゼリゼの方角へゆっくり歩きだした。深々とあごを襟にうずめた背の高い彼の姿が、陰になったり、星明かりに照らされたりしている。彼のことだ、夜明けがくるまでそうやって歩き続けるつもりだろう。はるかな廃兵院《アンヴァリッド》の鐘が三時を告げた。

7　第二の仮面

翌日のパリは朝から怪しい雲行きだった。秋の朝にはよくあることだが、風は耳障りな音をたて、どんよりした雲の端に日があたって冷たい鋼色《はがねいろ》に光る。大気そのものが灰色に塗りつぶされ、家々は古びて不吉に、エッフェル塔は天さして凍りついていた。十時に朝食をとるころには、アパルトマンの居間の暖炉にあかあかと火が入っていても気のめいる暗さをぬぐえなかった。壁にうつった火影が上下にちらつくさまを見るにつけ、エティエンヌ・ギャランと白猫がおのずと頭に浮かぶ……。

それより前にバンコランから電話があった。廃兵院《アンヴァリッド》で落ち合おうという――それだけ聞くと大変なようだが、どこへ行けばいいかはちゃんと心得ている。ナポレオン・ボナパルトの墓の正面奥にある兵士の教会（サン＝ルイ教会）に行くのがバンコランのいつもの習慣だ。名だたる教会にはなんの興味もないのに、そんな習慣を持つようになったいきさつは不明だが、くすんだ石造りの礼拝堂でステッキにもたれて腰をおろし、梁につるした古い軍旗や奥の物陰にまぎれたオルガンのパイプに夢中で何時間も見とれるのが常だった。

車を運転して廃兵院《アンヴァリッド》へ向かう途中も、まだギャランのことが頭を去らなかった。まるで憑かれたようだ。あれ以上バンコランに素姓を尋ねるおりもなかったのに、やつの名になんとなく聞き覚えがあるのはなぜだろうと思い巡らすうちにようやく思い至った。オックスフォードで英文学の教鞭をとっていたのは事実だった。それに、ヴィクトリア朝小説家に関する著作でつい数年前にゴンクール賞を受賞したばかりだ。たぶんアンドレ・モロワ氏（フランスの著述家。『英国史』などの著作がある）は別格として、彼ほどアングロサクソンの心情を理解したフランス人はいない。その本を覚えているのは、底の浅い皮肉——フランスの著述家がえてして弄したがる——がみじんもなかったからだ。猟場、パンチ酒のボウル、シルクハット、調度品を詰めこんだ客間、エールと牡蠣《かき》とパラソルからなる健全な社会のすべてが共感をこめて楽しく描かれている。ギャランの人となりを思えば実にどうも驚き入った話だ。ディケンズをとりあげた章では、雲をつかむような作風をしっかりとらえて筋道立てていた。ディケンズの心の奥底にひそむ憂鬱や恐怖を論じたくだりはことに瞠目すべきものがあった。しだいに、ギャランという人物像が、曲がった鏡に映したようにゆがみだした。寒々しい屋敷でハープと白猫を傍らに座っているのが目に見えるようだ。鼻が独自の意思を持つ生き物のようにうごめき、にっこり笑いかけてくる。

廃兵院《アンヴァリッド》前の広場ではぱさぱさの裸土を湿っぽい風が吹き散らし、アレクサンドル三世橋を飾る金の鷲までどことなくくすんでいる。歩哨つきの鉄門を入って黒っぽい大きな建物さしてゆるい坂をのぼり、たえず人声がこだまする中庭へ出た。まばらな拝観者が軍事博物館の回廊をそぞろ歩き、油を塗った展示品の大砲を眺めている。石畳を踏む靴音がわれながらやけに大きく響いた。この建物じゅうに朽ちた軍服の臭いがし、ナポレオン皇帝の棺をおさめる金ドームの影がひときわ濃い。礼拝堂の入口で足を止めた。祭壇前にぽつぽつ灯るろうそく以外は薄暗く、オルガンの音が薄い波となってアーチ天井の下を巡り、幽鬼じみた勝ちどきとなって虚空へのぼり、戦没者が命がけで得た軍旗をとりまく。

バンコランがそこにいた。こちらへ来る姿を見ると、いつもの垢ぬけた装いは一時的に放棄されたらしく、着古したツイードコートに型崩れした帽子を身につけている。連れだってゆっくり回廊を抜けると、ようやく苛立ちを身ぶりに出した。

「死だよ」と言う。「ここの空気は死だ——あの事件のように。今回の捜査ほど、触れるものことごとくにその空気を痛感したことはない。唾棄すべき事件や酸鼻な事件ならずいぶん見てきたが、今回のまがまがしい暗さは無類だね。まったくもって筋が通らん。良家のティー・パーティに顔をそろえるごく普通の若い娘たち。まだ敵もいないし、強烈な情欲やせっぱつまった境遇にいるわけでもない。分別もあり堅実、なみはずれた美貌さえ持たない平々凡々たる人となりだ。なのに、命を奪われた。だからこそ思うんだ。この事件がすっかり解明されれば、どの事件にもましておぞましい恐怖がひそんでいるのでは……」と言いさして、「ジェフ、ギャランのアリバイはすべて確認したぞ」

「残らず裏をとったのか？」

「当然だ。やつの言う通りだった。うちで一番の敏腕密偵、フランソワ・ディルサール——覚えているか、サリニー事件のときの？——に命じて、徹底的に洗わせた。ムーラン・ルージュの車係は十一時半きっかりにギャランの車を出したそうだ。はっきり覚えていたのは、ギャランが手もとの時計を見てから車に乗りこみ、通り向かいの照明つき時計へ目をやったからだ。したがって、見送る車係もおのずとその視線を追ったのさ」

「そのこと自体が怪しくないか？」

「いや、ちっとも。わざとアリバイ工作をするつもりだったら、もっと露骨な方法で車係の目をひいたはずだからね。その男がつられて見るという見込みをあてにするわけにはいかんだろう――」

「それでも、芸の細かい男のことだから――」

　バンコランが回廊をにらんでステッキを振り回した。「右へ折れるんだ、ジェフ。反対側から出よう。オデットの母デュシェーヌ夫人の屋敷は廃兵院《アンヴァリッド》大通りにある……ふむ。芸が細かいかどうかはともかく、現に時計はあったのだし、あの時間帯のモンマルトルは常に渋滞している。ムーラン・ルージュからあの灰色雁クラブまでたどりつくのに、十分から十五分はゆうにかかるだろう――あいつの言い分より長くかかったっておかしくない。こうした状況を踏まえると、人間業ではとうていあの殺しは犯せないようだな。それでも、誓ってもいい。やつが灰色雁へ行ったのは、アリバイづくりの下心あっての行動だ！　ただし――」

　そこでやにわに立ち止まり、掌にこぶしを打ちつけた。

「なんと頭の悪い！　まったく！　われながら鈍《にぶ》いにもほどがあるぞ、ジェフ！　そうとも、初めからわかりきった話じゃないか」

「あ、そう」これもいつものことだから、わざと面倒臭そうに相槌を打っておいた。「得意の鼻がさらに伸びたら困るから、ここであれこれ尋ねるのはよしておくよ……でも、ちょっと気になることがあるんだ。ゆうベギャランと話していた時には、ずいぶん不用意に手の内をさらけ出すもんだなと思ったよ。でも、たぶん意図的にやってたんだね。まあそれはそれとして、クローディーヌ・マルテルとのつながりを示す決め手だけは伏せておいたわけだ。ほら、バッグから出てきた紙きれだよ。あくまで彼女など知らぬ存ぜぬとつっぱねるなら、あれを面前に叩きつけてやるというのもひとつの手だね」

するとバンコランはおやおやと眉を上げた。「本気でそんなことを思っていたんなら、実におめでたいな、ジェフ。やれやれ！　これだけ警察の仕事を経験してきたんだ、もういい加減にわかりそうなものだよ。お芝居と違って、現実の人間は動かぬ証拠をつきつけられても悲鳴を上げたり気絶したりしないものなんだ。それに、あのメモは何の意味もないかもしれないよ」

「そんなばかな！」

「そんなことを言ったって、そもそもあれはマルテル嬢の自筆じゃない。あれを見つけた時から思っていたが、よく知る間柄ならわざわざ姓名や詳しい住所、個人の電話番号までいちいち書くもんか。もしも親しかったらたぶんこんなふうにメモしたはずだよ。『エティエンヌの電話、エリゼー局11－73』それが実際には――まあ、それであのメモと住所録の筆跡を見比べてみたわけだ。別人だったよ」

「じゃあ、だれが――」

「ジーナ・プレヴォー嬢、自称エステルが書いたのさ……いいかい、ジェフ。われわれはまだ対面もしないうちから、この女性をひどい窮地に追いやってしまったらしい。彼女はけさ早くに出かけ、張り込んでいたプレーゲルがただちに留守宅にあがりこんでちょいと調べてきた。その前にムーラン・ルージュに照会したら、ゆうべは出演していないそうだ。当日の夜になってマネージャーあてに電話があり、どうしても出られなくなったと言ったらしい。アパルトマンの管理人《コンシエルジユ》の証言によれば、その後十一時二十分頃にどこかへ出かけていったという……」

「そのころに出たのなら、そうだな、十一時三十五分には蠟人形館の玄関先にいてもおかしくない。あの巡査が見かけた女が彼女だとすれば——」

ふたりでそんなやりとりをしながら、ボナパルト廟の正面に広がる芝生を踏んでいく。雲の切れ目から晴れ間がのぞき、その下で黄金のドームがにぶい光を放っている。バンコランが足を止めて葉巻をつけ、それからこう述べた。

「で、やはりあの女だった。巡査に写真を見せたら、なんなく見分けたよ。いやあ、けさは収穫がそれなりにあったぞ！——だが、それだけじゃない。さっき話したようにプレーゲルが家宅捜索したわけだが、筆跡見本に手ごろな書きもの数点のほかに、銀の鍵と赤い仮面も見つかった」

私は口笛を吹いた。「じゃあ——赤ということは、クラブに有力者の相手がいるわけか？」

「そうだ」

「ギャランは足しげくムーラン・ルージュへ通っていたし……ゆうべは自宅まで送ってやった。

車中で待っていたのも彼女だ……バンコラン、あの車に乗りこんだのはいつごろだろう? やつの運転手はあたってみたのか?」

「いつごろであれ、ムーラン・ルージュを出た時点ではないな。いや、運転手には尋問していない。警察に目をつけられたとプレヴォー嬢にけどられてはまずい」

車道に出ながら、私は彼をまじまじと見た。

「当面はな、ジェフ。ギャランには彼女との関係についても、彼女とクラブのつながりについてもまったく知らないと思わせておかなくては。じっと辛抱していれば、そのうち腑に落ちるよ。あの女の電話も傍受可能にしておいた。そっちの狙いもおいおいわかるだろう。それに、いち早く手を回して、あの女をギャランの手の届かない場所に今日のおおかた足止めするようはからっておいた。デュシェーヌ夫人宅にいるはずだから、これから訪問してみよう」

あとはどちらも無言で門を出て左折し、廃兵院大通り《アンヴァリッド》沿いに歩いていく。たしかデュシェーヌ夫人は今でこそ後家だが、夫の生前はフォーブール・サン＝ジェルマンにひときわ目立つ豪邸を構えていた。こうして灰色砂岩のくすんだ家にわび住まいの境遇となっても、晩餐には最高の料理と年代物のポートがちゃんと出てくる。ここの右をヴァランヌ街に折れ、陰気な道をあちこちたどればフォーブール・サン＝ジェルマンへたどりつくわけだ。が、行きずりに見ただけでは、黒ずんでひびのきた屋敷の裏手にみごとな庭園が広がり、屋敷内には年代物の宝飾品が秘蔵してあるなど思いもよるまい。

玄関を開けてくれたのは若い男で、こちらの素姓を値踏みするや不安そうに身をこわばらせた。一見して英国人と見まごうほどだった。豊かな黒髪はきちんと刈りこみ、血色のいい顔に長めの鼻梁《びりょう》と薄い唇をそなえ、瞳は淡い青。腰をしぼってズボン幅をたっぷりとったダブルの黒スーツ、袖口からのぞくハンカチがいっそう英国色を強めている。それにしても、いかにも挙動不審な男だった。表情といい動作といい、つねに目の端で自分の姿を確かめているようなところがある。玄関先で互いに名乗り合ったわずか数分の印象たるや、ひとことで言うと調子っぱずれのからくり人形だ。

「ああ、はいはい。警察ですね。どうぞ」

口上はやや偉そうだったが、それもバンコランに気づくまでの話だ。とたんに落ち着きをなくし、突進中に邪魔な椅子にぶちあたりかけたといったていで後ずさる。

「デュシェーヌ夫人のご親戚ですか？」バンコランが尋ねた。

「あ、いや、違います」さも心外そうだ。「申し遅れました。ポール・ロビケーと申します。駐ロンドン大使館で事務官をしております」片手を振ったかと思うと、ぱっと止めて、「訃報を受けて休みをとりましてね。ですが、今は――ずいぶん昔からの付き合いなんですよ。オデット嬢とは一緒に育ったようなものです。今のデュシェーヌ夫人にはもろもろの手配なんかご無理と思いましてね。葬儀とかね？　さ、こちらへ」

玄関ホールは薄暗かった。右手の戸口には仕切り幕が下がっていたが、濃厚な花の香りが鼻に届き、背筋に寒けが走った。まっさらな棺に横たわる死体を前にすると、血だまりに倒れた死体以上に、死に対する子供じみた恐怖を抑えがたいものだ。後者はただひたすらにおぞましく、憐憫《れんびん》の念を催すばかりだが、前者は冷厳で動かしがたい事実をすぱっと突きつけてくる。「この人とは、もう二度と会うことはないのだ」と。生前にせよ死んでからにせよ、オデット・デュシェーヌを見かけたことはない。だが、あの写真のぼやけた笑顔と茶目っけのある澄んだ目が記憶にあるせいで、静かに横たわる姿も想像がつく。古いホールのほこり一粒にいたるまで、気分が悪くなるほど重苦しい花の香りをたっぷり吸いこみ、息苦しくて喉がつまった。

「さよう」左手の居間へ入ってゆきながら、バンコランがさりげなく切り出す。「昨夕早くに伺ったのですが。デュシェーヌ夫人に、その――悲しいできごとをお伝えしようと思いまして。ただ、そのときは確かショーモン大尉しかおいでになりませんでしたので。そういえば、あの方は今もいらっしゃる?」

「ショーモンですか?」おうむ返しに、「いや、今はあいにく。午前中の早いうちに顔を出しましたが、よんどころない用があるとかで。おかけになりませんか?」

こちらの部屋も鎧戸を閉めきり、大きな白大理石のマントルピースつき暖炉には火の気もない。それでもしっとりと上品なしつらえで、住まう人々の優雅なたたずまいがおのずとしのばれた。青を基調にした古びた壁に金の額縁におさめた絵をいくつかあしらい、柔らかな椅子は使いこまれている。ここでは長年にわたって機知に富んだ会話がコーヒーを待ちながら交わされ、死がその雰囲気を損なうこともなかったのだろう。マントルピースの上に大きな写真があり、十代前半の少女時代のオデットが頬杖ついてこちらを見ている。大きな黒っぽい目、きまじめな口もとが索漠たる室内を照らす。私はまたもあの花の香りにとらえられ、喉もとにこみあげるものを感じた。

バンコランは腰をおろす気配もない。「デュシェーヌ夫人にお会いしたくて伺ったのですが」

そこで声を落として、「お具合は――いかがですか？」

「深刻に受け止めていますよ、おわかりでしょう」ロビケーが咳払いする。外交官らしく、つとめて平静を保とうとしていた。「痛打です。まったく身の毛もよだつ！　ムッシュウ、あの――今回の犯人ですが、すでに目星をつけておられる？　オデットなら、生まれてこのかたずっと知っています。ですから、彼女にあんなまねができるなんて、とうてい――」

きつく手を握り合わせて、つねに冷静にあらゆる手配をこなす若者を演じようとするのだが、付け焼刃の英国風をもってしても声の震えはいかんともしがたい。バンコランが中途でひきとり、

「そうでしょうね。それで、今はデュシェーヌ夫人のそばにどなたか付き添っておいでですか？」

「ひとりだけ、ジーナ・プレヴォーが。ショーモンがけさがた電話で呼び出したんです、デュシェーヌ夫人がぜひにとおっしゃっているからと。ただし、口実でしてね。夫人が口に出してそんな要望をおっしゃったわけでもないのに」口をへの字にして、「私ひとりで十分間に合うはずなんですが。とはいえ、居てくれればなにかの足しにはなるはずなんです、取り乱すのをやめて冷静になってくれれば。それなのに、夫人にひけをとらない愁嘆場を演じる始末で」

「ジーナ・プレヴォー？」バンコランがさも初耳という顔で、おうむ返しにそれとなく問いか

ける。

「そうだ、忘れていた！……もう滅多に会わないけど、仲のいい幼なじみがもうひとりいるんです。オデットとはうんと仲がよくてね――」そこではたと絶句し、淡い色の目をみはった。「そういえばクローディーヌ・マルテルに電話しなきゃ。絶対に駆けつけたがるはずだし。ちっ！　手ぬかりもいいとこだ！」

バンコランが言いにくそうにする。「ということは」ぼそぼそと、「けさがた、ショーモン大尉がおいでになったさいに、あなたとは話しておられない？　あの話をお聞きになってないんですな？」

「聞くって？　なんのことです？　いいえ。なにか進展でも？」

「ちょっとね。ですが、お気になさらず。さて、デュシェーヌ夫人にお取りつぎいただけませんか？」

「ええ、あなたなら大丈夫ですよ」若者が引き受け、まるで大使謁見の控え室にいるような目でこちらを値踏みした。「あちらから会いたいとおっしゃるはずです。ほかは一切お断りですが。こちらです、どうぞ」

あとについてホールの奥へ向かい、絨毯敷きの階段を上がる。薄暗い踊り場の窓から紅葉した庭園のカエデが見えた。もうじき二階というあたりまできて、階段を上がりかけたロビケーがいきなり足を止めた。二階からぼそぼそ人声がしたかと思うとピアノの和音を叩く音に続いて、手を横ざまに引くような不協和音がした。人声のひとつがきんきんと甲高くなり、ヒステリックな叫び声になった……。

「ふたりとも、どうかしてる！」ロビケーがばっさり斬って捨てる。「どっちも変ですよ。ジーナが来てから輪をかけてひどくなった。わかりますか、あなたがた――夫人は片時もじっとしていられずにうろうろするばかり。そうしてオデットの形見を眺めたり、遺愛のピアノを弾こうとして、いたずらにご自分を苦しめてるんです。できれば、なんとかなだめてやってもらえませんか？」

ロビケーが薄暗い二階廊下のドアをノックすると、声がふっつりやんだ。すぐにおろおろ声が応じて、「どうぞ」

その部屋が亡くなった娘の居間だった。大きな窓が三つあり、荒涼たる庭と遠く黄色い木立が一望できる。鈍色《にびいろ》の光がさしこみ、白でまとめた家具調度に灰色の影を落としている。灰色のベビーグランド前のスツールに黒ずくめの小柄な女がかけており、スツールを勢いよく回してきつい目を向けてきた。涙はない。ゆるくまとめた黒髪には白いものがまじっているが、青ざめた顔は目のあたりのほかはしわがない。そうはいっても、喉もとにはたるみの兆候が見えてはいるが。火のような怒りをふくんだ目は、入ってきた面々を認めるにつれてしだいにきつさを消した。

「ポール」静かな声で――「ポール、教えてくれなかったのね――お客さまがいらしてると。どうぞお入りになってくださいな、そちらの方々」

弁解じみた口上は一切なかった。喪服はみすぼらしさと紙一重の無頓着なありさま、くしゃくしゃの髪もまるで気にしていないふうだ。周囲ことごとくに心底から無関心なのが見てとれる。それでも、立って挨拶した物腰は女主人ぶりが板についていた……。しかし、私の目をひいたのは夫人ではなかった。スツールのかたわらに立ち、片手をピアノから上げかけたジーナ・プレヴォーだ。どこで見てもすぐにわかったはずだが、実物は予想以上に背が高い。目を赤く泣き腫らし、化粧っけもない。とはいえ、ふっくらしたピンクの唇も、金に輝く髪も、思い切りのよさそうなあごの線も写真で見た通りだった。唇は開いて、上唇がおびえたようにめくれてはいたが。額にかかる髪をうしろに振り払っていた。いまにも失神しそうにみえる。

「――バンコランと申します」と切りだす。「こちらは同僚のマール氏です。われわれが、めざす人物――ご興味をお持ちの人物を必ずや探し出すとお知らせにあがりました」

その深く静かな声が、はりつめた室内を和らげた。ジーナ・プレヴォーがピアノの鍵から指をはずした小さな音がした。しなやかな手足を操って、いっそ男らしいほど闊達《かったつ》な歩きぶりで陰鬱な光を放つ窓辺へ向かい、そこでためらうように立ち止まった。

「あなたのことは聞いていますよ」デュシェーヌ夫人がうなずく。「それに、あなたも、ムッシュウ」――と、私を見る――「よくおいでくださいました。こちらはプレヴォー嬢とおっしゃって、わたくしどもとは古くからのお付き合いですの。今日はずっとついていてくださるそうで」

ジーナ・プレヴォーは微笑を浮かべようとした。そこへ夫人が言葉をついで、

「どうぞ、おかけになって。お尋ねになりたいことは、喜んで洗いざらいお話しさせていただ

きますから。ポール、電気をつけてくださる?」

そこへプレヴォー嬢が、息つく間もなく大声で叫んだ。「やめて! お願いだからやめて! ――電気はつけないで。わたくし……」

ハスキーで、どことなく愛撫するような響き。この声で歌えばきっと聴衆の胸を騒がせるだろう。デュシェーヌ夫人は――ついさっきまで片方の女よりもろく、神経がたかぶっているように見えたのに、疲れた笑顔を彼女に向けた。

「あらまあ、それならよしましょうね、ジーナ!」

「やめて――お願い!――そんな目でごらんにならないで!」

あらためて笑いかけ、夫人は長椅子にもたれた。

「ジーナは無理してわたくしに付き添ってくれましたのにね。それなのにわたくしときたら、おつむのたががはずれた老婆でございましょ」額に一瞬しわを寄せ、目が虚しく宙を見すえる。「まったく突然のことで、まるで身体を一撃されたみたいでしたわ。しばらくは落ち着いていられるでしょうけど、そのあとは――もう! でも、なんとか分別を保つようにつとめませんとね。つまり、こんなひどいことになったのも、元はと言えばわたくしのせいですのよ」

プレヴォー嬢がおずおずと暗がりの寝椅子に腰かけたので、バンコランと私もそれぞれ腰をおろした。ぎこちなく立っているのはロビケーだけだ。

「死別の悲しみは誰しも味わうものです、マダム」バンコランが独白のようにつぶやく。「そして、誰しも自分を責めるものです。たとえ――しょっちゅう笑いかけてやらなかった、などという些細な理由でも。その点はご心痛なさるべきではないと存じますが」

灰色に重くのしかかる沈黙のさなか、小さなエナメルの置時計が楽しげに時を刻んだ。夫人の額のしわがいっそう深くなり、なにやら異議をはさもうと口を開いた。目で、懸命になにかを伝えようとしながらも内心葛藤しているらしい。

「おわかりになっていないわ」ようやく落ち着いた声を出した。「わたくしが愚かだったの。オデットの育て方を誤ったんです。一生子供のままにしておくべきだと思ったの。そして、その通りにしました。死ぬまでそうだった……」しばしうつむいて両手を眺め、一拍おいて続ける。「これでも――そう――世間をいろいろ見てきたと自負しておりましたのよ。傷つきもしました。でも、自分から進んでしたことですから、自業自得というものです。でも、オデットがそんな――あなたには絶対にわからないわ――断じて、断じてわかりません――!」

うんと小柄に見える夫人だが、青ざめた気丈な顔の背後に激情がひそんでいた。

「たくの主人は」なにかに衝き動かされ、無理に一語ずつ押し出しているようだ。「ピストル自殺でしたの――ご存じですわね――もう十年になります。オデットは十二でした。いい人でした――あんな死に方をするような人じゃなかったわ……閣僚だったのですけれど――脅迫されて……」とりとめはないが、声だけはなんとかしっかり保っていた。「それからはオデットひとすじに生きようと決めましたの。その通りにいたしましたわ。まるでせとものの可愛い羊飼い人形みたいに、悲しみをまぎらわせるよすがとして。そしていま、わたくしには何もない――残ったのは形見のがらくただけ。せめてもの慰めは、わたくし、ピアノが少々弾けますの、あの子の好きだった歌をね〝月の光《クレール・ド・リュンヌ》〟ですとか〝わたしのそばなら《オープレ・ド・マ・ブロンド》〟、〝マダム、あなた《ス・ネ・ク・》の可愛いお手にキスを《ヴォートル・マン》〟〝蛍の光《オールド・ラング・ザイン》〟、それに……」

「われわれの力になってくださろうというお気持ちはわかりました」バンコランがやんわりと話をひきとる。「では、これからいくつか質問いたします。適切な答えをいただければ、まちがいなくオデットさんのためにもなると思いますよ……」

「ええ、もちろんですわ。その——先ほどはごめん遊ばせ。お話を続けてくださいな」

そう言うと背筋をのばし、あごをつんと上げる。

「ショーモン大尉のお話によると、アフリカから帰還後に、オデットさんが変わったと気づいたそうです。挙動不審というよりほかにとりたてて表現しようのない変化であったとか。このところ、お嬢さんになんらかの変化があったとお気づきでしたか?」

夫人は考えこんだ。「その点については、わたくしも考えておりましたの。この二週間というもの、ロベールが——ショーモン大尉のことですわ——パリへ戻ってからこっち、あの子はまるで変わってしまいました。ずっとふさぎこんで神経をすりへらし、泣いていたこともございました。ですが、前からそんなふうな時がありまして。いたってささいなことで動転し、忘れてしまうまではずいぶん気に病む性分でした。そんな時、おおかたの場合は言われなくとも娘のほうから相談に参りましたのでね。このたびも気長に構えて、いずれ打ち明けてくれるものと……」

「この件に関して、心当たりはおありでない?」

「ございませんわ、なにがなんだか……。特に——」と口ごもる。

「どうぞ、先をおっしゃってください」

「特に、どうやらショーモン大尉にまっすぐ向けた感情だったらしいので。あの子が変わったのは大尉のご帰還直後ですもの。その——疑ぐるように、よそよそしくこわばった態度をとりましたのよ。もう、どう考えていいやら。本当に、人が変わったようでした」

そこで私は、暗い片隅に座るプレヴォー嬢に目を向けた。美しい顔に悩ましげな疑惑の表情を浮かべ、目は半分閉じられている。

「こんなことをお尋ねして心苦しい限りですが、マダム」バンコランが声を落としながらも追及する。「なにぶん避けて通れない要点ですので。ご存じの限りで、お嬢さんがショーモン大尉以外に心移りされたということは?」

訊かれた瞬間は怒りで鼻孔がぎゅっとすぼまったが、やがて気だるげな、どこか面白がってでもいるような忍耐の表情に変わった。

「いいえ。いっそのこと、そんな人がいれば、まだしもようございましたかしらね」

「そうですか。では、無差別の襲撃にあって落命されたというふうに信じておられるのですな」

「当然ですわ」涙を浮かべた。「あんな——あんな場所までおびき出されて……どんな風にかは存じません! そこだけはどうしてもわかりません! あの日はお友達のクローディーヌ・マルテルやロベールとお茶の約束をしておりましたのに。それをやぶからぼうに電話して双方にお断りを入れ、ほどなく逃げるように出ていきました。驚きましたわ、いつもは必ず行ってきますと申して出る子ですのに。あれが——あれが見おさめになってしまいました……」

「断りを入れたときの電話ですが、お聞きになっていませんか?」

「いいえ、二階におりましたので。ですから出かけるのを見ても、お茶のお約束だろうと思っておりました。事情はあとでロベールに聞きましたの」

バンコランは小首をかしげ、小さいエナメル時計の音に聞き入るような姿勢をとった。灰色の窓越しに、風を受けて濡れた木々が身を震わせ、紅葉がひらひらと舞うのが見える。ジーナ・プレヴォーは相変わらず寝椅子にもたれて目をつぶり、非のうちどころのない喉首をさらして長いまつげを涙で濡らしていた。あまりに静かだったので、階下で呼び鈴がけたたましく鳴った時には全員いささかぎょっとした。

「台所にリュシーがいるわ、ポール」夫人が声をかける。「いいのよ、出なくても。リュシーに任せておきなさいな……さて、ムッシュウ?」

呼び鈴はいっこうに鳴りやまず、一階の廊下であたふた足音がした。バンコランが尋ねる。

「お嬢さんには日記や文書類など、手がかりになりそうな品はなかったのでしょうか?」

「毎年、日記を書きだすのですが、二週間と続いたためしはございません。ですから、だめですわ。手紙の類ならあります。でも、いちおうひと通り目を通してみましたけど、まったく何もございません」

「では——」そこでバンコランはふと口をつぐんだ。目をすえ、手をあごへ持っていきかけて宙で止まる。私のほうは、恐怖と興奮がないまぜになって胸の内が波立った。ジーナ・プレヴォーを盗み見ると、寝椅子の腕をつかんで凍りついている……。

玄関から二階まで、これでもかというほどはっきりと男の声が届いた。呼び鈴を鳴らしたやつだ。さもへりくだった口調で、こう尋ねていた。

「非礼の段は幾重にもご容赦願いたいが、そこをまげて、なんとかデュシェーヌ夫人にお会いできまいか？　私はエティエンヌ・ギャランという者だが」

8　棺越しの密談

誰ひとり、身じろぎも発言もしない。あれほど人をとらえてやまない声なら、本人の姿を見る前から、声だけでどんな人だろうと気をそそられるはずだ。おもてでギャランが雨に濡れた木々を背後に従え、玄関口に立つさまが目に見えるようだ。シルクハットを手に、しかるべきモーニングをまとった肩をすぼめぎみにし、謝罪を大皿にのせて捧げ持っていると言いたげな態度で、あの灰琥珀の目いっぱいに気づかうような色をたたえていることだろう。

私は一座の顔を見渡した。夫人はうつろな目をすえて、まるで視線を動かそうとしない。ジーナ・プレヴォーは耳を疑うように、取り乱した目で戸口をにらんでいる……。

「お加減がすぐれない？」口上のつぶやきにまたもあの声が応じる。「いかんなあ、くれぐれもお大事に！　夫人には聞き覚えのない名前だろうが、亡くなられたご主人とはとても親しくさせていただいたのでね。そのご縁で、このたびのことは誠にご愁傷様でしたと、ぜひとも申し上げたかったんだよ……」ちょっと思い入れののちに、「ええっと。ジーナ・プレヴォーお嬢さんが来合わせているはずだね？　そうそう。では、家族ぐるみのご友人として、あの方をかわりに出してもらえるかな。や、ありがとう」

女中の軽い足音がホールを抜けて階段へ向かう。ジーナ・プレヴォーがあわてて立った。

「その――お会いになるのもわずらわしいでしょ、デュシェーヌのお母さま」無理に笑おうとしながら、「いいから、そのままでいらして。わたくしが降りてお話ししてきますわ」

と、息せききってたたみかけた。夫人は相変わらず動かない。血の気をなくした娘がわれわれの横をすりぬけ、後ろ手にドアを閉めた。とたんに、すかさずバンコランが早口でささやく。

「奥さん、こちらのお屋敷には裏階段がありますか？　早く答えてください！」

はっとした夫人の視線をとらえ、目だけのやりとりで了解が生まれたようだった。

「あの――ええ、ございます。台所と食堂の間を降りて、脇のドアから外へ出ますの」

「その階段から応接間へは出られますか？」

「ええ。ですが、そちらにはオデットの――」

「勝手はわかりますか？」と、ロビケーに言葉を向ける。「それはいい！　こちらのマール君を案内してやってください。急げ、ジェフ。やることはわかっているな」

そのただならぬ目を見れば、どんなことをしてでも両者の会話を洩れ聞いてこいと命じているのがわかる。ロビケーは何かに足をとられかねないほど浮き足だっていたものの、ことは一刻を争い、物音をたてずにという点は察していた。ジーナ・プレヴォーが階段を降りていく足音は聞こえたが、廊下が暗くて姿は見えない。ロビケーは裏手の細い階段へ出ると――さいわい、絨毯敷きだった――手まねだけで方向を指示する。降りていって、ドアを開けるとわずかにきしんだが、そのまま押し通って薄暗い食堂へ出た。奥まった半開きのドアからほの白い花がのぞいている。あれだ！　棺が安置してある応接間だ。ホール側の戸口は仕切り幕がほぼ床につくまで引いてある。室内へ忍びこむさいに、危うく白百合の大きな花籠をはたき落としかけた。閉めきった鎧戸のすきまから細い光が洩れ、むせるような花の香り、よく光る持ち手のついた鳩羽色《はとばいろ》の棺——静かな室内にあのふたりの声が聞こえてくる。ホールの中ほどで立ち話をしているらしい。やがて気づいたのだが、二階へ向けて聞こえよがしにやりとりするあいまに、仕切り幕の陰にひそんだ私にかろうじて聞こえる程度のひそひそ声で本音を述べている。

「——そうしますと、ムッシュウ——お名前は存じ上げませんが——わたくしに会いたいとおっしゃったそうですわね？」

（「どうかしてるわ、あなた！　警察がいるのに！」）

「お忘れかもしれませんね、マドモワゼル。いつぞやは、ド・ルヴァク夫人のお宅でお目にかかったことがございます。ギャランと申しますが」

（「どうしても君に会っておかないことには。やつはどこだ？」）

「ああ、そうそう。今はご存じの通り、こちらではすっかり取り込み中ですのよ。それで——？」

（「二階よ。みんな二階にいるわ。さっきの女中は台所だけど。頼むから早く帰って！」）

彼女の声にこもるさりげなさも、いつまで続くことやら。投げやりでハスキーな声の底におのずとにじみでる男女の情がこもっている。この仕切り幕の陰にいると、彼女の息づかいまで手に取るように伝わってくるほどだ。

「あなたがこちらに詰めておいでなのは、共通の友人に電話して聞いておりました。デュシェーヌのお嬢さんがご逝去とうかがい、言葉に尽くせないほどの衝撃を受けております」

(「あいつめ、私を疑っているが、君には気づいていない。これはぜひとも、どこかで一緒にゆっくり話し合わないと」)

「わたくしどもも――思いはみんな同じですわ、ムッシュウ」

(「無理よ」)

ギャランが溜息をつく。「では、夫人に私からの弔意をお伝えください。あわせて、お力になれることでもあれば何なりと、とお伝えいただけますか？　恐れ入ります。それと、お気の毒なお嬢さんに最後のお別れをさせていただくわけには？」

(「あそこなら、話を聞かれる気遣いはないよ」)

胸が悪くなるほど動悸が起きる。女がすすり泣くような声をもらして抗《あらが》い、袖をとらえたのを男が振り払ったような音がした。それでいて、やつの声は相変わらず穏やかで優しい。部屋の中ほどに立つ私のほうでは、進退きわまったという感じにとらわれた。自分の行為に恐怖や嫌悪の念を覚えるゆとりもなく、棺に近づくと、枕頭に飾られた途方もない大きさの白カーネーションの籠の陰にもぐりこんだ。すぐ後ろは暖炉の火よけついたてなので、ちょっとでも足が当たればがたんという音をたててしまう。状況からすると不気味ながらも喜劇めいた滑稽な一幕だが、同時に亡きオデット・デュシェーヌの顔に泥を投げつけるが如き行為ではある。よもやこんなことをするはめになろうとは！　指を棺側面の鋼鉄部分にあてると、まるで側板を通して彼女の手を握っているような気がしてきた……。ふたりの足音が近づいてくる。ついで、長い沈黙があった。

「可憐なものだ」と、ギャラン。「どうしたね、君？　ああ、見ないようにしているのか。だが、弱かったね。そこらへんは父親そっくりだ……あのね、いいかい。大事な話があるんだ。なのに、ゆうべの君はなにぶん取り乱していて、とうてい話どころじゃなかった」

「お願いだから、もう帰ってくださる？　あの人の顔なんかとうてい見られないし、あなたの顔はこんりんざい見たくないの。今日いっぱいはこちらにおりますと、もうお約束してしまったあとだし、あなたがいらしてからわたくしが出かけたりしたら、あの警察の方に……」

「何度言わせれば気がすむんだ」――ギャランの声から気まぐれを装った辛抱強さのメッキがいささか剝がれかけている――「君には嫌疑なんかかかってないんだぞ？　ほら、こちらを見て」ちょっと毒をこめて面白そうに、「愛しているんだろう？」

「こんな場所で、よくもそんな話ができるわね？」

「これはこれは！　じゃあ、クローディーヌ・マルテルを殺したのはだれだ？」

「言ったでしょ！」ヒステリックに、「知らないったら知らない！」

「君でないとすれば――」

「違う！」

「彼女が刺し殺された時に、君は犯人のすぐ近くにいたわけだ。ねえ最愛の人、声を落として。やつは男だった、女だった？」

声におさえた興奮がにじんでいる。あの目が猫のように女の顔中を探り、わずかな変化も見落とすまいとしているのが目に見えるようだ。

「話したじゃないの、何度も何度も！　暗かったのよ――」

ギャランがうんと息を吸う。「あいにくな状況下で、見分けがつきにくかったのはわかったよ。じゃあ、今晩いつもの場所で、いつもの時間に会っておくれ」

間を置いて、女があえぎとも笑いともつかない声を出した。「まさか、また――あのクラブへ？」

「今晩はムーラン・ルージュに出演するんだろ。そのあとでわれわれ専用の〝十八番〟へ来て、ご親友を殺したやつを思い出してくれたまえ。さて、用事はそれだけだ。もう帰らなくては」

長らく無理な姿勢で棺の陰に隠れていたうえに、いまの内容が頭の中でがんがん鳴り響いてはいたが、ジーナ・プレヴォーが玄関口まで見送りに出たすきにその場を急いで抜け出していちはやく二階へ戻らなくては、と、紙一重であやうく思い出した。さいわいにもふたりが出る時に仕切り幕を開け放していったので、気づかれずに部屋を抜け出せた。いまのやりとりで――まあ、あの娘のほうはさておき、明らかにギャランは容疑者候補から外れたが、なんとなく釈然とせず、もやもやがわだかまっている。私が二階の居間に入るのと同時に、階段を上がりはじめた彼女の足音が聞こえてきた。

相変わらずデュシェーヌ夫人とバンコランは平然と腰かけていたが、私に向けるロビケーの目は好奇心を隠し切れていない。私の中座をバンコランがなんと説明したかは知らないが、夫人がべつに色めきたったりせずに淡々としていたところをみると、なにか適当に言いつくろったものとみえる。じきにジーナが戻ってきた。

彼女はふてぶてしいほど落ち着いていた。時間をかけて化粧を直し、額にかかる金茶の髪をかきあげると、今まで何を話していたんだろうという目でバンコランと夫人をうかがう。

「ああ、マドモワゼル」バンコランが話しかけた。「そろそろこれで失礼しますが、ひょっとするとご存じありませんか。たしか、オデットさんとは親しくしていらしたんですね。ならば、ここ最近の〝変化〟についてなにかお心当たりは？」

「さあ、それはちょっと。オデットさんとは何ヵ月もお会いしていなかったので」

「ですが――」

デュシェーヌ夫人が、しょうがないわねといわんばかりの目を彼女に向けた。「ジーナったら、家族の反対を押し切ったんですのよ。優しい伯父様が遺産を残してくださったものだから、お家《うち》も出てしまって。わたくし――その件を考える暇がろくになかったんですの。あなた、いま一体どうしてらっしゃるの、ジーナ？　それで思い出したけど」――と、驚き顔で――「ロベールはどうやってあなたのお電話番号を調べたのかしら？」

窮地に立ったジーナに、皆の目がいっせいに集まった。きっと、この場の全員が何を知っているのかと、必死に考えているにちがいない！　それでなくてもギャランに説明抜きのあの手この手で脅されて、すっかり度を失っている。バンコランは第一の殺人を第二の殺人と関係ありとみているのか、どちらかが自分に関係するとみているのか？　これまで、クローディーヌ殺しの話はまったく出なかった。だが、アメリカ人歌手エステルの正体が自分ではないかと疑っている可能性は？　そんなこんなの問題すべてが彼女の思念を介してゆがみ、おぞましい万華鏡をかたちづくっているはずだ。そのわりには見上げた落ち着きぶりだった。さりげないふうで腰をおろし、離れた青い目には、もうなんの感情ものぞいていない。

「そんなにあれこれお尋ねになっては困ってしまいますわ、デュシェーヌのお母さま」と述べる。「わたくしは、ただ――のびのびやっているだけ。今はステージめざしてお稽古中ですので、根城はなるべく伏せておきませんとね」

バンコランがうなずく。「それもそうですな。では、これ以上長居してはいけませんね。もういいかな、ジェフ――？」

薄暗い部屋に一同を残して辞去した。バンコランは一刻も早く引きあげたがっていたし、デュシェーヌ夫人も礼儀正しかったが、一人になりたがっていた。ただし、立ち去るまぎわの数分間でロビケーの挙動に明らかな変化があらわれた。ネクタイをいじったり、咳払いなどして居心地悪そうに夫人を見ながらも、何かを話す踏ん切りをつけかねているもようだ。そして、階下のホールに足を踏み入れたところでバンコランの腕をとって引きとめた。

「ムッシュウ、その――ああ――ちょっと書斎へお寄りいただけませんか。あ、いや、居間のほうへ。書斎は、ええと……あれだ。ちょっと思いついたことがあって……」

そちらへ入るや、ホールの隅々までうかがい、おもむろに口を開いた。

「さきほどおっしゃってましたね――なんでしたっけ――死ぬ前のオデットの振舞いはいつも

と違っていたと?」

「ええ、それで?」

「なぜって」非難がましく、「そんな話、誰からも聞いてないんですよ。なにしろ、ゆうべパリへ戻ったばかりなんですから。それでもね、オデットの友人のひとりとは定期的に文通してきました。さきほど話に出たマルテル嬢という人で、その人からはたえずいろんな情報をもらってますよ。そうなんです、それで――」

いかにも月並みな気取り屋だが、ばかではない。淡い目がバンコランの表情の動きをとらえ、語気を強めた。

「それがどうかしたんですか?」

「なんでもありません。マルテル嬢とはお親しかったわけですね?」

「ありていに申しますとね」さも教えてやると言わんばかりに認めると、「一時はプロポーズを考えたこともあります。ですが、外交官の職務にまるで理解がないのでね、論外ですよ! それに、妻たるものに求められる振舞いもわかっていない……まあ、男ならそれでもすみますがね」――と、手を振って片づける――「少々の――いわゆる――息抜きぐらいはしても、ね。ですが、カエサルの妻、という言葉がありますでしょう?（「カエサルの妻たるもの、疑いさえ受けてはならない」妻ポンペイアに不倫の疑いがかかったときカエサルが言った言葉）そうそう、それです。あの人にはどこかつれないところがあってね、そこがオデットと大違いなんだ! オデットなら、こちらの話を身を入れて聞いてくれるし、私の将来に対しても気を配ってくれたんですが……。どうも私のほうがはっきりしなくてね」

そこではたと心づき、悪趣味な色のハンカチを出して赤ら顔をぬぐうと、話の糸口を探しあぐねるふうだ。

「それで、いったい何がおっしゃりたいんですか?」バンコランがそう尋ね、その日初めての笑みを浮かべた。

「仲間内ではみんなで」ロビケーがまた語りだした。「オデットの――そのう――所帯くささをずいぶん笑いものにしましてね。ロベール・ショーモン以外の男とは出かけようともしないとかね。まあ、いわば周囲に合わせて笑うふりをしただけですが。内心ではそこがいいなあと思ってましたよ。どうせ妻にするなら、あんな子でなくちゃ！　赤ん坊のころから一緒に育った仲じゃなければ、さっそく名乗りをあげるところで……」手をひらひらさせる。「ですが、今思えば、仲間でテニスをやるとき、みながオデットと組もうとあの手この手を使うんです。で、断られると笑いものにする。クローディーヌ・マルテルなんかは決まってこうですからね。「はあん、わかった。アフリカの大尉さんが恋しいんでしょ！」――さらに大きな口ひげをひねるふりやら、リーフの現地軍にだんびらをかざす恰好なんかをしてみせるんですよ」

「それで?」

「さっき二階でお尋ねでしたね、オデットが他の男に目移りしたことはあるかと。答えは断固ノンです。ただし――」ロビケーはことさら声を落とし、淡い目に力をこめて、「クローディーヌが最近よこした手紙によると、ショーモンのほうが――火遊びにうつつをぬかし、オデットに勘づかれたとかで。そう、そういうことですよ！　ご理解いただきたいが、彼をおとしめるつもりはまったくありません。若い男なら当然の欲求ですからねえ。だが、いかんせん周囲への目配りを怠っては――」

私はバンコランに目配せした。いかにも思わせぶりなロビケーのこの情報は、どうにも眉つばだ。そもそもあのショーモンらしくない。とがり鼻に赤ら顔のロビケーをつくづく見守るうちに、出世階段を周到に一歩ずつのぼっていくさまが目に浮かぶようだった（「若い男なら当然の欲求ですからねえ。だが、いかんせん周囲への目配りを怠っては――」いかにもけちな小物が言いそうなことだ）。信憑性に乏しく、まともに取り合ってもしかたがない。だが、どうやら当のロビケーは信じているらしい。意外にもバンコランは大きな関心を示した。

「火遊び？」おうむ返しに、「相手は誰でしょう？」

「さあ、そこまでは。なにかのついでにさらっと書いてあっただけですから。あとはもっと謎めかして、オデットが面当てをしでかしても無理ないわね、と」

「お相手については、まるで心当たりがない？」

「ないですね」

「ならば、大尉に対してオデットの態度が豹変した原因はそれだと思っておられる？」

「まあ、ね――あらためて申すまでもなく、オデットとはしばらく会っていませんし、さきほど二階でお話が出るまでは、そうした事情にもいっさい不案内でした。ですが、お話があったおかげでふと思い出したわけで」

「ひょっとして、その手紙をここにお持ちということは？」

「うーん——どうだろう——」その手がとっさに胸もとの内ポケットを探る——「たぶん、あると思いますよ！　ロンドンを発つ直前に届いたので。失礼、ちょっとお待ちを」

内ポケットから出した手紙を一通ずつあらため、ぶつぶつ独り言まじりに眉をひそめて元通りにしまいこみ、今度は尻ポケットに手をやった。バンコランの口調に手ごたえを感じ取り、これでいちやく重要証人として注目される見込みが出たのだから、焦りもひとしおだ。実はこのおかげで瓢簞《ひょうたん》から駒が出た。私たちの視線を浴びてあたふた手紙を探したおかげで、紆余曲折の末に解決にこぎつける糸口が、ささいなものとはいえ思いがけず転がりこんできたのだ。尻ポケットから革財布や書類数通とおぼしい品をつかみ出そうとして、手がジャケットのすそにひっかかった。封書一通、煙草の空き箱がちらばり、何かが床に落ちて音をたてた。鎧戸からさしこむ薄明かりに光るもの……。

小さな銀の鍵だ。

一瞬、驚きで胸をどんとひと突きされたようになった。だが、ロビケーは無頓着でこちらを見ようともせず、ぶつくさこぼしながらしゃがんで財布を拾った。と、バンコランがいち早く前へ出た。

「失礼」と、銀の鍵を拾う。

私も数歩前に出て、バンコランの掌に光る鍵を見た。よくあるスプリング錠の鍵よりやや大ぶりで、「ポール・ロビケー」の名と十九という番号が細かい字で刻印されている。

「や、すみません」ロビケーが上の空でつぶやく。「うーん、どうやらあの手紙は持ってきていないようですねえ。ご必要とあらば後日にでも……」

というところで顔を上げた彼はぎょっとした。手は鍵を返してもらおうと伸ばしたままだ。バンコランは、その手が届かないところで鍵を握りしめている。

「私事に口をはさんで恐縮ですが、ムッシュウ」バンコランが言った。「しかるべき理由があってお尋ねします。手紙より、この鍵のほうにはるかに関心がありますので……。どこで入手なさいましたか？」

その揺るがぬ視線を受けて、ロビケーもようやく不安を感じて警戒心をつのらせ、喉のつかえを無理してのみくだした。

「そんなもの、お目にとめるようなものじゃありませんよ、ムッシュウ！　それは――ただの私物です。所属するクラブの鍵ですよ。長らく使いませんでしたが、それでもロンドンから持ち帰ったのは、滞在中によんどころなく使う場合にそなえて――」

「セバストポール街の〝色つき仮面クラブ〟ですね？」

今度はしんからうろたえた。「ご存じなんですか？　お願いです、ムッシュウ、この件はなにとぞご内聞に！　万が一にも友人に――上司連中に――あんなクラブの会員だなどと知れようものなら、私の将来が――！」声がどんどん高くなる。

「お若い方、私のことならご心配は無用になさい。この件はこれっぽっちも洩らしません」バンコランが親身な笑顔で請け合った。「さきにご自身でおっしゃったように「若い男なら……」と肩をすくめる。「この鍵への関心はまったくの別件がらみでね、あなたにはまったく関係ありません」

「そうはいっても」ロビケーが声をこわばらせて応じる。「私自身のことですから」

「よろしければ、いつごろ入られたかをお聞かせください」

「あれは――二年ほど前ですか。通ったといってもせいぜい五、六回です。私の職業では慎重な態度が欠かせませんので」

「そうですね。それで、この鍵についた十九という数字はどういう意味ですか?」

ロビケーが凍りつき、口をかたくなに結んだ。おさえた激怒を声ににじませて、「ムッシュウ、さきほどは私には関係ないと言ったじゃありませんか。そいつは秘密なんですよ! 私事ですし、他言無用ですので一切申し上げられません。その徽章からすると、あなただってフリーメーソンの会員じゃありませんか。なら、私がお願いすれば秘儀を洩らすとおっしゃる――?」

バンコランが笑いだした。「はいはい。まあ、そうはいっても」と、やんわりたしなめて相手の勢いをそぐ。「いくらあなただっていやでも認めるでしょうよ、それとこれとは事情が違うとね。そちらのクラブの目的を知っているだけに、笑いを禁じ得ませんが」そこで笑いをひっこめて、「あくまで答えないとおっしゃる?」

「この件ばかりはなにとぞご容赦を」

しばしの間があった。「お気の毒ですがね、君」バンコランがかぶりを振ってつぶやく。「そうもいかないんですよ。ゆうべ、あのクラブで殺人事件があったのでね。それでも会員の名はまだ一人もつかめず、私の手に落ちた鍵はこれが最初だ。だから、次第によっては警視庁までご同行願って事情聴取しませんとね。新聞沙汰です……遺憾な結末になりますな」

「さ――殺人事件ですって！」ロビケーがすっとんきょうな声を上げる。

「よく考えるんだ、君！」ともすればゆるみそうな頬をなんとかおさえながら、バンコランがことさら声を落とし、背筋が寒くなるほど不穏な口調でさとした。「考えてもみたまえ、新聞になんと書きたてられるか。君の前途を考えたまえ。出世株の若手外交官、密会宿の殺人事件で参考人として事情聴取！　ロンドンでどんな大騒ぎになることか、議会でも問題にされ、ご家族は肩身が狭くなる、それに――」

「でも、私は何もしてないぞ！　私は――まさか、ぬれぎぬをきせる気じゃ――」

バンコランがいかにも胡乱げな顔で口をつぐむ。「いえ」と答えて、「さきに申し上げたように、全部をお聞かせいただかなくても結構。それに、あなたが殺人事件に関係あるとはみていません。とはいえ、話さないではすみませんよ」

「ああもう！　なんでも申し上げますよ！」

気持ちを落ち着かせるのにしばらくかかった。ひっきりなしに顔をぬぐう相手に、名前は明かさないと、大げさこの上ない誓いをたてた上で、バンコランはあらためて十九という番号についての質問を繰り返した。

「つまりですね、ムッシュウ」ロビケーが説明する。「会員は男女が各五十人おりまして、男性会員にはもれなく専用の――個室があてがわれます。個室は会費に応じて広さに差がついています。それでね、十九というのは私の個室番号なんですよ。他人の個室は誰であろうとみだりに使えません……」そこで、恐怖の陰からおさえがたい好奇心がのぞいた。「誰です」おずおずと――「誰なんですか……殺されたのは？」

「まあ、それはこのさい関係ないので……」そこでバンコランがふと言葉を切る。私のほうはさっきのやりとりで、ギャランが「あとでわれわれ専用の〝十八番〟へ来て」くれと言ったのを思い出し、なんとかバンコランの注意をひこうとした。そこでさらりと口にしてみた。

「十八番は白猫印だね」

この謎かけはロビケーには通じなかったようだが、バンコランはうなずいた。

「入会は二年前だとか。誰の紹介ですか？」

「紹介？　ああ！　まあ、そっちなら差しつかえない。ジュリアン・ダルバレー青年ですよ、自前のレーシングカーを走らせていた、ご存じですか？　生前はたいへんな艶福家でしたが――」

「生前は？」

「昨年、アメリカで亡くなりました。シープスヘッド・ベイのレース中に車が転倒しましてね――」

「くそっ、そこで行き詰まりか」バンコランがいらだって指を鳴らす。「会員にはどれくらい――同性の――ご友人がおられますか？」

「ムッシュウ、本当の本当に知りません！　内情をご存じないんですね。みんな仮面なんですよ！　たとえ仮面を脱いだって、女性会員の知人と出くわしたためしは一度もありません。あの大広間は仮面がなくたってひとの顔が見分けづらいほど照明を落としてあるんですよ。友人だろうが、たとえ家族の誰かがいたとしてもわかりません！　本当に、ぞっとする場所です！」

またもバンコランが、地位がどうなってもいいんだなという目で冷たく一瞥をくれたが、ロビケーはひるまずに受け止めた。なんとか信じてもらえまいかと、真情こめて手をもみしぼる。どうやら、いまの言い分に嘘はないらしい。

「もしやあの人では、と、うすうすでも察しがつきそうな人に出くわしたことは？」

「だって、めったに行かなかったんですから！　ですが聞いた話では、会員にも常連グループのようなものがあり、その仲間内なら見分けがつくそうです。それと、新規勧誘を仕事にしている女もいるとか。名前は知りませんが」

ふたたび沈黙があり、バンコランは鍵を掌に打ちつけた。

「うえっ！」ロビケーが唐突に口走る。「考えてみてもくださいよ、仮面をつけてどこかの娘をひっかけたとして――ふたを開けてみたら、婚約中の相手だったとしたら。うわあ、剣呑きわまる！　もう二度と行くもんか！　しかも殺人まで……」

「大変いいことですね。では、新聞にひとことも洩らさないかわりに、口止め料を要求しましょう。この鍵を貸していただきます――」

「そんなもの、差し上げますよ！　殺人なんて！」

「――数日間ほど。すんだらお返しします。きっと、あなたのフランス帰国は――その――新聞の社交欄に出るのでしょうな?」

「ええ、たぶん。それが何か?」

「結構! じつに好都合です! ふむ。十九番ですか。十八番の向かいですか、隣ですか?」

ロビケーが思い返す。「いや、これまで本当によく見たことがないので! でも、たしか隣でしたよ。そう、そうだった!」と、ひとしきりややこしい動きで個室の間取りを確かめると、

「思い出しました。たしか隣だったはずです」

「窓は?」

「ああ、どの部屋の窓も、外に通風管のようなものが通っています。ですが、どうか――!」

「ますますもって結構!」バンコランは鍵をポケットにしまい、コートのボタンをしっかりとめた。そして、またも厳しい目でロビケーをにらみすえる。「さて、今のやりとりは誰にも他言無用と、いまさらお断りするまでもないですな。その点ははっきりご了解いただけましたか?」

「私が?」耳を疑うように問い返した。「私が口外するって? ふん、ばからしい! ひとを見損なわないでいただきたい! そんなことより、あなたこそ約束を守ると誓ったんですからね」

「約束いたしますとも!」と、バンコラン。「さて、ご協力には幾重にも感謝します。殺された人の名が知りたければ、今日の夕刊をお読みなさい。では、お邪魔しました!」

9　ドミノの家

　おもてはめっきり風が冷たくなり、空は一面の黒雲だった。コートの襟を立てたバンコランが、並んで歩きながらにやりと笑った。

「若造に持て余すほどの心配ごとを抱えこませて、置いてきてしまったなあ」と、うそぶく。「脅すのは本意じゃなかったんだがね、この鍵は……貴重な品だよ、ジェフ、はかりしれない値打ちものだ！　初めてツキに恵まれたぞ。こちらのもくろみはこの鍵のたすけがなくともやってやれなくはないが、これさえあれば百万倍もすらすら運ぶというものだ」すたすたと意気軒昂たる歩きぶりのかたわら、くすりと独り笑いした。「ところで君のほうは、ムーラン・ルージュの舞台がはねたあと、ギャランがプレヴォー嬢と逢う約束を取りつけたと報告する気だろう。そうだな？」

「謎かけがちゃんと伝わったんだね」

「謎かけ？　あのなあ、君。まる一日かけてそいつをお膳立てしたのは私だぞ！　やつはこっちの裏をかいてあの家へのこのこやってきた気でいるがね、こちらは先刻お見通しさ。女のほうは、あの男に会うのを気に病みながら残り時間を過ごすわけだ。やつは女がアパルトマンにいなかったので、管理人《コンシェルジュ》から行き先を聞きだしたんだよ。管理人はあらかじめ言い含められた通りに伝えたというわけさ。はっは！　やつにあの女をじっくり問いただしてもらいたかったんでね——そっちは今夜聞けるさ」独特の低い、ほとんど聞こえないほどの声で笑いながら、私の肩をぱんとやる。「ギャランはああ言ったがね、どういたしまして。年はとってもまだまだ焼きは回っちゃいないさ……」

「そのために、ジーナをデュシェーヌ夫人のもとへ来させたのか？」

「そうとも。それにゆうべのギャランに対して、クラブの件を表ざたにする気はないと慎重にかまえた理由でもある。そうすれば、あそこで会うだろうからね、ジェフ。そうまでしてなぜ会わなきゃならないか、わかるかい？　さらに言えば、やはり同じく避けて通れなかった一連のできごとがおのずと行きつく先が見えるかい？」

「いや」

「まあ、大筋は昼食をとりながら話してあげるよ。だが、先にあのふたりがお互いに言い合ったことを正確に再現してくれたまえ」

そこで、覚えている限りを一言も省かずに伝えた。バンコランは聞き終わるや、してやったりと手を打って喜んだ。

「望外の首尾だよ、ジェフ。いやあ、それにしても打つ手打つ手がいちいち決まるなあ！　ギャランはプレヴォー嬢が犯人を知っていると考え、なんとしても聞きだすつもりだ。ゆうべは不首尾に終わったが、今夜の密会こそはというわけだね。こちらの読みとも符合する」

「だけど、ギャランのようなやつがなぜそこまで法と秩序にこだわるんだ?」

「法と秩序? 頭を使え! ゆすりだよ。誰かが殺人罪に問われる確証をつかめば、こつこつ集めたゆすりネタに最高の逸品が加わるじゃないか。この件はかねてから疑ってはいたが……」

「ちょっと待った」私は口をはさんだ。「ギャランがあの娘とどこかで会うこと自体がそもそも疑わしいんだぞ――どうやったら、そこまで自信たっぷりに言い切れるのかわからないけど!――まあそれはさておき、よりによってあのクラブを選ぶ理由は? やつの身になって考えれば、きみに疑われている時には、いちばん近寄りたくない場所だと思うのが筋じゃないのかな」

「まるっきり逆だよ、ジェフ、私ならまっさきにあそこを挙げるね。ちょっと考えてもごらん! ギャランはジーナ・プレヴォーにしろ誰にしろ、この件に巻きこまれた女に嫌疑がかかっているとは思っていない。君の報告によると、自分でそう言ったそうだな。どうやら、私の部下たちに尾行されているのは自分だとばかり思いこんでいる(事実、なるべく気づかせて不安にさせておけと指示してあとをつけさせてもいる)。さて、やつがどこかでジーナ・プレヴォーに会うとしようか――アパルトマン、やつの自邸、はたまた劇場やダンスホールなら、たちまち警察にばれてしまう! すると警察では「あの怪しげなブロンド女性は誰だ」と自問自答を始めるだろうとやつは考える。調べれば身元などすぐ割れる。そして、殺人現場の近くにいたことも……ギャランのやつが両方ともばらしてしまったわけだが! いっぽう、そこへいくとクラブは安全だ。鍵は百しかないし、錠は堅牢な防犯仕様、警察のスパイももぐりこめない。さらに言うと、その種の施設にはばらばらの時間に入ってもいいわけだから、おもてで警察のスパイが張っていても、よもやそのふたりが結びつくとはちょっと思いつくまい……。わかるかな?」

「じゃあ」と、私。「わざとやつの手の内で踊ってみせたのも、クラブについて知る限りの情報を話してやったのも、やつとあの娘がクラブで会うように仕向けるためだったのか?」

「密会させれば、その内容を立ち聞きできるからね!——自分では無理でも、せめて息のかかった人間を送りこんで聞きとってこさせられるだろう。ああ、そうだよ」

「だけど、なんでわざわざそんな凝った計略を?」

バンコランはしぶい顔をした。「やつの犯罪の手口が凝っているからだよ。正面きって尋問したんじゃ、どんなに厳しく追及しようが、たとえ拷問にかけたって自分に都合のいい話だけ吐いたら、あとはのらりくらり逃げの一手だ。尋常ならぬ頭脳の持ち主が相手なんだ、裏をかいて一本取るしか見込みはない。あの娘の素姓が割れる前から、ギャランがあの娘にまた会うつもりだなとにらんでいたよ」

「〝また〟会う、か」私は気が滅入ってきた。「そうか。ということは、やつらがすでに一度会ったのを知っていたわけだ」

「そうとも、明白じゃないか! そっちはいずれ話してあげるよ。さてと、われらが友ロビケー君のおかげで、難題があっさり片づいた。あの牙城の守りを抜けないわけじゃないが、この鍵があれば話がうんと簡単になる。これでギャランの隣室に入れる上に、窓のすぐ外には通風管がある……。ジェフ、そこまで見抜けたら、やつは魔力でも持っているにちがいない。なあ君、わかるかい」と、だしぬけに言いだす。「ジーナ・プレヴォーとのやりとりで、とりわけ意味深長なくだりはどれだ？」

「ジーナが殺しの犯人におおよその見当をつけている？」

「違う、違う。それならとうに察していたよ。そこじゃなくて、ジーナの「暗かったのよ」さ。よく覚えておきたまえ！　さてと、昼食にする前にちょっとヴァランヌ街へ出向いてこよう。クローディーヌ・マルテルのご両親に会ってくるんだ」

蛇行しながらフォーブール・サン＝ジェルマンの中心を抜ける通りの曲がり角で足を止める。私はどうも気乗りせず、こう口にした。

「ねえ、取り乱した両親の愁嘆場は……いたたまれないよ。さっきの家と似たようなことになるんなら、今回は遠慮させてもらいたいんだけど」

バンコランがすすけた壁から突きでたランプをにらんで、おもむろにかぶりを振る。「ここの人たちに限ってそんなことはない。知らないのか、ジェフ？」

「名前を聞いたことはあるけど」

「マルテル伯爵家はフランス最古の家柄で、芯の強さも代々の筋金入りだよ。〝家名〟に病的なほどこだわる一族だ。だがね、それでも当主のご老体は熱烈な共和派なんだ。だから、まちがっても爵位で呼びかけるなんてへまはするなよ。軍人を輩出した家でね、当主も大佐という称号をこよなく誇りにしている。戦争で片腕をなくしてね。奥方は小柄な老婦人で、耳がほとんど聞こえない。たいそうな豪邸に住まい、来る日も来る日もドミノ三昧に明け暮れているんだ」

「ドミノ?」

「何時間でも、だらだらとね」バンコランがむっつりうなずく。「ご老体は若いころに手慰みをずいぶんやったんだな。君の国でいう〝後先見ずの賭け事師《プランジャー》〟、手も読めんくせに、機会《おり》さえあれば巨額の金を張る連中ほどじゃないが。ドミノ三昧が――もはや自虐めいた娯楽の域なんだな、きっと!」それでも、バンコランはまだぐずぐずしている。「この人物はくれぐれも慎重に扱い、うかつに手の内を見せるなよ。娘の殺害現場がどこか知ろうものなら……それはもう、ジェフ、こういった〝家名〟に憑かれた連中が荒れ狂うと、厄介なんてものじゃないぞ」

「ショーモンがもう話したかな?」

「そうであってほしい、と切に願うよ。それに、うっかりクラブの件を洩らしていませんようにとも。たぶん蠟人形館も外聞の悪さでは似たり寄ったりだと言われそうだが。そうは言ってもなあ――」

　パリのあちこちに広大な地所がひっそりと存在している。古い高塀が門戸を開けば、目抜き通りのフォーブール・サン゠ジェルマンに白昼夢のような庭園がいきなりあらわれる。何マイルも続く並木道、趣のある池、目もあやな花壇など、まごうかたなき田園風景がにぎわうパリの中枢部にあるわけないじゃないか、と、さだめし断言なさることだろうが。その白昼夢の建物群は小塔や破風《はふ》をそなえた石造りの館だ。これが夏なら、花という花が炎の色をまとって緑に映え、木々は陽光にきらめいても、館ばかりはあくまでこの世ならぬ孤高を保つ。それがこうして灰白色の秋空を背にした破風を目にすると、パリから、さもなければ現《うつ》し世から千リーグもへだたって、今この時だけあらわれた片田舎へ迷いこんだ心地がする。そんなふうだから、窓に明かりがついているだけで意表をつかれる。黄昏どきに、後部に控える従僕までそろった白馬の四頭立てが灯もつけずにこんな砂利道をやってきて、すれちがいざまに風と雷鳴でもとどろけば、馬車のうちに鎮座する二百年前の亡者が閃光に照らしだされようというもの。

大げさに述べたわけではない。古風な門番小屋に住まう老人にマルテル館の外門を開けてもらい、うっすらと草むす砂利敷きの車道をたどっていくうちに、パリは跡形もなくどこかへ消えうせ、いまだ自動車が発明されない時代に逆戻りだ。芝生の随所に枯れた花壇が茶色い姿をさらし、濡れ落ち葉が樹下にべっとり固まる。鋳鉄細工の渦文様も陰鬱な館の奥で動く気配がし、鎖をちぎらんばかりに引く音と、犬の吠え声がした。濡れそぼって薄暗い庭園中を甲高い鳴き声がこだまする。こだまがこだまを呼び、はるか隅まで届いた。その騒ぎに応じるように、一階の窓のどれかにぽっと灯がともる。

「あの猛犬を放していないといいんだが」と、バンコラン。「嵐号といって、獰猛この上ないやつだから——おいおい！」

彼はぱっと立ち止まった。と、向かって右手にあるマロニエの林からいちもくさんに駆けだした者がいた。人間離れした恰好でひどく跳びはねながら駆けていく。ずたぼろになったコートをなびかせ、別の木立に吸いこまれて見えなくなった。あとは庭を吹きすさぶ風のうなりばかりで、あれほど騒いでいた犬もふっつり鳴きやんだ。

「今のを見ただろう、ジェフ」しばらくしてバンコランが言った。「ぞっとしたかい？　私もだ。賭けてもいい、あいつはギャランの手下だよ。あの犬に追っ払われたんだ」

ふと身震いしたところへひどい木枯らしがたち、林を揺らすと庭をくまなく騒がして吹き抜けた。大粒の雨が葉にぽとりと落ち、続いてまた一滴。あわてて館へと駆けだして古めかしい手綱柱の列を過ぎ、玄関ポーチの軒先を借りて雨宿りした。鉄の腕木がまだ壁についているところを見ると、どうやらこのポーチだけは十九世紀に増築したものらしい。クローディーヌ・マルテルのような気性の若い娘には、さぞ陰気でやりきれない家だっただろう。蔦の枯葉越しに、はでなチンツ更紗をかけた籐椅子がいくつかのぞき、ブランコの座部で開いた雑誌の頁が風にあおられている。

そこから玄関にたどりつく前に、はやばやとドアが開いた。

「お入りくださいまし、お客様がた」声からして鄭重《ていちょう》だ。「マルテル大佐がおいでをお待ち申し上げておりました」

召使の案内で薄暗いホールに入る。暗色クルミ材の鏡板張り、すばらしく広い。決してみすぼらしくはないが、風を通さないとだめだ。鼻をつくのは古材の臭い、ほこりまみれの壁掛けの臭い、真鍮磨き剤や艶出し蠟の匂いもする。そこではしなくも連想したのは、亡者たちの衣類や髪の臭いだった。しかも暗色の壁材には黒ずんだ赤いしみがあり、そこはかとなく腐敗臭がするのだから。やがて、奥まった書斎に通された。

マルテル大佐はマホガニーの机にシェードランプをつけて座っていた。奥にすえた高い本棚の上に、青と白のダイヤ形ガラスをあしらった窓が開いている。外では雨がひときわ勢いを増し、ぼんやりとちらつく明かりが女の顔を照らしだす。女は両手をきつく握り合わせ本棚の影のなかで身じろぎもせずに座っていた。両者ともに同じ空気をまとっていた。身をこわばらせてひたすら待つ姿勢、ついぞ流さずじまいだった涙、それに破滅をはらんだ空気だ。おもての雨音がひときわ深くこだまするなか、老人が腰を上げた。

「どうぞ、お客人がた」深い、単調な声だった。「こちらは家内です」

中背ながら鍛え抜いた頑健な体。だが、物腰がこれでもかというほど堅苦しい。血色はあまりよくないが、だぶついた肉をそぎ落とせば昔はさぞ男前だっただろう。禿げあがった大きな頭がランプの光をはじく。濃い眉の奥におさまった目は冴えて、なんとも厳しい。もとの砂色に白がまじって垂れた大きな口ひげの陰で、口の筋肉がきつく締まるのが見てとれた。たるんだ二重あごは細いクラヴァットを結んだ高いカラーでおさえている。黒っぽい服はいささか古風な仕立てだが、生地は極上だしカフスボタンはオパールだ。いまは本棚の影のほうへ会釈している。

「ごきげんよう!」あの女の声がさえずる。耳の悪い人によくある不安定なきんきん声だ。骨ばって色香のあせた顔を向け、われわれを探り見る。みごとな総白髪だった。「ごきげんよう！　アンドレ、お客さまがたに椅子をお持ちしてちょうだい！」

　さきほどの召使が椅子を持ってきて、われわれが机の近くに座を占めるのを見届けて、マルテル大佐はようやく腰をおろした。机上にドミノが一組ある。積み木のように組み立てて家のひな形らしきものができていた。そこでふっと浮かんだのは、何時間もそこに座って、まじめくさった子供さながら慣れた手つきで根気よくドミノの家を仕上げ、根気よく壊す大佐の姿だった。ただし、目の前の大佐は電報の一部のような青い紙きれをもてあそんで、厳しい目をこちらにすえている。

「あのことなら聞いておりますよ、ムッシュウ」ようやく口を開いた。

　その場にいるだけで息がつまった。夫人は後方に控えてうなずきながらも、全身を耳にして一言一句を聞きとろうとしている。荒ぶる力がこの館を引き倒そうとして、包囲にかかっているかのようだ。

「その件で伺いました、マルテル大佐」バンコランが応じる。「気の重い使いをせずにすんで、肩の荷がおりました。単刀直入に申し上げますと、あとは情報を伺うだけです。お嬢さんについて、なんなりと……」

　大佐が慎重にうなずく。そこで気づいたのだが、紙きれを触っているのは片手だけだ。左腕はなく、袖先をポケットにたくしこんである。降りしきる雨のなか、そのことがこの静かな部屋に漠然とした悲劇の色を奇妙なタッチで付け加えていた。

「単刀直入は望むところです」大佐は同意した。「わが奥方もかく申す私も、こんな時に音《ね》を上げるような意気地なしではない。で、いつ——引き取りに参れば？」

あの冴えた目を見るうちに、またも身震いが起きた。バンコランが答える。

「早急に。ところで、遺体の発見場所についてはお聞き及びですか？」

「どこぞの蠟人形館ですな」——とどろくような大声には憐れみのかけらもない——「背中から刺されたとか。もそっと声を張ってくだされ。お話が家内に聞こえませんのでな」

「本当なの、あの子は死んでしまったの？」夫人がやぶからぼうに尋ねた。その声にみながはっとする。夫が冷たい目をゆっくりと転じて妻を見つめる。しんとした室内で、壁の大時計ばかりが時を刻む。夫と目が合うと、奥方は目をしばたたいて引き下がったものの、顔には心痛とともに、あくまでも食い下がる気がいまだにのぞいていた。

「当方といたしましては」バンコランが話を続ける。「このたびの事件に光をあてるような情報をご両親からいただけないかと思いまして。生きている姿を最後にごらんになったのはいつでしょうか？」

「その件をずっと考えようとしてみたのですがね。どうもねえ」——やはり容赦ない大声ながら、今回は自身に向けられている——「どうも、娘のことはあまり存じませんのでね。母親に一切任せきりでした。これが息子なら——！　ですが、クローディーヌとは見ず知らずの他人も同然でしてな。活潑でにぎやか好きでね、まるで世代が違います」目のすぐ上を手で押すようにして、過去のできごとを見すえる。「最後にクローディーヌを見かけたのはゆうべの晩餐の席でしたな。私は週に一度、同じ日にセランヌ侯爵邸へ参ってトランプをするので。四十年近くそうしていて、まあ儀式のようなものです。それでゆうべも九時頃出かけました。その時には、娘はまだ家におりましたよ。自室でごそごそする物音がしましたからな」

「お嬢さんがどこかへ外出するつもりだったかどうかはご存じない？」

「存じませんな、ムッシュウ。さいぜん申し上げた通り」またも口もとがこわばる。「娘の行動をいちいち追うようなまねはいたしませんでした。クローディーヌにしかるべき振舞いをさせろと母親に指示を出し、あとは見もしません。その――結果――この――ざまです」

奥方を見ると、悲哀が顔にはっきりあらわれていた。昔かたぎの厳父と、甘やかし放題の母親。つとに察しのついた点をつき合わせてみても、クローディーヌ・マルテルは一から十までオデットと違っている。彼女なら、どんな用事で出かけようと家の者に怪しまれる気遣いはまずなかったわけだ。バンコランも同じことに思い至ったとみえ、こうただした。

「つまり、お嬢さんの外出時に付き添いをおつけになる習慣はなかったんですか？」

「ムッシュウ」老人が冷然と述べる。「わが家の者に限って、そんな必要があるなどとは思いもよりません」

「お嬢さんがご自宅にお友達を呼んでもてなす機会はよくありましたか？」

「断じてまかりならんと問答無用で言い渡してありました。そうぞうしい若造どもは当家にふさわしくないし、もしや近所迷惑にでもなってはね。むろん、うちのパーティに娘の友人を招くのはかまいませんが、娘のほうで嫌がりましてな。〝カクテル〟なるものを出してくれなどと……」見下げたような薄笑いで、たくましいあごの筋肉がよじれた。「このマルテル家にはフランスでも右に出るもののない地下酒蔵があるというのに、わざわざお招きした古い友人がたを軽んじるようなまねはせんでよろしいと言ってやりました。会話らしい会話は後にも先にもあれっきりです。あの子はもう金切り声になって、いったいお父さまには若かったころがあるの？　などとね。言うに事欠いて、くだらん！」

「さきほどのお話ですが、ムッシュウ。ゆうべの晩餐で、お嬢さんの態度は普段と同じでしたか、それとも何やら屈託がありそうでしたか？」

マルテル大佐は長い口ひげの端をいじりながら、つと目を細めた。

「そのことを考えていました。そういえば思い当たるふしがあります。その――動転しておりました」

「なにも喉を通らなかったのよ！」奥方の声が甲高く響いた。不意打ちをくらったバンコランが思わず振り向いたほどだった。大佐は声を落としていたのに、どうやって聞きとったのかと、われわれふたりともいぶかった。

「あなたの唇を読んだんですよ、ムッシュウ」大佐が種明かしをする。「そう大声を出さんでもよろしい……いま家内が申した通りです。食事にほとんど手をつけませんでした」

「それは嬉しさのあまりか、怯えていたせいか、そうでなければ正確に言うとどんな理由でしょう？」

「さあねえ。両方ではないですかな」

「具合が悪かったのよ！」奥方が叫んだ。往年の美貌がしのばれる鋭い顔を大きく左右に振って、色あせた目でわれわれに訴えかける。「ずっとそうでした。おとといの晩など、夜中に泣き声が聞こえたんですのよ。しくしくと泣いていたの！」

雨が打ちつける窓下の薄暗がりから、あの風変わりなきんきん声が涙の気配をまとってわななくたびに、椅子のふちを力任せにつかみたいという衝動にかられる。大佐が必死で自己をおさえようとするのが見てとれた。口をへの字に曲げ、厳しい目をさかんにまばたきさせている。

「わたくしには聞こえましたわ！　それで様子を見に部屋へあがってみましたの。ちょうど、あの子が幼いころにそうしたように。そしたらベッドで泣いていたんですの」嗚咽《おえつ》をぐっと飲みくだして続ける。「寝室へ入っていっても、どなったりしませんで、気持ちよく迎えてくれましたの。そこで、『いい子や、いったいどうしたの？　わたくしで力になれることがあるかしら』と申しますと、『無理よ、お母さま。だれの力でも無理だわ！』あとは翌日ずっとそんな調子で、夜になると出かけてしまって……」

わっと泣き崩れて醜態をさらされてはと、マルテル大佐がふたたび妻に向きなおった。大きな右手を握りしめ、からっぽの左袖はわなわな震えている。バンコランが一語ずつていねいに唇を動かして奥方に話しかけた。

「悩みのもとについては、何かおっしゃってましたか？」

「いいえ、いいえ、がんとして口をつぐんでおりました」

「なにかお心当たりは？」

「え？」奥方はぽかんとした。「あの子の悩みですって？　あんな子供に悩むようなことなんであるでしょうか？　心当たりはございません」

もはや、おろおろした涙声になっている。夫の果断な声が話をひきとった。

「もう少々申し上げましょうか。家内や、うちの執事アンドレからのまた聞きですが。九時半頃、クローディーヌあてに電話があったそうです。出かけたのはその後まもなくらしいですな。母親に行き先は告げず、十一時には帰るからとだけ約束して出ていったとか」

「かけてきたのは男ですか、女ですか？」

「ふたりとも知らんそうです」

「電話中の話を、なにか小耳にはさんではおられない？」

「当然ながら家内はだめです。ですが、アンドレにその点をはっきりただしました。かろうじて、これだけ小耳にはさんだそうです。『でも、彼がフランスに戻っているのさえ知らなかったんだから！』」

「『でも、彼がフランスに戻っているのさえ知らなかったんだから』ですか」と繰り返す。「誰のことか、お心当たりはありませんか？」

「いや、さっぱり。クローディーヌは友人がたくさんおりましたので」

「車はお持ちでした？」

「持っておりました」と認める。「私に無断で買ったのです。その車は、けさがた警察が返却に来られましたよ。なきがらが見つかった蠟人形館付近に乗り捨ててあったとか。さて、ムッシュウ！」

おもむろにげんこつで机を叩き、ドミノの家を震わせた。乾いた目をぎらつかせ、バンコランをにらむ。

「さて、ムッシュウ！」再度言うと、「本件を手がけるのはあなただ。わが娘、マルテル家の一員でもある者が、ところもあろうにあんなむさい界隈の蠟人形館などで死んで見つかった、そのわけを教えていただけますかな？　それこそ、何にもまして知りたいことです」

「容易ならぬ難題ですな、マルテル大佐。ただ今のところは、はっきりしたことは申し上げかねます。以前にお嬢さんが出かけたことのない場所だとおっしゃるわけですね？」

「さあね。なんにせよ」――荒っぽいしぐさで――「明らかに無頼か物盗りのしわざだな。そやつをしょっぴいて、法の裁きにかけてもらいたい。聞いておいでか、ムッシュウ？　必要なら、賞金をはずむ用意が――」

「必要とは思いません。ですが、いまのお言葉でお尋ねしようと思っていた肝腎な質問を思い出しました。いましがた「無頼のしわざ」とおっしゃいましたが、盗られたもの――一般的な意味での盗られたものはなかったことは、おそらくご存じでしょうな。金は手つかずでした。犯人が盗っていったのは、細い金鎖で首にかかっていた何かの品です。具体的に何だったかご存じありませんか？」

「首に？」老人は口ひげを噛みながら、けげんな顔でかぶりを振った。「見当もつきません。マルテル家に伝わる宝石でないのは確かです。すべて私が鍵をかけて保管しておりますし、家内が身につけるのは公式の席ぐらいです。つまらんがらくたの装身具じゃないですかな。およそ価値などなさそうな。さて、目にした覚えはないが……」

と、妻に目で問いかける。

「いいえ！」と夫人は声をはりあげた。「ありえないわ、そんなこと！　あの子はネックレスやロケットなんかをつけたためしがありませんのよ、時代遅れで古くさいからと申しまして。まちがいないわ！　わたくしにはちゃんとわかっていますのよ、ムッシュウ！」

どんなに水を向けても行きつく先はすべて袋小路、手がかりはことごとく無と化した。あとは長いこと押し黙った一同をよそに、おもてでは雨音が激しさを増して車軸を流したようになり、窓が濃い鈍色にぼやけた。それでもバンコランは失望どころか、いましがた奥方が述べたことに刺激を受けたらしい。隠しているがどことなく意気揚々としている。ランプの光を受けて、笑みのしるしに頰骨の下に長い三角の影があらわれ、小ぶりな口ひげと山羊ひげのはざまに白い歯がのぞく。それでも切れ長の目は相変わらず沈鬱にマルテル伯爵夫妻を交互に見ていた。振り子の音がして、大時計が静かに十二時を告げにかかった。しわがれたような音が墓場さながらにゆっくり引導を渡すたび、ただでさえ張りつめた神経の糸がさらにきつく引かれる。マルテル大佐は手首を見て眉をひそめ、ついで大時計に視線を投げて、もうそろそろ、と礼を失せずにそれとなく匂わせた。

「これ以上は」バンコランが述べる。「お尋ねする必要はないかと存じます。ここで一件落着とは参りませんが、重ねてお嬢さんのことをお尋ねしてもおそらく得るものはないでしょう。奥様、それに大佐も、ご協力ありがとうございました。捜査に進展がありしだい、必ずご報告申し上げます」

ふたりで席を立つと、マルテル大佐も腰を上げた。ここで初めて気づいたのだが、この事情聴取は老人にずいぶんな負担をかけていた。たくましい体を相変わらずしゃんと保っているが、目はうつろになり、落胆のあまり生気がうせていた。祭日のように晴れ着と上等のリネンシャツで着飾って立ち、ランプの光で禿げ頭が輝いている……。

われわれはそろって館を辞去し、土砂降りの中へ出ていった。

10　死の黒い影

「こちらは予審判事室、バンコランだ。中央法医局へつないでくれ」

呼び出し音の後、かちっと音がした。「法医局です」

「予審判事だ。オデット・デュシェーヌの検死結果を報告してくれ。ファイルA-四十二号、殺人事件だ」

「ファイルA-四十二号というと、一九三〇年十月十九日午後二時に一区署長より警視庁へ通報された事件ですね。シャンジュ橋の下で河に浮いていた女の死体です。合ってますか?」

「ああ」

「頭蓋に複雑骨折。二十フィート以上の高所からの転落によるものです。直接の死因は第三肋間から心臓に達する刺傷で、凶器は幅一インチ刃渡り七インチの刃物です。細かい打撲傷と裂傷いくつか。頭、顔、首、両手にガラスの破片による切り傷。発見時には死亡、その時点で死後約十八時間でした」

「わかった、用はそれだけだ……もしもし本庁、警視庁四課へ」

「はい、警視庁四課です」歌うような声が出た。

「予審判事だ。ファイルA－四十二号の殺人事件担当は誰だ？」

「A－四十二ですね。リュトレル警部です」

「いま本庁にいるなら電話口に出してくれ」

うつろう秋の黄昏が早くもとっぷり暮れかけている。あれからバンコランとは別行動になってしまった。昼食の直前に役所仕事で彼が呼び戻されてしまい、私が中央裁判所《パレ・ド・ジュスティス》の予審判事室に顔を出すころには四時を回っていた。彼が尋問用に充てていた、緑シェードの照明がついた殺風景な大部屋には見当たらなかった。ほかに専用の執務室があって、大きな建物の最上階に位置し、外からの雑音を一切しめだせる隠れ家のような場所だったが、それでいて電話がいくつも並んでいて、数ブロック先の公安警察や本庁各課とつながっている。

全長およそ一マイルの長細い船の形をしてセーヌに浮かぶシテ島は、ふくれた船尾にノートルダム大聖堂を擁し、前方――へさきそっくりに先細りだ――の長閑《のどか》な三角形の公園には畏れ多くもアンリ四世にちなんで、〝緑の色男広場《ヴエール・ギヤラン》〟の名がある。中央裁判所はこの二者の間に位置して、ポン・ヌフ橋のにぎわいを睥睨《へいげい》していた。バンコラン専用執務室の窓は最上階の高みにあり、ポン・ヌフや緑の色男広場《ヴエール・ギヤラン》を越えてセーヌの黒い川面の先まで一望できる。だから、ここにいるとパリ全市に目を光らせている気分になれるわけだ。茶色い壁に囲まれた室内には安楽椅子のほかに血なまぐさい参考品のガラスケース、額入り写真類などなど、そぞろ気味悪くなる品がおさまり、バンコランがしょっちゅう歩き回るものだから、古びた絨毯はひどいすりきれようだ。

私たちはアルコーヴにおさまった本棚の上に控えめな照明が数個あるだけの暗がりに、さしむかいで座っていた。照明の黄色い光を背に受けて、窓辺で受話器を手にしたバンコランの頭が鮮やかな輪郭を描いている。私も窓辺に座り、電話機本体にヘッドピースをつないで傍受していた。耳に入ってくるものといえば、ダイヤルを回す音と呼び出し音、この建物全体の各部署が発する幽霊じみた人声などだった。いま両手をのせているのは、この執務室にひいてある電話線すべてのスイッチだ。パリ全市の民家各戸にひそかに通じており、ちょっと押しただけで切り替わる。

さきほど四課へ電話してから、しばらくは音沙汰なかった。しびれを切らした彼が長い指でひっきりなしに椅子の腕を叩く。それで見るともなく窓に目をやれば、冷え冷えと川面を吹きわたる風が薄暗い窓をうるさく揺すっていた。いまだに雨で視界のにじむ窓ガラスはわずかな風にも鋭い音をたてる。はるか眼下でポン・ヌフの灯がにじみ、歩行者や警笛を鳴らす車、こうこうと明かりをつけてエンジン音をとどろかすバスなどがごったがえしていた。やがて、はるか先の緑の色男《ヴェール・ギャラン》広場にもぽつぽつ灯が入り、波立つ川面に映って細かく砕ける。だが、見えるのはそこまでだ。両方の河辺に冷たい街灯がずらりと並んでいるが、遠くぼやけ、雨にかすんでいる。

「リュトレル警部です」という声が耳に届いた。寒々しい戸外と、この執務室は別世界だった。ガラス窓で外界の寒さをしめだして、大々的な組織が稼働中だ。葉巻の紫煙たちこめるなかで、殺人犯を追う足どりにつれて絨毯がすりきれていく。

「リュトレルか？　バンコランだ。デュシェーヌ事件でなにか出てきたか？」

「今のところは常道の域を出ません。今日の午後に母親のところへ回ったら、それより前に予審判事がおいでになったと言われました。デュランとも話しましたよ。マルテル事件はやつの担当でしょう？」

「そうだ」

「やつの話じゃ、あの殺しはどっちもセバストポール街の仮面クラブとつながっているとおっしゃったとか。それで、強制捜査で乗りこんでやろうと思ったんですが、予審判事のご指示で、手出しするなと釘を刺されたという話でした。そうなんですか？」

「さしあたっては、そうだ」

ぶつくさと、「まあ、ご指示がそうなら了解しました。納得はいきませんが。死体はシャンジュ橋の橋げたにかかっていたところを引き上げられたんです。あの辺は流れが急ですから、普通なら押し流されちまいますよ。おそらくはあの真上から投げこんだのが、たまたますっぽりはまっちゃったんじゃないですかね。しかもおあつらえ向きに、あの橋はセバストポール街のどんづまりだ。あのクラブから運び出して、通り沿いにまっすぐ行きゃすむ話でしょう」

「疑わしいものを目撃したという情報でもあるのか？」

「いいえ。あの界隈をあたってみたんですが、空振りもいいとこです」

「科学捜査研究所の報告は？」

「連中もお手上げです。なにぶん水中にいた時間が長すぎて、服に何の痕跡も残ってないんだそうで。どうしてもクラブに手をつけるなとおっしゃるんでしたら、手がかりはあとひとつですね……」

「顔を切ったガラスだろう？　そのガラスだが、どうも既成品じゃなさそうだ――乳白色の不透明ガラスなのは確かだ、そこへおそらくは色ガラスをあしらった――その破片が見つかったか。ああそうだとも、警部。オデットは窓を突き破って飛び降りようとしたか、放り出されるかしたんだ。あのクラブの窓という窓には、似たようなガラスがはまっているんだろう――」

電話線越しに、とまどい声の慨嘆が遠慮がちに聞こえた。「はい」と不承不承認める。「切り傷数ヵ所に細長いガラス片がありました。濃赤ルビー色のガラスでした、バカ高い色です（当時、濃赤色ガラスはヴェネツィアの特産品で、純金を混ぜないと発色しなかった）。じゃあ、ごらんになってたんですか？　目下は手分けして、サン＝マルタン門から一マイル範囲内のガラス屋をのきなみ当たってます。もしもガラス替えに入ってりゃ……。ほかにご指示は？」

「さしあたっては特にない。その調子で続けてくれ。ただし、いいか！　私の許可が出るまでは、仮面クラブでの聞き込みは一切禁止だ」

先方は不満げにうなると、電話を切った。バンコランが受話器をかけ、そわそわと指を動かして椅子の腕を往復させる。しばらくは双方黙って、建物内の遠いざわめきや雨音に耳をすました。

「それなら」と、私。「デュシェーヌの娘はあのクラブで殺されたのか。その線は動かないみたいだね。だが、クローディーヌ・マルテルのほうは……。バンコラン、あの娘はオデット殺しを知りすぎていたせいで口封じされたんじゃないか？」

バンコランはおもむろにこちらへ向いた。「なぜそう思う？」

「そうだなあ、デュシェーヌ嬢失踪の晩に自宅でとった態度かな。ほら――泣いたり、気がたかぶったりしたあげく、母親にこう言ったんだろう。「無理よ、お母さま。だれの力でも無理だわ！」ふだんは若い娘にしてはずいぶん冷静らしいのに……。ふたりとも会員だったと思うかい？」

バンコランはわずかに前かがみになって、ブランデーのデカンタと葉巻の箱を置いた小テーブルを引き寄せた。背後のアルコーヴからの照明が横顔をなぞって頬をことさらくぼませ、デカンタのブランデーを真紅の輝きに染める。

「ふむ、だいたいの見当はつくよ。オデット・デュシェーヌは違うだろう。だが、マルテルの娘はあきらかに会員だよ」

「〝あきらかに〟？」

「だって、証拠はいろいろあるじゃないか。まず、オーギュスタンの娘とは確実に顔なじみ、それもよく知った仲だった。オーギュスタンの娘のほうでは名前こそ知らなかったが、顔はとっさに思い浮かべるほど覚えていた。クローディーヌ・マルテルはいつも蠟人形館からクラブに入っていたんだ。つまり、常客だったとみてさしつかえない……」

「ちょっと待った！　オーギュスタンの娘があれだけ鮮明にクローディーヌの顔を覚えていたのは、彼女の死に顔を見たせいじゃないのか？」

バンコランはブランデーを注ぎながら、じっと私の顔を見た。

「なるほどね、ジェフ。すると君は、あの蠟人形館の娘が殺人に関わりありとしたいのか。——まあ、いくつかの点に照らせば満更ありえない仮説でもないんだが。その点はあとで話し合うとして、マルテル嬢が会員だったという（第二の）証拠は、通路の殺害現場のそばに落ちていたあの黒い仮面だよ。あきらかに彼女のものだ」

私は驚いて座りなおした。「おいおい、なにを言ってるんだ！　この耳で聞いたぞ、あの仮面の特徴から割り出して、別人の持ち物だってデュラン警部に説明してたじゃないか！」

「そうだよ」含み笑いして、「警部をあざむくためには、君にも信じてもらわないといけなかったんでね、ふたりまとめて一杯食わせたのさ。いやあ、しばらくは理論上の明らかな欠陥を警部に見破られやしないかと、内心冷や汗ものだった——」

「それにしても、どうしてそんなことを？」

「なぜ警部をあざむいたかって？……それはだな、ジェフ、デュラン警部は思慮分別よりも、体を動かすほうが得意な男だからさ。うぶなおぼこ娘が言葉巧みにあのクラブに誘いこまれ、暴漢に襲われたものと頭から信じこんでいた。こちらとしても、みながそう思いこんでいてくれたほうが都合がいいんでね。だって、もしもあの娘が会員だったとデュラン警部が覚《さと》ろうものなら、ありのままを両親や友人に話すに決まっている。結果として両親は面子をつぶされて怒り心頭、われわれを家から蹴り出すか、門前払いを食らわすのがおちだ。どう転んでも協力はおろか、役に立ちそうな情報はこれっぽっちも引き出せまい……。とうに気づいているだろうけど、いまだに両家の親へは本件の詳細も、娘たちのどちらかがあのクラブとつながりがあったことも伏せているんだよ」

私はかぶりを振った。「まったく、ややこしいったらないな」

「そうでなくては！　さもないと、目ざすものにはたどりつけないぞ。今の時点であのクラブがおおやけのスキャンダルになってみたまえ、真相を探り当てる見込みはあっさりついえてしまう。まあそれはそれとして、あの仮面だ。警部に話した仮説の欠陥はね、こういうことだよ。君も覚えているのなら言うが、推論で導き出してみせた女の特徴は、まぎれもなくあの死体の女だろうに！　小柄で浅黒く、茶の長い髪。どこからみても彼女じゃないか。あの仮面もちゃんとそれを裏づけていた。それなのに、あんな詭弁《きべん》をデュランがうのみにするなんて——」

「仮面に口紅がついていてただろう。死んだ女は口紅をつけていなかったと言ったのは君じゃないか」

そう聞いて、含み笑いが哄笑になった。「それでもだよ、あの女のバッグにあった口紅を拾ったのはまさに君じゃないか！　あのな、ジェフ、君だって気づいているはずだ。死んだ時に口紅をつけてなかったからといって、仮面の持ち主でないと決めつけるわけにはいかんだろう……。デュランがあれをうのみにするとは、まったく嘆かわしい。それどころか、あらゆる証拠からいって、クローディーヌはあきらかに以前あれをつけたことがある。だが、凶行時にはつけてなかった」

「ちぎれたゴム紐の件は？」

「犯人が男か女かはさておき、半狂乱でバッグの中身を探したはずみにちぎったんだよ。クローディーヌはゆうべ出がけに仮面をバッグの中に忍ばせた。状況を考えあわせると、昔かたぎの両親がうるさいので口紅をつけずに出て、そのままつけ忘れたんだろう。行き先があのクラブだったのは明白だ……。さて、全体を一緒に検討してみようか」

両手を山形に合わせて椅子に背を預け、窓の外をにらむ。

「まず、あの〝茶色い帽子の女〟はジーナ・プレヴォーと判明、彼女はオデット・デュシェーヌ失踪とも何らかの関わりがあるとわかっている。覚えているだろう、オーギュスタン老人があの午後に彼女を見かけたときは、デュシェーヌの娘のあとをつけて蠟人形館の階段を降りていったので、てっきり幽霊かと思ったんだ。さらに、クローディーヌ・マルテルもこの失踪事件に一枚嚙んでいるとみていい。やはり会員であり、失踪当夜の動揺ぶりを伝え聞くにつけても、ほかに解釈のしようがない。ふたりが殺人に関与した、と言うつもりはない。それどころか、彼らが巻きこまれた経緯については見当がついている。だが、ふたりとも怖くなったんだよ、ジェフ――殺人事件に巻きこまれたんじゃないかと震えあがった。それでジーナ・プレヴォーとクローディーヌ・マルテルは会う約束をし、その当夜にクローディーヌ・マルテルが殺されたわけだ。

その後の十一時三十五分、巡査が蠟人形館の前にたたずむプレヴォー嬢を目撃している。動揺していたばかりか、ぐずぐず迷っているふうでもあった。友人と（a）蠟人形館内か、（b）あの通路で、会う約束だったからに決まっている。あの手の女はセバストポール側の入口前で待ち合わせなんて、まずしないよ――あんな柄の悪い界隈で、人待ち顔で戸口付近をぶらついたりしてみろ、どうなることか。で、どうなったか？　行き違いがあったんだよ、ジェフ、それについてはこれ以上検証するまでもなかろう。それで十一時三十五分に蠟人形館へ来たはいいが、閉館していたというわけだ。

物事というのは、偶然のいたずらで収拾がつかなくなる。偶然のいたずらで、私がオーギュスタン氏に電話をかけて面談の約束をとりつけ、偶然のいたずらで、オーギュスタン氏はいつもより三十分早く閉館した。プレヴォー嬢がいざ来てみれば、門戸は閉ざされ、灯も消えている。これまでにない事態に出くわしてどうしていいかわからなくなり、なかなか腹が決められなかった。明らかに、それまでいつも蠟人形館経由でクラブへ来ていたせいで、セバストポール側の入口を使うのはどうも気が進まなかったんだ。

クローディーヌ・マルテルはそれより前に来ていた。蠟人形館の閉館前か閉館後か、はたまたセバストポール側をいつも使っていたのかは不明だ。まあとにかく、セバストポール側から入ったのは明らかだね……」

「なぜだい？」

「入場券を持っていなかったじゃないか、ジェフ！」バンコランは身を乗り出し、もどかしげに椅子の腕を叩いた。「わかっているはずだが（あくまで見せかけ上）、蠟人形館から入る会員はみんな入場券を買わないといけないんだ。だが、所持品にあの青い入場券はなかった。いくらなんでも、犯人がそんなものを盗ると考えるなど狂気の沙汰もいいところだよ。そもそも、そんなものを盗ってどうする？　死体は蠟人形館に置いてきたんだぞ。だから、女がそこにいたのをごまかす意図はみじんもなかったに決まっている」

「なるほど」

「そんなわけでマルテル嬢は街側から入り、友人は蠟人形館の前に立ち往生と相成った。どちらも相手を待ちながら、いったいどこにいるのかしらと思っていた。われわれとしてはそこで、重大な点にいくつか思い至るわけだ。

　第一の重大な点は、こういうことだ。加害者が通路に入りこんで被害者に近づく経路は三つある。その一、街側のブルドッグ錠つきの戸、その二、隣家裏のレンガ壁についたクラブ入口の戸、その三、蠟人形館の裏口だね。さて、この最後の戸がいかにも意味深長なんだ。イエール錠がついていて、蠟人形館の中からしか開けられない。会員は使うが、あくまでも一方通行――行きだけだ。帰りは絶対に使わない、鍵がないからだ。では、なぜ？　このクラブが深夜営業だからだよ。閉館の十二時以降にそちらへどたどた踏みこんで、大きな玄関ドアのかんぬきや掛け金をはずして開け、客が出ていくたびにオーギュスタンの娘がいちいち起きだして戸締りしなおすなんて無理な話だ！　そもそも実際的でないし、言うまでもなく、早晩オーギュスタン老人に見つかって止められるのは間違いない。君だってその目で見ただろう、父親にけどられまいと、娘がどれだけ気を使っていたか……。論外だよ、ジェフ！　蠟人形館からは入れるけどね、館内側はあのイエール錠がいつもかかり、鍵はどこへ行ったかわからない。そうなると、出口はセバストポール側ひとつに絞られてくる。

さて、そこでだ。犯人がどの経路で被害者に近づいたか特定するにあたり、戸口は三つある。殺人者は前者ふたつの経路のうちひとつ——街側か、クラブ側から入ることもできた。ところが」バンコランは椅子の腕を叩いて一語ずつ強調し、「ところがだ、前者ふたつのどちらから入っても、死体を蠟人形館に運びこむのは無理なんだ。わかるかな？　あの戸は蠟人形館の中からなら開けられるが、通路側からは絶対に開かない。ということはだな、犯人は蠟人形館から戸を開けて入り、彼女にこっそり忍び寄ったにちがいない……」

私は口笛を吹いた。「早い話が、オーギュスタン老人が十一時三十分に早じまいしたさいに、犯人を中に入れたまま鍵をかけてしまったわけか」

「そうなんだ。闇の中に——犯人を閉じこめてしまった。とはいえ、出たければオーギュスタンが戸締りしているところへ出ていけばすむのは明らかだろう。だから、たまたまということはない。犯人はマルテル嬢が通路を通るとわかっていて、意図的にそこにひそんでいたわけだ。どちらから入ってこようと——蠟人形館だろうが、街側の戸だろうが——捉えられるのだから、別にかまわない。サテュロスの立つ隠し戸の裏にある空間にひそんでいれば、誰にも見とがめられまい」

そこで一息いれて、いそいそと葉巻をつけにかかる。自説を展開するうちに興奮でその手が震えているのを見た私の胸に、最初に感じた不吉な考えがよみがえってきた。

「バンコラン、蠟人形館に閉じこめられたのが外部の人間とは限らないんじゃないか？」

「どういう意味だね？」マッチの火で、バンコランの目が一瞬ぎらりと光った。犯罪状況の再現中にちょっとでも横やりが入ると、いつもへそを曲げて物言いもとげとげしくなるのだ。

「蠟人形館にいたのはオーギュスタンの娘ひとりだろう。階段の明かりをつけるなんていかにも妙なふるまいだよ――覚えているだろう？　自分では、館内で誰かが動く気配がしたとか言っていたけど……それだって」と、ふと思い出して述べた。「まったく、そんな言葉をいったいどこから持ってきたと思う？　君がそういうふうに尋ねたから、おうむ返しに認めただけさ。でも、そんな気配なんかなかったんだ……」

「いやいや、ちゃんとあったさ！」ちょっと機嫌が直ってそう正した。「ジェフ、正確にはなにが言いたいんだね？　マリー・オーギュスタンが犯人だとでも？」

「そのう……いや、そういうわけじゃない。動機がかけらもないんだから。それに、刺したあとでわざわざ骨折って死体を蠟人形館に運びこみ、自分に疑いがかかるようにする理由が見当たらない。それでも館内にいたのはあの娘だけだ――それに、照明の件も――」

バンコランが赤い火のともった葉巻の端を振ってみせる。暗がりにいても、皮肉っぽい笑いが目に見えるようだ。

「あの照明にずいぶんこだわるんだな。だったら、実際に起きたことを説明させてくれたまえ」そう言いだすとまたも身を乗り出し、きまじめな声になった。「まず、通路にマルテル嬢がいる。その二、犯人はサテュロスの壁の裏にひそんでいる。その三、プレヴォー嬢は蠟人形館の外で待っている……。その間に何があったか？　君が述べたようにオーギュスタンの娘はひとりきりで住居のほうにいる。想像してみたまえ！　ふと窓の外を見れば、おもての路上には街灯に照らされて——あの巡査が見た通り——ジーナ・プレヴォーの顔があり、不安そうにうろうろしている。さて、欠点はいろいろあるにせよオーギュスタンの娘は実直な人柄でもあり、金儲けに骨身を惜しまないたちでもある。ジーナが入りたがっているのは察しがついたし、かたくなに拒めばそれだけ実入りが減る。それで照明をつけたんだ……主電源と、通路に出やすいように階段の照明をね……それでお客の足もとは明るくなる。その上で正面入口の大扉を開けてやった。

だが、プレヴォー嬢の姿がない！　そろそろ十一時四十分になろうとしていたので、見切りをつけてほかの入口へ回ることにしたんだ。通りは無人だった。マリー・オーギュスタンは狐につままれ、ふと疑念がきざした。これは（あの女はこう考えた）もしや、なにかの罠かしら？　目に見えるようだね、若いわりに肝《きも》の太いあの女がサン＝タポリーヌ街をずっと見渡して思案するところが。やがてまた戸締りし直した。おそらくは習い性でそのまま館内へとって返し、緑の光に照らされた室内を見てまわる……。

そのころ、裏の通路では何が起きていたか？　犯人は十一時半には隠し戸と通路側の裏口にはさまれたあの空間にひそんで待ちかまえていた。館内の照明は十一時半に落ち、完全に闇の中だ。やがてセバストポール側の戸に鍵をさす音がする。そして戸が開き、街明かりを背にした薄闇におぼろな女の輪郭が浮かぶ……」

雨のなかで高みの執務室に身を置きながらでも、その情景はありありと想像できた。われわれがいるこの部屋は暗い。アルコーヴの照明がにぶい黄色の光を放ち、バンコランはその光をさけて悪魔めいた顔をうつむけぎみにし、片手でかばった。雨がひっきりなしに窓ガラスを叩き、車の音がかすかに聞こえる——それらすべてが融け合い、彼が描き出してみせたじめじめした通路へと変わった。セバストポール街の戸が開きはじめ、月とまごう光がさす。その入口にたたずむのは女だ。バンコランの低い声が早口になった。

「クローディーヌ・マルテルだった。通路の中でジーナ・プレヴォーを待つ（そう言わせてもらおう）つもりでいたんだ。見えたのは輪郭だけで、はっきりとはしなかった。犯人にはわからない——わかるわけがない、蠟人形館から入ったのだから——これこそ狙っていた相手、マルテル嬢だと。そうではないかとは思ったものの、きちんと確かめないことには手が出せない。といっても、なにぶん暗すぎて視認できない。

暗い通路をうろうろする彼女の足音を耳にしながら、犯人は迷いに迷って、さだめし生き地獄のひとときを味わったことだろう。石畳にヒールを鳴らして歩く足音は聞こえるのに、顔はまるで見えないのだからな。そうして彼女が歩いているころ、プレヴォー嬢のほうは蠟人形館の玄関先をうろつき、三人の心臓が不安に波立っていたわけだ。それもこれも、蠟人形館が十一時三十分に早じまいして、照明を落としたせいなのさ……。かりにだよ、ジェフ、クローディーヌ・マルテルが入口脇の電源スイッチを押して通路を照らしていたら！　かりにそうしていたら、事件全体がまるで違っていたはずだ。だが、そうはしなかった。君が聞いたやりとりで、はしなくもプレヴォー嬢が述べた重大発言から、いやでも知れることだ。「暗かったのよ」

ここで注意してほしいのは、こうしてわかった状況を把握するためには、各人の行動と、そのときどきの時刻をちゃんと一致させなくてはならないし、その後の必然として起きたことをよく見定めることだね。

十一時四十分ちょうどになった。ジーナ・プレヴォーは街側から入ろうと踏ん切りをつけ、蠟人形館の玄関先を離れてセバストポール街へ向かった。その直後にオーギュスタンの娘が館内の照明をつけたので、階段のサテュロス脇にある緑の照明もついた。すると、さきに私が指摘したように、隠し戸が閉じて通路への裏口が開いていると、ごくわずかだが緑の光が通路へさしこむ……よほど近くに立てば、かろうじて顔の見分けがつく程度だが……。

その光をみとめて、クローディーヌ・マルテルがくるりと向いた。緑の光を顔に浴びて目を凝らしていると、目の前に黒い影となった犯人がぬっと立ちはだかった。彼女がレンガ壁のほうへ一歩逃げかけるや、犯人はそれまでの迷いをかなぐり捨てて悲鳴を上げるひまも与えずに引き戻し、背中に刃物を突きたてた……。

そしてだね、ジェフ、まさにこの犯行のさなかに、ジーナ・プレヴォーが街側の入口に銀の鍵をさして開けたんだよ！」

張りつめた声でそこまで語り終え、ひと息つくころには、手にした葉巻は燃え尽きていた。その光景を思い浮かべるだけでも血が騒いだ。にぶい緑光を受けた凶器がひらめいて、ずぶりとひと刺し。まさにその時、銀の鍵がかちりと鳴って、別の女が通路に入ってくる。ああ、それを目にした犯人の衝撃と動揺はいかばかりだったことか！

長い長い沈黙のなか、なにがなし不気味な予感がした。まるで、小さな指でじかに神経を撫でまわされているような。それにしても、おもての雨はいっこうに衰える気配もない……。

「ジェフ」バンコランが重い口を開いた。「その後に通路で何があったかは、想像するほかない。ここまではまあなんとか確実と言えるぐらいに再現できたが、この先はどうだろう――？蠟人形館から洩れる光はわずかなもので、犯人はよほど近づかなくては相手の顔の見分けはつかなかった。まして、やや離れていたジーナ・プレヴォーに犯人や被害者の顔が見えるわけがない。ただし、ギャランに話したことから察するに、少なくとも被害者のほうでは見分けたらしい。

駆け寄って確かめたとはとうてい考えにくい。ぎらつく刃物や血しぶきとともに人が倒れたので殺しだと悟り、犯人が振り返ろうとするのを見て、もうそれ以上は見たくないと思った……。

それであの戸を開けっ放しにして、悲鳴をあげていちもくさんに逃げた。その行動から、肩胛骨の下を深々と刺されたクローディーヌ・マルテルが、その前になにかを大声で言ったはずだと信じないわけにはいかない。その声で、ジーナ・プレヴォーは刺されたのが友人だとわかったんだ。この点を考えてみるに、ただの悲鳴や絶叫以外になにか言葉があったに違いない。ただの悲鳴なら、ジーナ・プレヴォーにだってちょっと誰だかわかるまい。言葉だったんだよ、ジェフ、数語ほどの言葉だ！」間を置いて、低い声をいっそう暗くして、「だから、こういう言い方もできるんじゃないか。霞《かすみ》がかかって薄れゆく意識のなかで、クローディーヌ・マルテルがいまわのきわにうつろな通路に響きわたる大声で叫んだのは、犯人の名前だったと」

そこへ電話がけたたましく鳴った。バンコランが出る。

「もしもし！」その声がやけに遠く聞こえ、つづいて虫の羽音めいた声が入る。「誰だって？

デュシェーヌ夫人とロビケー氏？　……ふむ。よし、わかった。こちらへ通してくれ」

11　赤鼻氏のお道楽

私はといえば、バンコランの通話をろくに聞いてはいなかった。電話で話しているのはわかっていたが、夢中で本を読みふける最中にラジオ番組を流されたような感じだ。彼は選び抜いた言葉で暗示する達人で、語り口の巧みさは、はばかりながら世の誰にもまして私がよく心得ている。わずかな語句が頭に残って鐘の音さながら響きわたり、余韻が脳内のすみずみに浸透していくつも幻像を結ぶ。緑の光こぼれる白漆喰の通路が、以前に見た時より凄みをまして眼前にあらわれる。そこへいきなり闇から躍り出た犯人が、凶暴な野獣のごとく襲いかかってくる。私は恐怖に打ちのめされ、みぞおちに一撃くらったようになった。男女いずれか知らないが、そいつに襲われた時にクローディーヌ・マルテルもきっとこんな思いをしたのだろう。さらに、とりわけ恐ろしいのは、瀕死の娘が通路の物言わぬ壁に向かって、自分を殺した犯人の名を大声で呼ばわるさまだ。想像するだけで……。

「デュシェーヌ夫人とロビケー氏か」いまの言葉をそこで初めて思い返した。バンコランが机の真上に吊った照明をつけると、ごたごた書類を積み上げた巨大な机に黄色い光があたり、それ以外はかえって暗くなった。そして当人は机の奥にすえたふかふかの椅子に猫背ぎみにかけ、半眼になった。陰になった顔に厳しい深いしわが刻まれ、ごま塩の頭はまんなか分けにして端を角状にひねってまとめている。片手は所在なく机上にのっていた。そうして戸口へ視線を向ける。吸取紙の上に光るものがあるなと見れば、小さな銀の鍵だった。

案内されてきたデュシェーヌ夫人とロビケーをバンコランが立って迎え、机脇の席をすすめた。女のほうはあいにくの荒天でもきちんとした装いで――あざらしの毛皮コートに真珠を合わせ、ぴったりした黒のつば広帽の下に隠れたその顔は若い女とみまごうほどだった。そうしているとたるんだ目の下の袋も面やつれも影のいたずらで通ってしまいそうだ。険のある顔にだらしないなりの午前中とは大違いだ。けぶるような濃い灰色だ。手袋をはめた片手で新聞を机にのせて、軽く叩く。そうしながらも、雨に濡れた顔に絶望にも似た表情を浮かべている……。

「ムッシュウ・バンコラン」そっけなく述べた。「思い立ってこちらへ伺いました。この午後に警部という方がいらして、なにかいろいろ匂わせておいでてしたわ。その時はさっぱり通じなかったもので、そのまま聞き捨ててしまえばよかったのですけれど……これを見ましたので」また新聞を叩いて、「それでポールに無理を言って、連れてきてもらいましたの」

「お安いご用ですよ」口ではそう言いながらも、ロビケーは落ち着きがない。厚手のコートを脱ごうともせず、あの銀の鍵をちらちら盗み見ている。

「おいでくださって恐縮です、マダム」バンコランが述べる。

夫人はそんな社交辞令を片手で払いのけるようにした。「包み隠さず、全部話していただけませんこと？」

「何についてですか？」

「娘の――死について。それにクローディーヌ・マルテルの死のことも」一気にまくしたてた。

「午前中、その件についてはひとことも話してくださらなかったわ」

「ですが、お話しするいわれがどこにあります？　それでなくてもご不幸で余裕をなくしておられるところへ、ほかの痛ましい話題まで――」

「ああ、もう後生ですから話をそらそうとなさらないで！　知らないではいられないんです。そのふたつが無関係なはずがないわ。クローディーヌの遺体が蠟人形館にあったというのは警察の擬装ですわね？」

　バンコランは片方のこめかみに指をあてて彼女を見つめていたが、返答はしない。

「と、申しますのも」夫人がしいて話を続ける。「わたくしも昔は仮面クラブに入っておりましたの。もうずいぶん前ですわ！　二十年になります。あそこはそれなりに続いているクラブなんですのよ。ですが、おおかた」辛辣に、「わたくしのころとは営業方針が変わったんでしょう。所在地もわかっております。あの蠟人形館――いいえ、あの蠟人形館を疑ったことはございません。ですが、折に触れてクローディーヌがあのクラブへ出入りしているのではと疑ったことなら。ですから亡くなったと知って――オデットの死と考え合わせますと……」

　そこで乾いた唇を舌で湿した。絶望がはっきり顔に出ている。痙攣じみた指の動きでひっきりなしに新聞を叩き続ける……。

「そこで、不意になにもかもいちどきに氷解しましたのよ、ムッシュウ。よくわかっております。母親ですもの。どうもおかしいと、ずっと思っておりましたわ。オデットはあそこに関わっておりましたのね、そうでしょ?」

「それはなんとも申し上げられません。かりにそうでも――ご本人の意思ではなかったかと」

夫人の目がうつろになる。そうしてぽつりと、

「〝罪を〟……なんでしたかしら?……〝罪を子にむくいて三四代に及ぼし〟(出エジプト記二〇―五)。これまでずっと信心とは無縁で参りました。ですが、神はおられたのですね。ええ、そうだわ。神のお怒りがこの身にくだったのよ」

夫人はわなわなと震えだした。蠟人形もどきに青ざめたロビケーが、コートの襟にあごを埋め、くぐもった声で言った。

「ベアトリスおばさま、だから申し上げたじゃありませんか――無駄足ですよって。なんにもなりませんよ。警察だって必死で捜査中なんですからね。それでは――」

「午前中に」と、夫人はたたみかけるように、「そちらにおいでのお仲間を階下《した》におやりになって、ジーナがあの男と話しているのを探っておいでしたわね。わたくしとしたことが、もっと早く気づくべきでした。そうに決まっているわ、ジーナもあのクラブに関わっておりますのね。素行が素行ですもの! お話にもならない行状ですわ。なのに、こともあろうにうちの可愛いオデットまで、三人そろって出入りしていたなんて……」

「マダム、それはお考えすぎです」バンコランがやんわりと述べた。「あれはただの弔問客で

すし、プレヴォーさんがお相手なさったのは……」

「その件でお話がございます。あの時はただもうびっくりいたしましたけれど、後からいやでも考えてしまいまして。あれは、あの男の声ですわ」

「と、おっしゃいますと?」すかさずバンコランが応じる。今度は指でそっと机を叩きはじめた。

「今も申しましたように、あれをきっかけに考えてみましたら、あの声は前にも聞いたことがございますの」

「ああ、そうだったんですか! ギャラン氏をご存じなんですね?」

「お顔は存じません。ですが、声なら四度にわたって聞きました」

銀の鍵の輝きに魅入られるロビケーをしりめに、夫人は気丈に話し続けた。

「二度目は十年前でした。ちょうど二階にいて、オデットも一緒に――まだ、ほんの子供で――手芸の手ほどきをしてやっておりましたの。主人は下の書斎で読書しながら、二階《うえ》に匂いが届くほどさかんに葉巻を吸っておりました。そこへ呼び鈴が鳴りまして。女中が出ると、玄関先で声がしました。感じのいい声でしたわ。主人のところへ案内されて話し声はするのですけど、内容が聞こえるほどではありません。ただ、あちらは何度か笑っておりましたね。話がすむと女中が見送りました……まだ笑いながら、さかんに耳障りな靴音をさせていたのを覚えております。数時間後に、葉巻のかわりに火薬の臭いがしましたので、階下へ様子を見に行きました。主人は自殺しておりましたの、ピストルに消音装置をつけて――オデットを驚かせたくない一心で……。

その時に思い出したのですけれど、あの声はなにも初めてじゃございません。仮面クラブに出入りしていたころ、そちらで——あら、結婚する前ですのよ、本当です！　仮面をつけた男性会員にそういう笑い声の人がいましたの。かれこれ二十三年か四年にはなるはずですよ。その男、仮面に穴を開けて鼻を出しておりましてね。その鼻たるやおぞましい赤鼻、しかもひん曲がっていたのでよく覚えております。悪夢のような顔でした。忘れようにも忘れられません、あの声が忘れさせてくれない……」

夫人はうなだれた。

「それで三度目は、マダム？」バンコランがうながす。

「三度目は」喉のつかえをのみこんで答える。「まだ半年もたっておりません。この夏の初め、ヌイイにあるジーナのご両親のお住まいで耳にしました。そちらのお庭でね、日暮れがたでしたわ。遊歩道のさきに夏用コテージが、ほんのり夕映えの空を背にしてくろぐろと建っておりました。そちらから人声がしましたの。愛の行為にふける男とおぼしい濃密な声です。高くのびた木立がにわかに寒々しくうつり、太陽が黒くなったような心地がいたしました。あの声だとわかったからです。あたふた逃げ出しました。ええ、本当になりふりかまわず走って逃げたんですのよ！　ですが、ジーナ・プレヴォーがひとり笑いしながら出てくるのは見届けました。ですから空耳だわ、気が昂っていたせいよと、そのときは自分に言い聞かせたんですの……。

ですが、今日になってまたあの声を聞いて、これまでのことをいちどきに思い出しまして。

ああ、やっぱりと。違うなんておっしゃらないで！　ああ、可愛いオデット……。舌先三寸でわたくしをごまかそうったって、そうはいきませんよ。この新聞でクローディーヌの話を読んだら……！」

夫人が目を怒らせてにらみつける。バンコランはいぜん静観の構えで、椅子の腕に片肘ついて指をこめかみに当て、目をらんらんと光らせてまばたきもせずに見ていた。じきに夫人の怒りが下火になり、こうせっついた。

「なにか、おっしゃることは？」

「いえ、なにも」

またしても沈黙。誰かの時計の音が響く。

「ああ……そう、わかりました」と言いだす。「まあ——ね、あくまでおとぼけになるかしらという気はしましたけれど、すがるような思いで参りましたのよ。でも、だめなものはだめね」ふっと笑って肩をすくめ、必要もないのにことさらバッグの留め金を鳴らしながら、憤懣《ふんまん》やるかたなく室内を見回した。「ご存じかしら、ムッシュウ。新聞によると、クローディーヌの遺体はセーヌ河のサテュロス蠟人形の腕に抱かれていたとか。あの男の印象はまさにそれでしたわ。セーヌ河のほうはさておき……サテュロスですわ、残忍で血も涙もない野獣……」

ロビケーがあわてて話の腰を折る。「ベアトリスおばさま、もう帰りましょうよ。そんな無駄話でこのかたのお時間を取っちゃ申し訳ないでしょう。長居したってご迷惑になるだけですよ」

そう言われて夫人は腰を上げ、ふたりで席を立った。相変わらず、誰に向けるともない笑顔で手をさしだし、バンコランがその手を取って慇懃《いんぎん》に小腰をかがめた。

「せっかくお運びいただきながらご期待に添えませんで、マダム」そこで口ごもり、「ですが、これだけはお約束します」――わずかに声を張ると、握った夫人の手に力をこめ――「さほど時をおかずに、やつを捕らえてごらんにいれます。誓って申しますが、あなたさまにも他の誰にも、二度と悪さはさせません！――では、失礼します。それと……あまりお力落としになりませんように」

　客人が出ていって戸が閉まっても、しばらくはずっとそうして頭をさげていた。照明を受けて白銀の筋が光る。やがてゆっくり机に戻った。

「われながらつくづく年を取ったもんだよ、ジェフ」やぶからぼうに言いだす。「ほんの数年前なら、あんな女は腹の中で笑ってやっただろうに」

「笑うだって？　なんてことを！」

「そうやって笑うことで、かろうじて、ギャランのように人間を憎まずにすんだのさ。そこがやつとの決定的な違いだ」

「自分をあんなものとひき比べて――」

「比べるとも。あいつは不公平だらけの世のありさまにほとほと愛想を尽かした。そして手当たり次第に毒牙にかけては、世の中の不当な仕打ちにいささかなりとしっぺ返しした気でいる。ひきかえ私はどうなんだ、ジェフ？　壊れたアコーディオンみたいに際限なく忍び笑いをもらし、盲人顔負けに右往左往した末に、天下の往来でぶつかった情熱や憐憫や傷心に、自分の浅知恵から冷水を浴びせるような仕打ちをしてきた――そら、友達甲斐にそこのブランデーをこっちへ回して、しばしの愚行懺悔をやらせてくれ。こんな機会はそうそうないからな。ああ、そうとも。笑ったのは、他人が怖かったからだよ。他人の意見、他人の嘲笑が……」

「言ってはなんだけど」と、私。「思うだけで笑えてくるよ、そんな言いぐさ」

「でも、事実なんだ。世間というのは人を実物以下に見つもるきらいがある。だから私だって世間並みに自分を実物以上に見せようとつとめてきた。取り柄と言えばこの頭脳だけだったが！　それで無理に無理を重ねて、実物以上の人間になりおおせたわけだ。それがアンリ・バンコランというやつさ――怖れと尊敬と称讃（そうとも！）の的――だが、ここにきて背後に出没しはじめたおぼろな幽霊が、それに疑問を投げかけるのさ」

「というと？」

「こう思うのさ、ジェフ。どうして世間は〝汝自身を知れ〟などとほざく極悪人の愚か者を賢者扱いするんだろう。自己の思考や心情を調べ、くまなく精査せよなんてまったくもって有害な教えだよ。正気を失うのがおちだ。自分のことばかり思いつめるというのは、自らを独房に入れるようなものだ。頭というのは、なまじな人間よりも達者な嘘つきだから、持ち主にだって嘘をつく。内省は恐怖を生み、恐怖は憎しみか、さもなければ笑いの防壁を作り上げる。そこが怖いところだ。かくいう私も自己に恐れを抱くあまり、幾度となく手痛い目に遭ったもの……。いや、なんでもない、こっちの話だ」

どうにも雲行きが怪しくなり、とりとめなくまくしたてる。こっちはなんとも不得要領だったが、最近の彼はこんなふうにふさぎの虫にしじゅうとりつかれている。とはいえどうやらこのへんで頭を切り替えようと思ったかして、周辺をひとしきり目で物色する様子だった。それからあの銀の鍵を手にするや、ぎょっとするほどにわかに元気づいてこんなことを言いだした。

「ジェフ、すでに話した通り、今夜は誰かを仮面クラブへ送りこんで、ギャランとジーナ・プレヴォーの話を聞いてこさせるつもりだ。君、やれそうか?」

「ぼくが?」

「そうとも。どうだい、ひとつやってみないか?」

「まあね、実を言うと望むところではあるよ。だけど、訓練の行き届いた君の部下連中をさしおいて、どうしてこのぼくに白羽の矢が立ったのかな?」

バンコランはいかにも気分屋らしい目を向け、「さあねえ、自分でもわからん。ひとつにはどうしてもこの鍵を使わないではすまないんだが、君なら背恰好がちょうどロビケーと同じぐらいだから、仮面をつければ連中の検問をうまく出しぬけるだろう。もうひとつ——君は私ほど気分屋じゃないし、臆病でもなさそうだ。そんな君がどんなふうに急場をしのぐか、お手並み拝見と思ってね。あらかじめ断っておくが、命がけの危ない任務だよ」

「それが本当の理由かい?」

「たぶんね。で、どうだ?」

「ようし、やってやろうじゃないか」大喜びで受けた。あのクラブを探索するなんて、冒険という美酒に酔いしれる好機だ。しかも、危険が目を輝かせてお出迎えとは……。そこで彼が目ざとくこちらの表情を読み、きつく釘を刺した。

「いいか、よく聞け！　浮かれ気分でかかるとひどい目に遭うぞ、まったく！」

こちらもしかるべく真顔になる。と、回転の速いバンコランの頭はさっさと次の考えに飛んでいた。

「これから指示を出しておく……。まず、第一に覚えておいてほしいことがある。ジーナ・プレヴォーは犯人を知っているかもしれないし、知らないかもしれない。さきに私の推理を聞かせたが、あれはあくまでも推理だ、裏づける証拠は何もない。だが、もし本当に知っていたら、ギャランのやつは警視庁全員が束になろうとかなわないほどの手練手管を弄して、手もなく口を割らせるのはまちがいない。そこを盗聴器で録音できれば……」

「バンコラン」私はさえぎった。「犯人はいったい誰だ？」

こんなふうにまっこうから挑発すれば、肥大した虚栄心のいちばん痛いところをつくことになる。それはよくわかっていた。だが、こちらの読み通りに彼も頭を悩ませているのなら虚心にそう言うだろう。ただし、逆鱗に触れて手がつけられないほど怒りだす恐れもある。

バンコランはしぶしぶ答えた。「わからんなあ。さっぱり見当がつかない」間を置いて、「そのせいで、ずっと気が立ってるんだと思う」

「哲学問答はそのせいかい？」

彼は肩をすくめた。「かもしれん。さてと、これから犯行後に起きたことを、推測の及ぶ限り説明させてもらおうか。隔靴《かっか》掻痒《そうよう》の感なきにしもあらずだが。犯行時の情景や、犯行に至る動機、犯行後の状況まではおおまかな想像がつくが、犯人の顔についてはいぜん空白のままだ。さて、それで……」

バンコランは椅子の向きを変えてもう一杯飲むと、壁の下にトンネルを掘り進むように、その課題に肉薄していった。

「これまでの話は、凶行が起きてジーナ・プレヴォーが通路から逃げだすまでだった。あの通路を初めて見た時からわかっていたよ――オーギュスタン老人は十一時半に電源をすべて落としたと言っていたが――誰かが館内の電源を（すぐ消したにせよ）入れたのだと。壁の血痕や、床に散乱したバッグの位置関係は、すべて蠟人形館の裏口と一直線上につながっている。ごくかすかにせよ蠟人形館から光が洩れていたんだ。だからこそ犯人が被害者を視認し、バッグの中身を探せたわけで。それでオーギュスタンの娘を問いただしたところ、五分ほど電源を入れたと認めた。

さて、ここでゆゆしい推論に行きあたる。犯人はバッグを捨てていった。では、やつの目当ては何だ？　金ではない、手つかずだった。名刺や手紙類のような書き物のたぐいでもない――」

「なぜ？」

「前は君も同感だったはずだが、違うか？　満足な明かりがないから、顔を見分けるにもひと苦労だったんだぞ？」と反問する。「そんな状態で、バッグに入っていたあれだけの封筒やら書類をえりわけて、目当ての品を探し出せるか？　あんな暗がりじゃ読むのは無理だよ。蠟人形館のサテュロスの踊り場へ出ればだいぶましになるが、やつはまとめてそっくり捨てていった……。違う、そっちじゃない！　品物なんだよ、ジェフ。薄暗がりでも見分けがつく品だ。その品物の特定と、やつが入手したかどうかはさておき、まずはひとつ質問をさせてもらおう。死体を館内に運び入れたのはなぜか？」

「通路で殺されたという事実の隠蔽くさいね。仮面クラブから嫌疑をそらす目的だろう」

バンコランが呆れて眉をつりあげた。ややあって、ため息をつく。

「やれやれ、君ってやつは」と嘆く。「おそろしく冴えた時がたまにあるかと思えば、これだ……。まあいい。死体を運びこんで、蠟人形館で殺したようにみせかけたというんだな？　で、そうしながらも、あれほど目につくバッグを通路のどまんなかに放りっぱなし、中身をぶちまけたままにしていったのか？　誰だって気づくように蠟人形館の裏口を開けっ放していくのか？　さらに――」

「もういいよ！　おおかた、あわてて逃げるはめになって、そこまで気が回らなかったんだろう」

「そんなにあわてふためいていたのに死体をサテュロスに抱きかかえさせ、衣装のひだを工夫して上にかけ、ほかのすべてを万事そつなくこなすゆとりはあったわけだ……。あらためて言うが、違う。それではつじつまがまるで合わない。やつとしては、死体がどこにあろうと構わないんだ。蠟人形館に運びこんだのは、なにか非常に確固たる意図あってのことだし、サテュロスに抱かせたのはただの後付けだ。さ、考えるんだ！　あの死体でなにか気づいた点は？」

「ああ、そうか！　ちぎれた金鎖が首にかかっていた」

「そうとも。あれが目当てだったんだ。あの鎖につけていた品が。もうわかっただろう？　バッグの中だと思い、探したが出てこなかった……。だから身につけているはずだと見当をつけた。いちばんありそうな線はポケットだ。だがいかんせん暗すぎて、コートのポケットのありかがわからないし、彼女ならどこにつけていそうなのか、さっぱり勝手がわからない。そこで――」

私はいさぎよく脱帽した。「わかったよ！　蠟人形館の踊り場へわざわざ運んだのは、明るいところで調べたかったからなんだね」

「理由はまだあるよ。たまたま通路をのぞいたジーナ・プレヴォーに（むろん、それが誰かまでは不明だったが）刺殺現場を見られてしまった。逃げていったのも見えた――てっきり、大声で警官を呼びに行ったと思ったことだろう。ひと晩じゅうそこにつっ立っているわけにはいかない。誰かが蠟人形館の灯をつけたのだから危険には変わりないが、ずっと通路にいるよりましだ。それで死体をひきずって蠟人形館に入り、背後の戸に施錠した。そこなら、いざとなったらいつでもどこかへ隠れられる。それに、目当ての品を手に入れるまでは街路の入口から逃げだすつもりはなかった。

　こうしてサテュロス像の踊り場へ出てみると、わりにあっさり見つかった。あの金鎖と――目当ての品が」

「そこまできたら今度はいよいよ、そのお目当てが何かという話だね？」

バンコランは椅子にもたれ、思案のおももちでアルコーヴの照明をにらんだ。

「むろん、断言はできんよ。とはいえ、いくつかの手がかりでおおまかな見当はつく。クローディーヌはペンダントのたぐいをつけたことがないとマルテル夫人が断言したのはこのさい棚上げするにせよ、ある点に照らしてみて、鎖についていたのは軽いロケットや、男が時計鎖につけるチャームなどではない。あの時に指摘したように、丈夫な鎖だった。それなのにぶっつり切れていた——その品が頑丈で、きゃしゃな環などでつないであったのではない証左だ。おそらくはこれの仲間じゃないのか」

机上から銀の鍵を取る。私は握り部分にあいた丸い穴を見、バンコランの顔を見てうなずいた……。

「クローディーヌ・マルテル専用の鍵だ」と、さらに踏みこむと、ロビケーの鍵を机上に投げだす。「あくまで推測の域を出ない（のは認める）が、ほかに合致する物がない以上、その鍵ではないかとしておく。では、なぜ犯人は鍵を欲しがったのか？　捕まる危険を承知で、とほうもなく危ない橋を渡ってまで？……ともあれ首尾よくいき、鍵は手に入れた。そこでふと思いついてサテュロスの腕に死体を抱かせた。それでどうなったか？　陰惨な芝居の幕切れよろしく電気が消えたわけだ。オーギュスタンの娘が、館内に異変なしとひとまず見極めをつけたからだ。刺殺からまだ五分とたっていない。裏口を開け、通路から街路へ出ながらも、さっきの女がいっこうに警察を呼んでこないので、しきりに頭をひねったはずだ！」

「ふうん。その推理が正しければ、どうして呼ばなかったんだろう?」

「警察の捜査を恐れたからだよ。どんなきっかけでオデット・デュシェーヌの件に飛び火するか知れたもんじゃない。あのクラブを巡るいかがわしい事件のあれこれに巻きこまれるのはもちろん、その通路にいた理由を説明するのさえまっぴらだった。実際にどうしたかは、およその見当がつくだろう……」

「察しはつくね」と、相槌を打っておいた(実をいうと、さっぱりだったのだが、その時になってひょっこり別のことが浮かんだので、ジーナの件はうっちゃってしまった)。「だけど、今の話には腑に落ちない点がある。あの晩、犯人が閉館前から館内にひそんでいたのは、最初からわかっていたんだよね?」

「そうだ」

「正面で入場券を買って?」

「そうだ」

「じゃあ、あの晩の入場客についてオーギュスタンの娘を——入口をひと晩ずっと固めていた人間を——問いたださなかったのはおかしいじゃないか? まさか、あの日に限って大勢入ったはずもなし、絶対に犯人の顔を覚えているはずだぞ」

「覚えていたってわれわれには吐くまいし、あべこべに犯人を警戒させてしまう。いいか!」と、鍵で机を叩きながら一語ずつ力をこめて、「犯人はあのクラブの会員ではないかという疑いがある。だから、ご親切なオーギュスタンの娘としてはやっきになって守ろうとするよ。なにも犯人をかばうというんじゃなく、クラブの全会員を守る腹なんだ。どんな形であれ、警察の調べが会員にまで及んだら、あの娘はこれまで通りうまい汁が吸えなくなる。かりにあの晩に会員がひとりふたり、多くみて六人ほどが蠟人形館から入ったとして、その全員の人相特徴が間違いなく手に入ると思うか？」

「まあ、無理だろうね」

「そりゃそうだろう！　しかも、そのうちの誰かを警察が探しているとわかれば、あの女のことだ――大いにやりかねん――昨夜通ったはずの会員全員に、くれぐれもご用心ぐらいは目立たないようにそっと伝えるかもしれん。何度でも釘をさしておくが、ジェフ、警察もふくめ関係者一同に、ただの窃盗ないし暴行という見方を信じこませておくことだ。事件解決の見込みはひとえにその一点にかかっているんだぞ。忘れたのか？――オーギュスタンの娘にはそう信じこませておいたよ。うっかりを装って、こんなふうに吹きこんだんだ。マルテル嬢はおそらく、生まれてから死ぬまでいちども蠟人形館に足を踏み入れたことはあるまい、とね。あちらはほっとして、緊張を解いていたよ……。いいか、くれぐれも肝に銘じておいてくれ。あのクラブの会員には、フランスきっての名族名門ゆかりの子弟もいるんだ！　スキャンダルにはなるべくしたくない。君らアメリカ人は杓子定規に正義をふりかざすが、真相は汗じゃない、力ずくで無理押ししたって絞り出せないよ……。それに、考慮を要する点がもうひとつ。今回の事件で、オーギュスタンの娘がなんらかの形で小さからぬ役割を果たしているのは確かだ。だが、どんな形かがわからん。それでも――火種が埋もれているとしたらあそこだ、誓ってもいい！　どういうものかな、ああやって何食わぬ顔で入場券を売っているが、この事件が解決するまでに存在感を増していき、しまいには想像外の巨大な存在に化けるんじゃないかという気がするんだ。父親に知れようものなら……」

　その午後だけで幾度となく消えてしまった葉巻に火をつけ直そうとして、ふと手が止まった。そのままそうしているうちに、マッチの火が大きくなってぽとりと落ちた。それでも見向きもしない。目に驚愕をたたえ、凝然と凍りついている。

　信じがたい文句を反芻するようにかすれ声で繰り返し、「入場券を売る……。父親に知れようものなら……」

　ひとしきり無言で口だけ動かし、やおらぎくしゃくと席を立ち、頭をぐしゃぐしゃやりながら宙をにらむ。

「どうしたんだ？　何か——？」と詰め寄ろうとしたが、すごい剣幕で手をひと振りされて近寄れない。それでいて、相変わらずこちらを見ようともせずに、数歩四方をうろうろして影のさす場所を出たり入ったりする。そして、いまだに信じかねる面持ちで笑いをもらしたかと思うと、お次は棒立ちになった。自分に言い聞かせるようにつぶやく。「アリバイだ……あれこそアリバイだったのか」さらに、「宝石屋はどこだ？　調べ出して、当たってみないと……」

「おいおい、大丈夫か！」

「ああ、大丈夫だとも！　だがね」と抗弁しながらも、ひと山越えて機嫌がよくなった時の笑顔を向けて話しかける。「あれなら、どうしたって観念するしかないだろう。君のほうは壁をなんとかしないとな。ほかに何か使えるものがあったかな？」

「ブロモーセルツァー剤（鎮静剤）は？」と勧めてやった。「「ときしもぶりにく、しねばいトーヴがくるくるじゃいれば、もながをきりれば」（ルイス・キャロルの詩「ジャバウォッキー」）ええい、くそいまいましいったら！」

　席でむくれる私をしりめに、バンコランはふさぎの虫などどこへやら。すっかり悦に入って揉み手せんばかりだ。やがてグラスを高々とかかげた。

「この記念すべき時の立会人として」とうながす。「ともに乾杯してくれ。これまで手がけたなかで、最も正々堂々と勝負を挑んできた犯人に乾杯だ。向こうからわざわざ姿を見せ、手がかりまで進呈してくれるなんて、わが職業人生を通じても稀有なできごとだよ。前代未聞の殺人犯に乾杯」

12　潜入捜査

クリシー大通り、モンマルトル。

濡れた石畳が灯をはじき、光が千々に砕け散る。てんでばらばらな雑踏を横目に流れる車道の潮騒《しおさい》をついてタクシーがタイヤをきしませ、高らかに警笛を鳴らしていく。楽団の生演奏がラジオと競いあう。汚れた窓のカフェにいちだんと薄汚れた常連たちが寄りつどい、大理石のテーブルに受け皿や砂糖壺や小銭をとっ散らかしている。だが、そんな汚れにまみれた裏窓だって、灯があたればまばゆく変貌するのだ。店内は床にまいたおがくずが木の香をふりまき、鏡をふんだんにあしらい、安い水割りビールを前にして、いずれ劣らぬ髭面が並ぶ。薄暗い店内を出たら出たで、こうこうたるガス灯のもとで大道商人が店開きし、どれも五フランだよと声を張り上げて絹ネクタイを売りつける。白いコートに真珠を合わせてはるばるお出ましの若いご婦人が、水かさと勢いをました側溝をこわごわまたぎ越える。立ちんぼうの商売女どもはそろいもそろってしけた顔に険のある目をすえて、コーヒーのグラス片手にカフェの椅子に根を生やし、なにやら胸算用に余念がない様子。くたびれたアコーディオンはふがふがと哀愁を帯びて軽快な曲を奏でる。塩辛声の行商はこれから仕事に出かけ、手持ちの品々をご披露に回る予定。ちゃちなボール紙のおもちゃは糸巻きじかけで鶏そっくりに歩くし、それがだめなら紙製の骸骨人形、こちらはマッチの火であぶればカンカン踊りを演じてみせる。けばけばしく点滅する赤や黄色べったりの電飾ネオンにまじって、ムーラン・ルージュの赤い風車が夜の虚空にからからと回る。

クリシー大通り、モンマルトル。活気にみちた夜遊びの本場、モンマルトルの丘を這い回り、名だたるナイトクラブを擁する細道のつどう心臓部。このきらびやかな芯に通じるピガール街、フォンテーヌ街、ブランシュ街、クリシー街が車の輻《スポーク》をかたちづくる。うんと斜めにかしいだここの舗道に不慣れなおのぼりさんは派手にすっ転んで荒肝ひしがれ、けたたましいジャズ演奏で頭のほうもぐるぐる回る。酔っているのか、さもなくばこれから酔っ払うのか。女連れ大いに結構、連れがなくたってすぐ調達できる。きょうびの手合いには、昨今のパリはどうも夜の華やぎに乏しくてなどとのたまう不見識な輩がいる。なんでも（連中の弁では）ベルリン、あるいはローマ、あるいはニューヨークの燦《さん》たる不夜城の偉容に比べたら、しけたパリの盛り場なんて見られたものじゃないのだとか。しかも、冷たい井戸より電気冷蔵庫のほうがよく冷えるとか、甲より乙のほうが能率がいいなどという論調で執拗に言いつのるのだ。あたかも一《いっ》献《こん》傾けるのに、あるいは愛の営みに、はたまた人間味あふれる愛すべき愚行においても能率第一を座右の銘にせよと言わんばかりではないか。神よ、世の粋人酔客を救いたまえ！――まことにそのような座右をかかげておいでなら、ぞろっぺえで洒落のめしたパリの流儀とはこんりんざい相容れまい。この子供じみて謎めいた街、この喧騒、みずみずしい木立と乾いたおがくずの古木が織りなすこの香り、形式ばらないこの気楽さ、このネオンのまたたきが興味をひくことは断じてないかわりに、このさき老境を迎えても、若き日の楽しい思い出がひとつもないというわけだ。

さて、その夜の私は冷静な目でクリシー大通りを見わたした。それでも血が騒ぎ、容赦ない胸の動悸はいっこうにおさまらない。白いベストのポケットに入れた銀の鍵と、ベストの下にはさみこんだ仮面の手触りが、冒険ならではのひやっとするむずむず感をかきたてる。

バンコランはどたんばになって計画を変更した。それより前に、消防署長から仮面クラブの間取りを図示した青写真（市内の建物の青写真はすべて揃っているはずだ）を借り受けてきたのだ。出入口はひとつだけだ。部屋はというと、鎧窓のある数室以外は外窓なしの個室が中庭をぐるりととりまいている。その中央に独立した別棟があり、これはガラス張りのドーム屋根をいただく大きな建物だ。そこがプロムナード大ホールで、本棟との間に連絡通路二本が設けられ――出入口側の通路はラウンジへ、裏手の通路は支配人室へじかに通じている。わかりやすいように、一階の見取り図を載せておく。

一階の外周をとりまく各個室は中庭に面するドアと内窓がひとつずつあり、ホールが建つ狭い中庭にはそちらの戸口から行き来できる。ホールは四隅にひとつずつ、つごう四つの出入口があるので――一階各室からホールへはわざわざラウンジに戻る必要はない。ただし、二階以上の個室の主はバーの横にある階段を降りなくてはならない。ちなみに二階の間取り図によると、ギャランがジーナと逢う十八番個室は本図二番個室と重なり、ロビケーの十九番は三番の

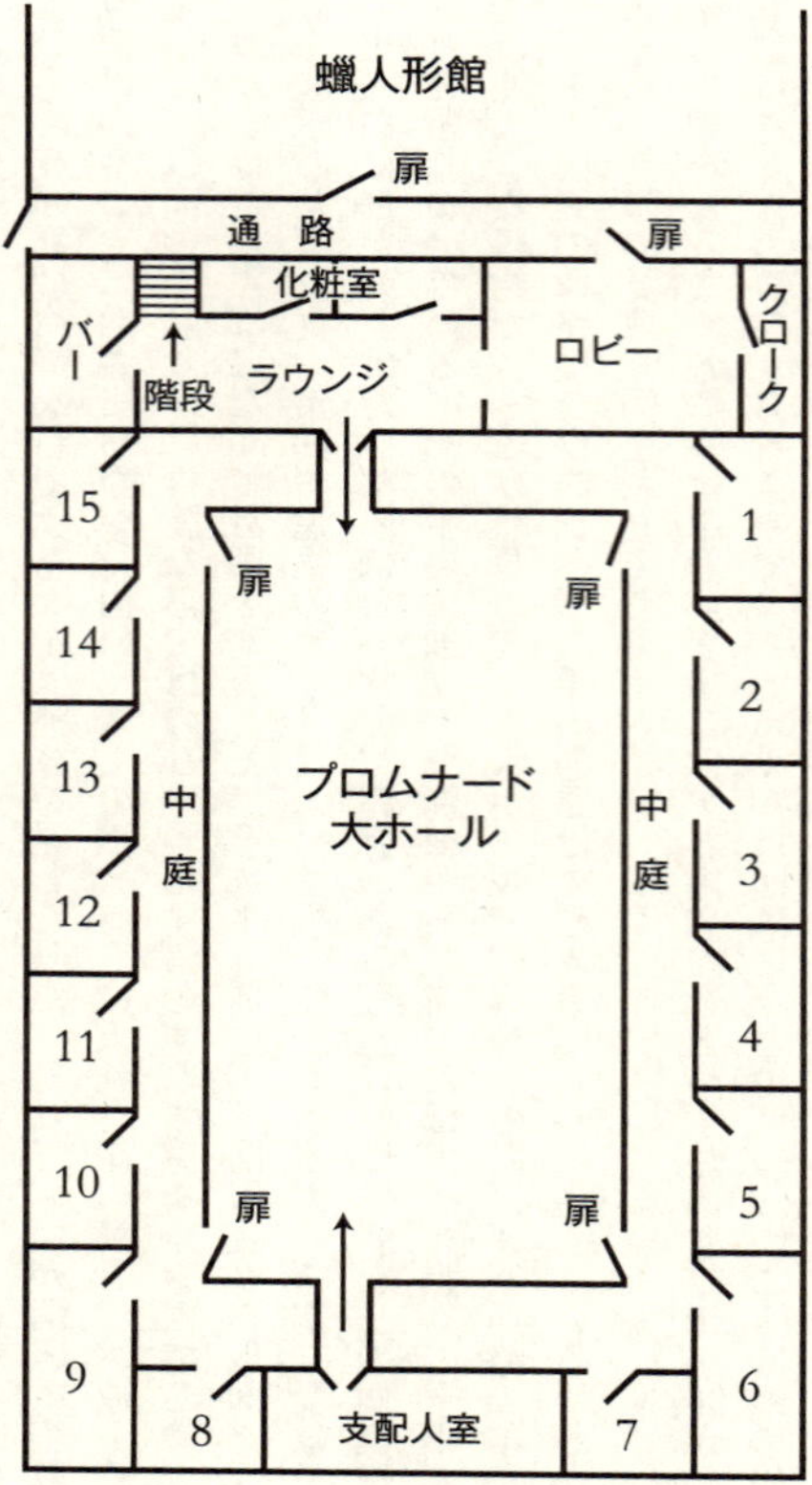
蠟人形館
扉
通　路
扉
化粧室
クローク
バー
階段
ラウンジ
ロビー
15
1
扉
扉
14
2
13
プロムナード
大ホール
中庭
中庭
3
12
11
4
10
5
扉
扉
9
6
8
支配人室
7

真上だ。

初め、バンコランは十八番に盗聴器を設置する予定だった。だが、それでどんな情報が聞き取れるかはさておき、それだけで今回の潜入捜査の危険度が看過できないほどはねあがる。しかも屋根の上から窓をくぐらせて電線を何本も引かなくてはならない。クラブの従業員はいつにもまして警戒態勢でいるだろうし、建物の外側には窓がなく、中庭でちょっとでも怪しい動きがあればたちまち見とがめられてしまうことを考え合わせると、この計画はあきらめるしかなかった。バンコランは歯嚙みした。そこまでの困難は想定しておらず、ことここに至ってはクラブの従業員を金で抱きこむひまもない。

とどのつまりはこう決まった。私が出向いて、なんとか工夫して十八番にもぐりこんで隠れ、あのふたりが入ってくるのを待つ。まるで勝手のわからない建物でそれをやるのだから、危険な任務だ。つかまったら最後、袋のねずみになってしまうし、外との連絡はどんな形でもできない。それに、護身用の武器も携帯できない。やきもちやきの妻や夫が仮面で素姓を隠して忍びこみ、前後見境なくかっとした場合にそなえて、物腰だけは鄭重な燕尾服の荒くれどもが入口にぞろぞろ待機して、愛想よく身体検査を行うからだ。

ちょっと考えれば、無謀にもほどがあると気づかないほうがおかしい。だが、この放胆な計画の魅力はいかんともしがたかった。とはいえ待ちうける危険に対し、恐れと喜び半ばする胸の高鳴りを感じるにはいささか早すぎた。時計が十時を打つのを待ちかねて、ゆっくりとクリシー大通りに入り、ムーラン・ルージュへと足を向ける。すでに確認ずみだが、プレヴォー嬢の出番は十一時ちょうどからで、最低でも十一時十五分までかかる。アンコールを考えれば、さらに五分は見込んでおくのが妥当というものだろう。舞台がはねたら着替えてクラブへ出かけるわけだ。それを思えばこれからムーラン・ルージュへ行って少しばかり歌いぶりを見物しても、先回りして十八番にひそむだけの時間は充分にある。彼女の電話を盗聴したところ、通常出演すると話していたので、その間に抜けだすのはまず無理だ。

そんなわけで光まばゆいムーラン・ルージュ正面の赤絨毯を敷きつめた階段を上がり、チケットを買ってコートとシルクハットをクロークに預け、にぎやかなジャズを目当てにぶらぶら足を向けた。ここはもう劇場をやめているので、赤い緞帳のステージにかかるのはきらびやかなミニ・レヴューどまりだ。まず目につくのは派手に飾りたてた蠟引きのダンスフロアで、桟敷からのスポットライトが濛々《もうもう》たる紫煙を切り裂いて青や白の空洞をぽっかりあける。顔をゆがめて絶叫と乱打に精を出す黒人ジャズバンドは、シンバル、バスドラム、猫のさかり声そっくりの不快きわまるブラスが主体だった。ホットな音楽と呼ばれているようだが、演奏者の汗みずくの恍惚状態から来ているのだろうか。それ以外の理由は思いつかなかった。ただその時は、黒人音楽の根底にある精神性も含めて、そのバンドをまともに鑑賞するような気持ちのゆとりはなかった。だから、これだけ言うにとどめよう。店の天井で梁が震え、床は足拍子のとどろきで揺れ、ほこりが飛んでスポットライトに舞い、バーの酒瓶は残らずがたつき、声を限りの歌声が元気に踊る人々をいっそう鼓舞したと。私はダンスフロア近くのボックス席をとり、シャンパンを抜いた。

腕時計の針が這うように進む。暑さも、客も、紫煙もいや増す一方だ。大声が絶叫にかわり、アルゼンチン・バンドが出てきてダンスフロアをタンゴ・ステップ一色に変えた。商売女も増えており、さりげなくバーのスツールからおりては、露骨な色目を投げつつほうぼうのボックス席の横をわざとらしく行きすぎる。時計が秒を刻むたびに、刻一刻と出かける時間が近づく……。やがて照明が薄暗くなり、話し声が下火になると、エステル嬢の出番ですとアナウンスがあった。照明を絞る直前、ダンスフロアをへだてて向かいのボックス席にひとりでいる男が目にとまった。ショーモン大尉だ。両肘を手すりにあずけ、ぴくりともせずに舞台をにらんでいる……。

熱気をはらんだ闇に脂粉《しふん》が濃密に漂い、赤い緞帳の前に立つエステルを白いスポットライトが探し当てた。やや距離があるために表情は読めないが、胸の内で青い瞳の憂い顔や朱唇、艶のあるハスキーな声を、全身から発散するお色気で廃兵院大通り《アンヴァリッド》のあの家をそこはかとなく変えていた娘を思い返した。今このときでさえ、あのつぶらな瞳が聴衆をずっとなぞっていくのを感じることができる。客席との間に活気にみちた、むせかえるような官能の絆がはりつめ、喉が干上がる。電気が火花を散らすのにも似て、温水の流れのごとく客席全体に広がっては退き、しびれたような薄暗い沈黙のただなかで聞こえるものは、座席のきしみと、歌手のまなざしへの答えとしてはりつめた満座がもらす息遣いばかりとなった。ヴァイオリンがおもむろに夢見るような調べを奏で、しだいに深みと力を増していく。

この娘、本当に歌えるな！　あの声が聴衆の神経をすみずみまで愛撫し、昔日の悲しみを新たにし、苦悩や憐憫や優しさの記憶を呼び戻す。ミスタンゲット（仏シャンソン歌手、女優）のごとく気ままに、ラケル・メレ（スペインの歌手、女優）の自然体と残り火くすぶる危うさが同居し、さもくだらないといわんばかりの顔で、煙草の灰を落とすようにあとからあとから言葉を振り捨てていく。それにしても、こんなのをアメリカ人歌手でございと売り出すなんて、掛け値なしに狂気の沙汰だ。持ち歌はすべてパリの古い恋歌ばかりで、そのリズムには色恋ばかりでなく様々なものが詰まっている。心の傷、地下室での貧乏暮らし、愛の陶酔、冷たい雨。巧みなヴァイオリン伴奏にひときわ哀切な叫びを上げたのを最後にハスキーな声がばったりとだえた。その叫びがなまくらナイフのごとく心臓に食い入り、突き抜けんばかりだ。結びの高音が長く尾をひいて震え、やがて消えると、ジーナ・プレヴォーの四肢から力が抜けて、われに返ったように身震いした。こちらは椅子を蹴るようにして立ち上がり、会場全体がとりつかれたように熱狂しているすきに撤収にかかる。ふと気づけば両手が震えていた。給仕に紙幣を数枚つきつけてそのまま押し通り、おもての闇に出る。天井を揺るがす喝采や、おさまったかと思うとまたもわきおこる拍手の嵐はまだ聞こえている。ふらふらする頭で、帽子とコートを受け取った。

　あれをショーモンはどう思っただろうと気になった。それに、結びの高音には自身の味わった恐怖も織りこまれていたのだろうか。脱力した顔で喝采を浴びていたが、脚は震えていたのだろうか。けさがた見かけた姿からは思いもよらない、いろんな深い感情をしまいこんだ女だ。しかも苦みのきいた艶のある目、すねたような肉感的な唇だけでも男を狂わせるに足る。〝ああ、神秘をたたえた沼地の薔薇よ――！〟通りへ出たとたんに寒風がまともに吹きつけ、その先で白手袋の車係が手をあげてタクシーを呼ぶのが見えた。そこで、ジーナに占領されていた頭がバンコランの言葉をひょっこり思い出す。「ギャランと同じようにあの店からタクシーを拾い、時間を計りながら仮面クラブへ向かえ」ギャランのアリバイか……。

とっさに通りの向かいへ目をやり、うらぶれた宝石屋の照明つきショウウィンドウの時計を確かめた。時計の針は十一時五分をさしている。タクシーに乗りこんで、「サン＝マルタン門まで、急いでやってくれ」と命じながら、運転手がドアを閉めるひまに手もとの時計を確かめた。十一時五分だ。

パリのタクシーに「急いで」とひとこと言ったら本当にそうなる。運転手が前にかがみこんだかと思うといきなり急発進、身体は後ろに投げだされ、座席に背をぶつけたほどの勢いで車は猛然とフォンテーヌ街を走りぬける。沿道の家並みが背後に飛び去り、車中では上下左右に体が跳ねる。それでも冒険の本番はこれからだ、と、たぎる血の脈動が伝えてくる。自動車の窓が激しく揺すぶられ、車体のスプリングがいかんなく性能を発揮した。思わずフランスの酒盛り歌が口をついて出ると、運転手がすかさず声を合わせる。やがてポワソニエール街に折れ、また時計を見た。このペースでも九分。サン＝マルタン門までは十二分かかった。これでギャランのアリバイは裏がとれた。これでもかというほど。

セバストポール街を歩くうち、ちょっと喉が渇いたものの、足どりは不思議なほど軽い。明るい街角を越したとたんに暗くさびれ、映画館のわびしい電灯を頼りに少人数がたむろしている。その連中の視線が自分に集まるような気がした。闇の奥深くに、あの通路の戸口があった。

付近に人通りがないのはわかっていても、いざ前に立つとやはり左右を確かめてしまう。震える手でポケットを探って銀の鍵を出し、鍵穴に入れて回す。音もなくあっさり開いた。

開けたとたんにじっとり粘りつくような空気がまといつく。暗いその場所のどこをとっても非業の死の臭いがわだかまっている感じだ。中ほどに緑の光に照らされた亡霊ども、ひとりは刃物を手にして横を向いて立っている、わけがない。ないが、想像するだにぞっとしない。ついでに言うと音もない。今ごろ、オーギュスタン老人は閉館前の見回りにかかっているのだろうか。さ、入るなら今だ。街側から入る会員は、戸口脇の隠しスイッチを入れて明かりをつけるのだろうか？　たぶんそうだ。街側の戸をぴったり閉めてしまえばなにも見えないのだから。クラブ内にもうひとつスイッチがあって、そちらで消せるようになっているのだろう。私はボタンを押した。

頭上の梁の間から月のような光がふりそそぎ、足もとの石畳を照らす。蠟人形館の裏口前の一枚が目立つほどごしごし洗われて白く浮きあがり、かえって否応なく血痕を連想させた。ああ、こん畜生め！　こんなに音をたてちまって！　奥へ行くにつれて足音がやけに響くので、歩きながら仮面をかぶった。人目はそれでさえぎられる。ふと蠟人形館の裏口を見たら閉まっていた。あの緑の洞窟のありさまや、A字をかたどった電球も派手やかな正面入口がおのずと思い浮かぶ。今ごろは客もあらかた引きあげていることだろう。それでもオーギュスタンの娘はいまだにあの小さなブースについて、冴えない黒ずくめの肘あたりに青い入場券の巻紙を置き、金箱に組んだ手をのせているんだろう——あの、たくましく器用な白い手を。今日は野次馬がわんさとつめかけて、さぞくたびれたんじゃないのかな。あの謎めいた目の奥でどんなことを考えているんだろうか？　いったいどんなことを？

誰かが裏口のドアノブを回そうとしている。通路を歩きながら、ずっとそちらを見ていたのだが、いまあらためて目を凝らすと、薄明かりのなか、そのノブが静かに右へ左へと動いているではないか。

しんとした夜ふけにドアノブのかすかな金属音だけが響く。これ以上の恐怖はない。このまま相手を見届けようかと一瞬迷った。いや、それはない。あの殺人犯じゃないかなんて、思うだけでばかげている。ただの会員だよ……。だが、それならそれで、きっぱり開けないのはどういうことだ？　さも踏ん切りがつかないように、戸口につっ立ってドアノブをこっそり回してばかりいるなんて？　とはいえ、こちらはもう待っていられない。とりたてて怪しむことではないに決まっている。そんなわけで仮面の具合をきっちり直し、右手のドアへ向かった。

そこの錠に鍵をさしたとたん、前ぶれもなく脳裏につぎつぎと映し出されたものがある。どれもこれも悪意と危険に満ち、ギャランの赤鼻や猫なで声もろとも八方ふさがりの密室に封じこめられる図ばかりだ。いまさら遅い！　鍵はもう開けてしまった、今は戸を押し開けているところだ。

ドアが開いたとたん、通路の灯がふっと消えた。自動スイッチなのだ。入ったところがクラブのロビーになっている。仮面の下でつとめて何食わぬ顔を装いつつ、頭の中であの一階見取り図をきっちりおさらいした……。天井高がゆうに二十フィートはあろうかという広いロビーは、青と金のモザイクタイルの床に青い石目の入った大理石円柱が立ち並び、柱のいただきから淡い光がほんのり照らしだした。控えめな照明なので、柱の下半分は黄昏なみの薄闇だ。向かって左はクロークになっており、右はるか奥には重厚なエドワーディアン様式のキューピッド像をあしらったアーチ形の戸口が見えている。あれが（見取り図に従えば）ラウンジの入口だ。大人数が厚い絨毯を踏む音、かすかな笑い声、オーケストラの遠いざわめきが扉越しに洩れてくる。なまめかしい脂粉の香が濃く漂う。汚い裏街の壁ひとつへだててひっそり息づく、この贅沢な隠れ家の雰囲気そのものが毒したたるあでやかな蘭の手管、異境に遊ぶ夢心地に人を籠絡し、理性を麻痺させる。官能をそそり――あられもなく踊り狂う恍惚にも似たしどけなさが五感に訴えかけ、目にした者の心をわしづかみにする……。

ぎくりとした。薄闇に影のような数名、そろいもそろって大男がのっそりあらわれ、ほとんど靴音をたてずにきらめくモザイクを踏んでくる。用心棒どもだ！　どこからともなくあらわれたこいつらを相手に、これから身体検査を突破しないといけない。「お鍵は、ムッシュウ？」と、声がかかった。そろってきちんとした燕尾服に白い仮面をつけているが、ひとり残らず左脇の下がホルスターでふくらんでいる（バンコランによると、やつらの拳銃はすべて消音装置つきの四四口径だとか）。やつらの目がいっせいに集まる。陰にひっこんだ連中も、すぐにでも立ち上がれるよう身構え、仮面の穴から目で全身をなぞっていく。こんなやつらが拳銃に消音装置まで仕込んでいるかと思うと、よけいにおぞましい。コートと帽子を脱いでクローク係に預け――武器の有無をそれとなく確かめる係でもある――鍵を呈示した。一人が「十九番」

とつぶやき、台帳をあらためる間も取り囲まれてじっと監視され、内心はらはらする。やがて白い仮面の囲みが解けて物陰へしりぞいたが、ラウンジへ向かう途中もホルスターの革鳴りがずっとつきまとい、いぜんとして視線を感じる。

ラウンジに入り、手もとの時計を確かめる。針は十一時十八分をさしていた。

ロビー同様にここも奥行きがあるが、いくぶん幅が狭いし、照明もいちだんと落としてある。黒いベルベットのとばりを巡らし、それぞれニンフを抱きかかえたサテュロスのブロンズ像をあちこちに配して、その目と口が真紅の光を放っているのが唯一の明かりらしい明かりだった。すべて蠟人形館のサテュロスをほうふつとさせる等身大の像だ。目と口の赤光がまたたき、闇色のとばりに怪しくたわむれる。向かって左手十フィート先は大きな両開きのガラス扉――中庭の大ホールに出る連絡通路だ。温室咲きの花の香りがする。連絡通路の両脇は花壇になっているのだ。むせかえるような花々の香り、オデットの棺を安置したあの部屋そっくりだ……。

ガラス扉越しに流れてくるオーケストラの音がやや大きくなった。ホール内の活況やら誰かの笑い転げる声が聞こえる。黒い仮面の男女が腕を組み――ふらっとラウンジを出て連絡通路に入った。それまで、赤と黒の影がたわむれるさまにうっとり見入っていたふたりだ。女はあるかなきかの笑みを絶やさない見るからに大年増、男のほうは若造で、自信なくおどおどしていた。片隅にもう一組がおさまり、カクテルグラスを手にしている。ここでにわかにオーケストラが趣向を変えてめりはりのきいたタンゴを始め、心なしか、声ばかりの人々の興奮したざわめきにもいわく言いがたいものがにじみだす。そこで目にとまったのが、ひとりきりで物陰にたたずむ人物だった。

　ラウンジのひときわ奥まった黒大理石の階段の上がり口で、身動きもせず腕組みしている。階段の手すり柱に立つサテュロスの赤い光が、たくましい肩と顔の赤い仮面にあたる。仮面の鼻部分を切り取り、大きな赤鼻がはみでていた。そして、そいつは笑っていた……。

「お部屋番号は、ムッシュウ?」耳もとでそっと声がした。

　内心の動揺を必死で飲みくだす。階段のすぐ脇にいるギャランに怪しまれたような気がした。かといって動くそぶりはないが、気のせいかいっそう大男に思える。声の主はと見ると、つい肘先に白い仮面——どうやら、従業員の目印らしい——の女が、胸もとを大胆に見せた黒いドレスで控えていた。くらっとするほど香水が強く、オーケストラがタンゴから低い流し弾きの間奏に移るなかで、われに返るといつしか女の目をのぞきこんでいた。はしばみ色の目を長いまつげがふちどっている。

「十九だ」

　ぎょっとするほど、その声は響いた。これだけの距離があってもギャランに届いたのではなかろうか、と気をもむほどに。バンコランと連れだって事情聴取に行った折、自分が終始ひとことも口をきかなかったのをその時に思い出したものの、逆にやつが本物のロビケーを知っていたら……女が片側へ行き、小さなアルコーヴのカーテンを開けた。あらわれた照明つき電源パネルには、番号を振った小さいボタンがずらりと並んでいる。そのひとつを押してカーテンを元のように閉めた。

か?)

「お部屋のドアが開きました」(その目に浮かぶのは疑惑か、警戒か、探りを入れているのか?)

「ありがとう」さりげなく応じておいた。

「なにかお飲みになります?」歩きだそうとする私の前にさりげなく立ちふさがり、お愛想笑いをする。「なんでしたら、大ホールのほうへお持ちいたしましょう」

「そうだね——うん。じゃ、シャンパン・カクテルを頼む」

「かしこまりました、ムッシュウ」

バーの方角へ行ってしまった。危険な罠か? しばし私をひきつけておく囮《おとり》役だったような気がして落ち着かない。だが、これで数分は大ホールへ顔を出さないわけにいかなくなった。シガレットケースから一本抜いて用心しいしい吸いつけながら、目の隅であの女の動きを追う。バーへ行く途中で一瞬だけ足を止め、ギャランに向いて何やらちょっと話しかける……。

胸にたがをいくつもはめられ、ぎりぎり締め上げられるような気がした。手の震えをおさえてケースをポケットに戻し、ゆっくりとガラス扉へ向かう。そんな私のざまを、赤い息を吐くサテュロスどもがそろって横目で嘲笑う。タンゴの煽情的なドラムがひときわ激しくなった。その時だった、ギャランの背後に控えた一団が目についたのは。ほかにもいる。

〝アパッシュ〟だ。

どう見ても、やつらはギャラン個人の身辺護衛だった。ミュージックホールの歌などでおなじみのちゃらちゃらした時代遅れの世紀末アパッシュではなく、世界大戦後のサン＝ドニ界隈にあらわれた浮浪児どもだ。生まれた時から食うや食わずの暮らしをしてきたせいで、警察や暗黒社会のボスにぬくぬくと飼われるアメリカのギャングとはわけが違う。物心ついて一度もいい思いをしたことがないために、その日その日をしのぐためなら人殺しも辞さないという餓狼もどきの連中なのだ。体格は貧弱で冷酷、うつろな目、毒蜘蛛のように人の命をおびやかす。服装は派手でむさくるしい。いたって無口。襟なしの服の首に布をゆるく巻き、中に――くれぐれも油断は禁物――ナイフをしのばせている……。三人ほどはギャランに近いアルコーヴに腰をおろし、こざっぱりと清潔ななりをしているが、一見して崩れた内面がうかがえる。連中の吸う煙草の火が闇に光っている。アパッシュ特有の不健康な顔色は白い仮面に隠れているが、表情に乏しく、愚鈍でいて蛇の執念と毒気をはらんだ目は隠しようもない。およそ、何をしでかすかわからない愚鈍な人間の目ほど恐ろしいものはない。

なんとか、切り抜けなくては。ことさらのんびりした態度を装い、所在なげに花がふちどる連絡通路に出ていった。わりと長めでまっすぐな通路には専用の照明がない。ホールのすぐ手前で、ざわつく人声を圧してオーケストラが聞こえてきた。音の反響効果でとほうもなく広く感じる薄闇の空間で、黒や緑や赤い仮面の魔物どもが存分に羽を伸ばしている。一時間でいいから、それぞれの家を忘れようとする念が凝り固まって魔物と化しているのだ……。ふと時計を見れば、うわあ、大変だ！　もう十一時二十五分じゃないか。ホールでのんきにカクテルなんか飲んでる場合じゃない。ジーナ・プレヴォーがいつなんどき到着してもおかしくないぞ。だが、階段の下にはギャランが仁王立ちしている。怪しまれたか？　そうなら、万事休すだ。

逃げ道はない。暗い連絡通路の中ほどに引き返し、通路の片側に咲く花々に手を触れてみた。

そうしながらも、あの白い仮面の一団が頭を離れない。派手なドラムが急を告げる警報のようにこだまする。

そこへ、背後から誰かの手が肩に触れた……。

13　ジーナの反抗

きっと、びくっとしたにちがいない。内心を隠すのはいまだに不得手だし、もしそこで声がしなかったら、馬脚をあらわしていたことだろう。

「ご注文のシャンパン・カクテルでございますが、ムッシュウ」と、声はとがめるように言った。

ほっとするあまり、言葉が喉につかえる。見れば、あの女が薄暗がりで盆を捧げていた。はてさてどうしたものか？　ホールへ運んでくれなどと悠長なことを言う余裕もなし、さりとて今さらひとりで二階へ行くのは無謀すぎる。とくに警察の手先を警戒したギャランが、護衛どもを従えて階段口にがんばっているとあっては。そこへ女がまたしても口を開いた。

「ムッシュウ」さも言いにくそうに、「お知らせするように申しつかっておりまして。十九番のお部屋の件でございます。あいにくと、いささか不慮の手違いがございまして……」

「不慮の手違い？」

「はい、さようで」ひたすら低姿勢だ。「何ヵ月もおいでになりませんでしたので、つい数日前、お部屋に掃除女を入れました。そうしましたら――不調法なことで！――清掃中に窓ガラスを割ってしまいまして。ひらにお詫び申し上げます、まことに申し訳ございません！　ご迷惑をおかけしますが、あいにくと修理が間に合いませんで……」

おかげで落ち着きを取り戻した。なあんだ、じゃあこのせいで困っていたのか。このせいでギャランに話しかけていたのか。それとも、ほかに理由でも？　おい、ちょっと待て！　オデット・デュシェーヌの死体には、窓から落ちて顔を切ったときのガラス片が傷口に残っていたそうじゃないか。つまり、このクラブ内で殺されたのか。ことによると、まさにそこが殺しの現場か……。

「そんな、困るよ」と、表向きはつむじを曲げてみせる。「ああもう！　規則だから他の部屋というわけにもいかないし。まあ、しょうがない。そいつをくれ。これからちょっと上がって見てくる」

おいおい、なんだか運が向いてきたぞ。カクテルをぐいと飲み干すとつっけんどんに女を振り切り、ずかずかとラウンジへ向かう。興奮でどきどきしながらも、どうにか普段の歩調にゆるめるよう心がけた。ここでまたしてもおいおいと言いたくなる。今度はギャランと対決だ。貴様なんかくたばっちまえ！　というわけで、こちらはホテルの部屋にゴキブリが出たときの宿泊客よろしく口をひん曲げ、居丈高につかつか歩み寄っていく。そして、最後の最後で思い直したふうを装って向きを変え、足音荒く階段を上がった。ギャランはずっと知らん顔、アパッシュどももアルコーヴにたむろして相変わらず煙草をふかしている……。

さ、しっかりしろ！　うまく二階へ出たぞ。だが、これからだ。薄暗い廊下いっぱいに敷きつめたふかふかの絨毯を踏んで、めざす部屋を探して回らないと。十九番は中庭のあっち側か。ここでも従業員があらわれて、挙動不審を見とがめたりしませんように。それよりなにより、戸口にもれなく番号表示がありますように。おいおい、ちょっと待った！　またもや難題じゃないか。各室施錠ずみだなんて、現場を見るまでは予想外だったぞ。しかも、どうやらあのラウンジにあったパネルを操作しないと開かないらしいじゃないか。とはいえ、お客にばつの悪い思いをさせないように、顔を見たらすぐボタンを押すことになっているのなら、ギャランの部屋はとうに開いているんじゃないのか。ちなみに一階各室のドアと窓は同じ側にあるが、見取り図によると、二階は中庭側に窓がふたつ、廊下側にはドアがある。お、これだな、十八番だ。しばしかかって腹を決め、えいやっとドアノブを回そうとする。が、もう開いていた。これ幸いと忍びこみ、音をたてないように閉める。

なかは暗いが片方の窓が開けっぱなしで、薄明かりがさしこんでいた。冷たい風に厚いカーテンのひだがそよいでいる。階下のオーケストラもかすかに聞こえた。ああもう、スイッチはどこなんだ？　いや、いかん！——ここはつけたらまずい。ギャランはまだ階下にいるんだ、中庭の見張りが変に思うかもしれないぞ。それより隠れ場所のほうが先決だろう。まったく、若気の至りもいいところだぞ！　満足な隠れ場所の有無さえ確かめもせず、証拠をつかんでやるなんて大見得切ってこんな死地にまっすぐ飛びこむなんて。そんなことを思いながらせいぜい闇に目を凝らしたはいいが、仮面の穴にまつげがひっかかってしかたがない。それでいったん仮面をおでこの上にずらし、開けっ放しの窓に駆け寄った。窓ガラスは乳白色と深紅だ（オデット・デュシェーヌの顔の傷に残ったガラス片は深紅だった。しかもここの隣室の窓は割れている)。ほてった顔を外気で冷やしながらうんと深呼吸し、外の様子をうかがう。暑くて息詰まるような階下から解放されて、なんとか頭が働くようになる……。細長い長方形の中庭はどちらを向いても黒い壁面がそびえ、窓ガラスが星明かりをはじいてきらめく。ここの窓から中庭の石畳までは高さ二十フィート以上、壁から八、九フィートほど内側にガラスドームの屋根つきホールが立っている。ただしガラス屋根は二階の窓より少し高いので、前方はふさがれて真下の中庭しか見えない。それでも、右手にはラウンジに、左手ずっと奥には支配人室などと意味深長な呼び名の部屋につながる連絡通路がそれぞれあるのはわかっていた。この位置からガラス屋根の内をのぞき見るのは不可能で、薄明かりとオーケストラの音楽が汚れた窓ガラス越しに洩れてくるぐらいだ。

やがて月が顔を出し、青白い光で屋根を銀に染め尽くすと、狭い中庭へとおもむろにさしこんだ。とたんに、汗みずくになったシャツの胸もとがしんと冷えた。白い仮面の人影がじっと動かずに、下からこの窓をにらんでいる。月影に青みを帯びた仮面が見るからに恐ろしい。表通りを行きかう車の騒音が、やけに遠い……。

見張られている。私ははじかれたように後ずさり、懸命にあたりを目で探った。月が幅広い光の帯を絨毯にのべ、調度を照らす。むくのオークを飾り彫りした頑丈な椅子セット。銀糸を織りこんだ中国屏風が、ひとを小ばかにしたように光をはじく。それでもまだ見分けもろくにつかない暗さだ。かといって、おもての中庭で白仮面の見張りが窓をにらんでいるうちは、うかつに灯もつけられない。一歩踏み出し、手近な椅子にへたりこむ。屏風裏にひそむのは無謀もいいところ——まっさきに確かめるとしたら、あそこに決まっている。そこでオーケストラがいきなりとだえ、両腕をはがいじめされたようにしんとした。音といえば窓辺を揺らす風だけだ。それでなくても気のめいるこの牢獄めいた部屋に、だめ押しするように不吉な足音が近づいてくる。これで万に一つも逃げ道はなくなったってわけか？

そこへカチャリと音がして、細い光の条《すじ》がさしこむ。うわ、勘弁してくれ！　もう来たのか！

こうなると道は一つしかない。あの中国屏風は窓から二フィートと離れていないが、胸苦しさとめまいで動転しつつ、そのすきまへもぐりこんだ。沈黙がつづく。そうやってじっと立ちすくみ、心臓がめちゃくちゃに暴れる音に耳を傾ける……。

「愛しいジーナ」ギャランの声だ。「あんまり遅いんで、どうかしたのかと思いかけていたよ。すぐ明かりをつける、ちょっと待っててくれ」

厚い絨毯を踏む気配がして、ランプスタンドの鎖がじゃらんと音をたてる。すると、丸い灯影が天井にぽっとともった。室内全体の闇を払うにはとうてい足りず、私のいる屏風のあたりは暗がりだ。それで——まだ気づかれていないのか？　やつの声には動揺もなく、なだめるようなものうい口調だ。足音がさらに近づき、この屏風に肘をぶつけた……。

「この窓は閉めよう」と言ったあとで、ことさら情をこめて、「おいで、マリエット！　いい子ちゃん、おいで！　ここへ上がって、ねんねしてごらん！」

では、あの猫も一緒か。ふんふんと鼻息のような気配がしたあとで、窓枠がきしんで派手な音をたてて閉じ、頑丈な掛け金がしっかりかかった。そこで私は屏風の折れ目にそって細い光の筋が上から下まで走っているのに気づいた。そこへ目を当ててみると、わずかだが室内の様子が見えた。

ジーナ・プレヴォーはこちらへ背を向け、言いようもないほど疲れをにじませてラウンジソファにもたれている。ランプの光が、茶がかった金髪やイヴニング用の黒い毛皮を照らしていた。ランプテーブルにチューリップ形のシャンパングラスがふたつ並び、その奥の三脚台のシャンパンクーラーには金色のホイルでくるんだシャンパンの瓶がさしてある（あの暗がりをつっきったというのに、いったいどんな奇蹟でなにひとつ触れずにすんだものやら）。そこでギャランが視界にあらわれた。仮面はとっている。あの大きな顔いっぱいに、またしても薄い油膜と見まごう自己満足のいろがある。鼻を触るのが、どうやら習い性になっているらしい。緑がかった琥珀の目はさも心配そうだが、口もとは嬉しそうだ。しばし立ったまま、相手をしげしげ見ていた。

「具合が悪そうだよ、きみ」と、つぶやく。

「意外かしら?」棒読みに近い声で、女が冷たくつっぱなす。どうやら、内心を出すまいとしているようだ。煙草を指にはさみ、灯をさえぎるように煙をもうもうと吐いた。

「なあ、今夜はご友人が顔を出してるぞ」

「あら、そう?」

「その言いぐさはないだろう」と男は非難がましく、「若造のロビケー君だよ」

女は答えなかった。その姿をあらためて見つめるギャランのまぶたがかすかにそよぐ。いつもの組み合わせ番号を受け付けない金庫のドアを検分してでもいるみたいだった。さらに言葉を続けて、

「部屋の窓ガラスが割れていると伝えさせておいたよ——掃除女の粗相だとね。言うまでもなく、血痕のほうはきれいに始末してある」

やや間があったのち、女がおもむろに煙草を灰皿に押しつけ、手荒にもみ消した。

「エティエンヌ」さりげない命令口調で、「エティエンヌ、シャンパンを注いで。それがすんだら、横にきて、かけてよ」

言われるままにギャランはシャンパンを抜き、グラスふたつに注ぎわけた。その間ずっと、相手の真意をはかりかねるとでもいうように、みっともない顔で女をじろじろ見ている。そして、隣に腰をおろしたところで女が向き直った。あの美しい顔、しっとりした朱唇があらわになった。突然表情の消えた目を、じっと男に向けている……。

「エティエンヌ、わたくし警察へ行くつもりよ」

「ほう！——どういった件で？」

「オデット・デュシェーヌが死んだ件よ……。思い立ったのは今日の午後。これまでわたくしは、本当の感情を持ったことがなかった。いいから、口をはさまないで！　これまでに、あなたを愛しているなんて一度でも言ったことがあったかしら？　それに、こうしてあらためてそ

のお顔を見るとね」――と、さもけげんそうにじろりと検分する視線は鞭もかくやだ――「どう見たってみっともない、不細工な赤鼻さんにしか見えないわ」と、不意にけたけた笑いだす。「これまでだって、そうとしか思ったことないの！　だって、わたくしは歌しか知らなかったんですもの。だからね、歌にありったけの情感をこめていつも感情がたかぶっていたものだから、激しい情熱という尺度でなんでも見ていたのね――われながら、神経過敏で強欲なお馬鹿さんだったわ――あげくに……」と、手を振った拍子にシャンパンがこぼれそうになる。

「何が言いたい？」

「ゆうべのあれよ！　恐れ知らずというふれこみの男なのに、あのていたらくはどう！　ゆうべはクローディーヌに会いにクラブへ出かけ、通路へ踏みこんだとたんに彼女が刺し殺される現場を見てしまったの……。そしたらどう、エティエンヌ？」

「どうとは？」応じる声が剣呑にざらついてはねあがる。

「もう、怖くて気分が悪くなったわ。無理もないでしょ？　いっさんに駆け出して表通りへ必死で逃げたら――ちょうどあなたが車を降りてきた。ああ助かった、もう安心だと思って体ごと飛びついた。もう、自分ではろくに立っていられなくて……。そうして事情を話したら、強く頼もしい大男さんはいったいどうしたかしら？」女は身を乗り出し、こわばった笑顔を浮かべた。「わたくしを車に押しこみ、戻るまでここで待っていろと言い含めたわね。それからクラブへ出向いて現場をあらためたかしら？　あくまでわたくしを守ってくれようとしたの？――いいえ、エティエンヌ。かわりに手ごろなナイトクラブへ駆けこんでわざと人目につくように陣取り、尋問された場合にそなえてご自分ひとりのアリバイ作りに精を出したのよね！　あなたがそうしている間、わたくしのほうは人事不省で車の後部座席に倒れていたというのに」

　やつがいけ好かないのは今に始まったことではない。だが、この話を聞いて、殺してやりたくなるほどの怒りにかられた。もう見つかったって構わない。かくなる上はあの赤鼻を思うさま殴りつけてさらに赤くし、ぐちゃぐちゃに原形をなくしてやったら……さぞ小気味がいいだろう。同じ悪《わる》でもリチャード三世なみに胆のすわったやつなら、まだしも男として見どころがある。だが、こいつは――！　女に向いた顔は険しくこわばり、図星をさされた怒りでふくれあがらんばかりだ。

「で、ほかに言いたいことは？」なんとか口を開いて尋ねた。

「ないわ」

　女は胸を波打たせ、やつの大きな手がソファの背にそって近づくのを見て、その目が恐怖でうつろになっていく。

「やめてよ、エティエンヌ。ひとつ言わせてもらうわ。今夜、さっき劇場を出る少し前に気送《プヌ》速達便《マチック》（圧縮空気により郵便物を送る速達郵便）を出してきたの。あのバンコランとかいう人にあてて……」

　大きな手がかたく握りしめられ、手首の筋が浮き出る。やつの顔こそ見えないが、わずかに見えるあごの筋肉の張りつめようからして、爆発寸前の険悪な形相なのは察しがつく。

「さる情報をそれに書いておいたのよ、エティエンヌ。なにをどの程度か、教える気はないわ。

でもね、わたくしの身に何かあれば、ギロチン行きになるのはあなたよ」

沈黙ののち、女がかすれ声で述べた。

「それにね、自分の思いを――これまでの……振り返ってみたのよ……。今日、ああしてお棺に入ったオデットを見たんですもの、それは思い出すわよ――所帯じみてるなんてさんざんいじめたり、いい子ちゃんぶって健全な暮らしに甘んじてるのを小馬鹿にしたり、日々のささいなことに喜び楽しみを感じるなんて、と忌み嫌って……それに、あのときのあの顔を！」

ギャランがいかにもしたり顔でうなずき、手の力をゆるめた。

「ふうん、それで警察に打ち明けようという気になったんだね。で、何を話すつもりだい？」

「ありのままを伝えるわ。あれは事故なんですもの」

「ふむ、なるほど。つまりオデットさんは事故で死んだと。それで、もうひとりのご友人クローディーヌのほうもやっぱり事故死だと？」

「そうじゃないのは百も承知でしょ。あちらは故意の殺人よ、知ってるくせに」

「そらそら、互いの足並みがそろってきたぞ！　じゃあ、さしもの君もそこは認めるんだね」

その声にこもる何かが、女を自分の殻からいやおうなく引き出した。ふたたび向いた顔は、小鼻のあたりがこわばっている。鞭をふるう前の小手調べもかくやの、やんわりした脅し口調を聞き取ったのだ。

「それじゃ、愛しい人」男が話を続ける。「この場でおさらいしてみてはどうだね。君の言う〝事故〟なるものの次第を？」

「まるで――まるで自分は一切知りませんとでも言いたげな口ぶりね！　ひどい人！　どの口でそんな――！」

「その時はあの部屋にいなかったからねえ。その点は君だって認めるんじゃないのか。だからこそ、誰はばかることなくこう言える。君やご親友のクローディーヌは、完全無欠ないい子ちゃんのオデットが目障りで仕方なかった……。こらこら、頼むから、舞台用の軽蔑の目つきは勘弁してくれないか。芝居っけもほどほどにしたまえ。君らふたりとも、なんでオデットが身を固めて子供をいくたりもこしらえ、ヌイイあたりの退屈な郊外の住宅地にちんまり落ち着いたり、夫についてもっと退屈な植民地を転々としたがるのか理解に苦しんでいた。それで共謀の上、ここでちょいと息抜きさせてやろうじゃないかともくろんだわけだ」

「べつに悪気じゃなかったわ！　警察に行ってちゃんと話すつもりよ……」

ギャランはシャンパンを飲み干して身を乗り出し、優しく女の手を叩いた。女は手をひっこめたものの、それとわかるほど震えていた。

「ああ、確かにね、認めるにやぶさかではないよ。首謀者は」と、鷹揚なふうを装って、「マルテルさんのほうだったね。君の力ではどうがんばってもオデットをここまで引っ張り出せまい。ただひとつ、マルテルさんがオデットに吹きこみ、飽きずにしつこく繰り返して頭に血をのぼらせた話が効いたわけだ。嘘八百だったんだが――つまりね、こんなふうさ。ショーモンはこのクラブへ足しげく通っているのよ。お疑いかしら？　あらあら。じゃあ、ご自分の目で確かめてみたら……。なんとも上出来のおふざけじゃないか！　それで世間知らずのねんねに、厳しい現実の一端なりと味わわせてやったらいい！　ここへおびきよせて無理やりワインを飲ませ、夜更けになったら誰か優しい男でもあてがってやればいい……。なに、夜間外出はこんりんざいしないって？　なら、昼間のうちに連れこんでしたたかにシャンパンを飲ませ、夜まで長居させればいいさ……」

ジーナ・プレヴォーがたまらずに両手できつく目をおさえた。

「君たちの計画をきちんと知っていたわけではないのでね」ギャランがまた語りだす。「最後の部分は臆測にすぎない。だが、君の様子を見ていれば、およその見当はつくよ。それでも」ひょいと肩をすくめ、「なかなか乙な趣向だと思ったのでね。だから鍵がなくともあの娘を通してやれと命じておいた。そうはいっても、あの部屋で実際に起きたことまでは――それはそうと、ロビケーの部屋を勝手に使ったのは君だな。やつがロンドンにいて、あの晩あらわれっこないのを承知してたんだから――あの部屋で実際に起きたことまではあずかり知らんがね」

「ちゃんと話したじゃないの」

「まあ落ち着いて、愛しいジーナ。そんなにいきりたっちゃってさ。図星だろう？」

「なにをもくろんでるのか知らないけど、あなたが怖いわ……。あれは事故よ、知ってるくせに。しいて誰かの落ち度というなら、クローディーヌのせいだわ。オデットが取り乱して手がつけられなくなったの。わたくしたちが――ロベール・ショーモンに会わせまいとしてるって――」

「それから？」

「そしたら、だいぶきこしめしていたクローディーヌがいきなり堪忍袋の緒を切らし、こんなことを言いだしたの。心配しないで、ショーモンに負けないくらい好い男をあてがってあげるからって。もう、ひどい騒ぎよ！　わたくしとしては、ほんの悪ふざけのつもりで加担したのに。そうなったらどうするか、反応を見たいだけだったのに。でも、クローディーヌのほうはいつもあの子を毛嫌いしていたから、もうかんかんでね。わたくしがおじけづいているうちに二人ともどんどん手に負えなくなり、クローディーヌがこう言いだしたの。「あんたなんか泣き言ばっかりの偽善者よ、思い知らせてやる」それで――」

女は嗚咽をのみくだし、ぎらつく目で男を見つめた。「オデットにつかみかかったわ。あの子がベッドを飛び越えて逃げだそうとしたとたん、足をとられてつんのめり――ああ、神様！――あのガラス窓が割れ、あの子の顔が……！　そのまま中庭に落ちて、ぶつかる音がして……」

嗚咽まじりのすさまじい沈黙が落ちた。こちらまで胸が悪くなり、屏風のすきまから目をそむけたほどだ。

「そんなつもりじゃなかった――！　そんなつもりじゃなかったのに――！」蚊の鳴くような声で訴える。「でも、先刻ご承知だったわね。そこへ出てきて後始末を引き受けたのはあなただもの。あの子は死んでしまった。あとはうまく始末してやろう、さもないとふたりともギロチン行きだぞって言ったじゃないの。違う？」

「ふうん、だからか」ギャランが考えこむふうで、「オデットを事故死だというのは？　はずみで窓から落ちて頭を割ったのがもとだと？　……君、新聞を読んでないのか？」

「どういうこと？」

ギャランが立って、相手を見おろした。「まあ、あんなふうに落ちたらどのみち助からなかっただろうがね。しかし、それだけじゃない！　だって新聞を見ればちゃんと書いてあるんだよ、直接の死因は心臓を刺した傷だと」

決定的なひと打ちに向けて軽い小手調べがつづく。口はぎゅっと結ばれ、目のあたりには自己満足の表情が戻っていた。

「凶器の刃物は」と述べる。「見当たらなかった。それもそのはず、君の手もとにあるんだからね。警察が探しにかかれば、ムーラン・ルージュの君の楽屋に隠してあるのが発見される……。だからねえ、君、私としては、バンコランに君があれこれ余計なことを洩らしていないようにと願うばかりだよ」

14　ナイフ！

私は闇にうずくまったままでまたしても目をそらし、いきなり叩きつけられた言葉にとまどうばかりだった。するとギャランが声を上げて笑いだした。その笑いがひときわ高まり、あとは不快きわまる含み笑いと化して神経を逆なでする。

「私の言葉が信じられないんならね、愛しい人」と、うながす。「そら、そこの新聞を読んでみたまえ」

　ふたたび沈黙。いま顔をつけたら屏風を倒してしまいそうで、うかつにのぞくこともできない。

　やがて、いまだに信じかねるように女の低い声がした。「あなたのしわざね――そんなこと――するなんて……」

「さてと、あのね。いい子のオデットちゃんが落ちた時から、まさにこうなるんじゃないかと予想はしてたんだ。君のことだ、良心の呵責にたえかねて前後の見境なく警察へ駆けこみ、〝事故〟だなんだと言い訳を並べかねない。そこへいくとマルテルさんのほうは（あれでなかなか目はしがきいて）――腹ができていた。君の出方ひとつで、われわれみんな破滅しかねない。だが、黙らざるをえないように仕向ければ……」

「じゃあ、あなたが自分でオデットを刺したのね」

「そりゃまあ、ちょっとは死を早めたかもしれんよ。だがね、所詮はあと数時間の命に変わりはなかったんだ」悦に入った口調にまじってシャンパンを注ぐかすかな音がした。「それとも私がオデットを抱えて病院に駆けこみ、洗いざらい事情を話すとでも思ったか？　まさか！　それでなくても、警察はこの首に綱を巻いてやろうと躍起なんだぞ。だったら、中庭であっさり息の根を止めておくのが得策じゃないか。で――ここだけの話だが――そうしたわけだ。覚えてないのかい、君ときたら、あの子が落ちたあとは見ようともしなかったじゃないか？」

ふたたびのぞいてみると、女は身をこわばらせ、顔をそむけていた。ギャランのほうは顔をしかめてグラスの酒を回しつつ、なにやら思案している。平静を装う表情の裏に冷たい憤怒が透けて見えた。それで、ぴんときた。よりにもよって――やつの泣き所である虚栄心を踏みにじったこの女を、断じて許さないつもりだと。いまやまぶたを完全に上げ、猫そっくりの琥珀がかった目をさらしている。

「凶器の刃物はね――ありふれた品じゃない。刀身が曲がっていてね、傷口にはっきりした特徴が出るんだよ。それがどうした風の吹き回しか、君の楽屋にもぐりこんだんだなあ。探したところでおいそれと見つからないよ。だが、警察なら話は別だ……。ばかな小娘だよ、まったく」つのる激怒をかろうじて押し殺し、「殺し二件とも嫌疑は君にかかる！――私が警察にちょいと匂わせるだけで、そうなるんだよ。クローディーヌ・マルテルが殺されたゆうべからこっち、君はギロチンの刃の真下に寝そべっていたも同然なんだ！　自覚がないのか？　それなのに大胆不敵というか、考えなしというか、うぬぼれにもほどがあるよ、この――」

一瞬、あわや女めがけてグラスの酒をかけそうに思えた。それでもなんとか表情を殺し、内心の怒りをわずかにのぞかせる程度におさえる。

「まあいいさ、君……いまさら取り乱したって仕方なかろう？　そうだろう。なあ、いいかい。暗くなるのを待って車に積みこみ、河へ投げこんだから、あの死体と私を結ぶ手がかりは皆無だ。だが、君のほうはそうはいかんぞ！」

「なら、クローディーヌの件は――？」

「ジーナ、クローディーヌ殺しの犯人なんか知らないよ。だが、君なら教えてくれるんじゃないか」

今度は並んで腰をおろそうとはせず、かわりにソファの向かいへ椅子を寄せた。鼻にランプの光があたり、影のいたずらでいっそう醜く見える。膝を叩くと、あの白猫が闇からいそいそと飛びのった。しばらく無言でその毛並みをなでながら、シャンパングラスに向かってほくそ笑む。

「さてと、君。ひとまず落ち着いたんなら先を続けさせてくれ。君への要望をきちんと話してあげよう。こうして君に証拠を押しつけたおかげで、私のほうはかろうじて嫌疑をすべて免れた。いかなる嫌疑も招くわけにはいかないんだ、愛しいジーナ、やつらにこれっぽっちもしっぽをつかませるわけにはいかない……。それでだ、ここらへんで赫々《かっかく》たる経歴の幕を引き、パリを離れるつもりだよ」

「パリを――離れる？」

くすりと笑った。「早い話がね、引退するのさ。いけないかい？　財産ならかなりあるし、金にがつがつするたちじゃないし。とはいえ、ある男とけりをつけるまでここを離れるつもりはなかったんだ、つまり、君のお友達のバンコランとだよ」と鼻に触れ、「こんな鼻にしたのはあいつだからな。おかげで、こいつがずっと――励みになってここまで来たわけだ。それに、その後も女を次々に攻略してきたが（ああそうとも、君も数のうちだよ）、こんな不細工なご面相のわりに、不思議なほどの戦績だね。なぜかって？　そりゃあ、君、ハンサムな顔にはひとつぐらい難があったほうが、女を魅《ひ》きつけるからさ」と、肩をすくめる。「とはいえ、わがバンコラン君については……まあ、どうもそういった慎重さは君のお気に召さんようだが（いや、だけどね。今までこのおかげで、他の連中がどうしようもない窮地に陥っても、自分ひとりはなんとか助かってきたんだよ）、まさにその〝慎重さ〟が」――と、胸糞悪い含み笑いでことさら強調しつつ――「教えてくれるんだよ。あいつとしのぎを削るのはよしておけ、とね」

などとさも楽しそうに、ギャランはひとしきり凝った物言いを並べてゆく。そして「慎重さ」という言葉を口にするたびに、横目でチラチラ彼女をながめながら、小気味よげににんまりするのだった。

「ま、そんな次第でね、この街を出ていくつもりだよ。行き先は英国になるだろうな。田園で日々を送る紳士階級の暮らしぶりにはずっと心惹かれていた。河のほとりに屋敷を構え、庭には月桂樹をふんだんに植えて、労作を次々とものするとしようか。それと外科医に鼻を直してもらい、元の美貌に戻るとしよう。だが、いかにも残念だな！　女にはまるで相手にされなくなる」

「まったくもう、いったい何が言いたいの？」

「これなら君にもわかるかな」と小気味よげに続ける。「このクラブには多大な――莫大な――余禄があるんだよ。ああ、そうとも。それでだね、ここは共同経営者と一緒にやってたんだが、君にはそいつの素姓なんてそれこそ思いもよるまいし、むろん、ここの〝支配人室〟に出入りする私など見かけたこともあるまい？　これまた〝慎重さ〟というやつさ！　で、今の経営者はそいつひとりだ……こちらの持ち分を売り渡したんでね」

「それがわたくしと何の関係があるっていうの？　ちゃんと話して――！」

「ま、いましばらく辛抱したまえ」やんわり手ぶりであしらう。ついで声が一変した。かすかな憎悪が生彩を放ちはじめる。「ちゃんと教えてやるよ、おまえら、愚かで腐り果てた種族全体に関わる話だからな。まだわからんのか？　ここを長年やってきたおかげで、会員のことならなんでも知っている、男女のみそかごと、醜聞沙汰や不正行為などのすべてを……。そうなんだよ。それなのに、その情報を種に、君らのいう〝ゆすり〟をかけたりしなかったよな？　あっても微々たるものだ。もっと大きな目的があったからね。こいつを本にして出版するんだよ、ジーナ。純粋に世のため人のために、広く世間に公表するんだ。そして、はっきり教えてやろう」――と、ぞっとするほど声を張りあげて――「人間の皮をかぶった蛆虫《うじ》どもが世にはびこっているんだと――」

　こいつは狂ってる。屏風のすきまから見入りながら、疑う余地なく断定した。なにがこいつをそうさせたんだ、不平？　孤独？　冷遇？　いかれた理想主義者、感受性鋭い才能ある男が、自分の脳という檻の鉄格子を叩いているのか？　あの黄色い目の奥にちろちろと炎が宿り、まっすぐにらまれたような気がした。さては見つかったかと一瞬思いかけたほどだ。首根っこをぎゅうっとつかまれた猫が悲鳴をあげ、膝からするりと逃げ出した。それで、はっと気づいてまた女を見る。と、相手はすくんで後ずさり、ソファの背にへばりつくようにしていた……。

「君にはいろいろ良くしてやった」おもむろに言う。「一年間ずっと。その気になれば、すぐにも君を取り戻せる。なぜって、あまたの旅行で見聞を広め、本を読んできたおかげで私には名詩名句の豊富な蓄積があり、君にはそれこそが魅力だったんだ。その貧弱なおつむでは夢にも思い及ばぬ輝かしい世界を、私の力で垣間見ただろう。底の浅い受け売りに焼き直してもらった上でだが。君のために、カトゥルスを平易な入門書にしてやった。ペトラルカを歯の立つ難易度に引き下げてやった。それだけじゃない、ミュッセ、コウルリッジ、他にもたくさんある。おい、聞いてるのか？　ふさわしい歌を教え、歌い方まで手取り足取り仕込んでやった。ホラーティウスの「君の気持ちがあったころは《ドネク・グラートウス・エラム・ティビ》」をロンサール顔負けの格調高いフランス語に訳し、ステージ仕様にしてやった。それもこれも、身を焦がすほど強くゆるぎない愛の対価としてだ。それがどうだ、とんだまがいものだったと自他ともにはっきりしたわけだよ。だからこそ教えてやるのさ――そんな手合いをこれからどう料理するつもりか、と」

そこで大きく息を吸いこむ。

「私の金庫にはね」斜に構えたいつもの態度に戻って、「草稿がどっさりしまってある。きちんと封筒に入れてあり、あとはパリの新聞社のどこにでも送りつければすむ。中身は――あの連中の行状さ、実話ばかりだよ。それで、私がパリを離れ次第、すぐさま発送する手はずになっているんだ」とにんまりする。「新聞社は金を払うはずだよ。ここ十年では屈指の特ダネぞろいだからね、載せる度胸さえあれば。大丈夫、やつらなら載せるさ……」

「どうかしてるわよ、あなたは」彼女は切って捨てた。「まったく! 言葉も見つからないわ。これまではわかっているつもりだったけど。思いもよらなかったわ、まさか、まったくのきち――」

「むろん気の毒ではあるね。そんな一撃を食らったら、このクラブはひとたまりもないし、以後は客足もぱったりだろう。だがね、ここの経営からは手を引いた以上、その心配は現在の経営者の役目じゃないかな……。さてと、君。このへんで本題に入ろうじゃないか。その封筒には君の行状あれこれもずいぶん入っていそうだねえ。とはいえ、別にどうしてもってほどじゃない――今後もどこへ出しても恥ずかしくない、ジーナお嬢様で通そうと思えば通せるわけさ!――もしも君が……」

女が正面切って向き直る。もう、いつもの冷ややかな態度になっていた。

「あなたのことだものね、エティエンヌ」と言い返す。「遅かれ早かれ、そうくるだろうと思っていたわ」

「……クローディーヌ・マルテル殺しの犯人を教えてくれればの話だ」

「ものは言いようねえ、エティエンヌ」ハスキー・ヴォイスに嘲弄がまじる。「本気でそんな口車に乗せられるとでも？　それにね、エティエンヌ、なんでそんなこと知りたがるの？　しかるべき紳士に化けて、田舎暮らしをしようっていうなら――」

「それはね、十中八九もう知っているからさ」

「へええ？」

「あの含蓄深い言葉〝慎重さ〟を覚えておくことだね。私はつねに用心を怠らんのだよ、君。このさきいつか、手許不如意にならんとも限らんじゃないか。犯人だと目しているやつが図星なら、やつの両親は気位だけでなく資産も相当なものだ。だから、さあ、吐いてしまいたまえよ……」

女は知らん顔でハンドバッグから煙草を出す。あらまあ、と眉を上げた表情が目に見えるようだ。ギャランが大きな手を突きだした。「裏をとるだけでいいんだ、可愛いジーナ。犯人はロベール・ショーモン大尉だな」

思わず膝が砕けそうになり、視界にうつるギャランの顔がゆがんだ鏡のようになった。ショーモン！　ショーモンだって！　予想外の名が出て、私ばかりか彼女もはっと意表をつかれたふうだった。それでもわずかに息をのんだだけにとどまり、あとはいつまでも黙りこくっている。階下で、オーケストラが演奏を再開した。閉めきった窓越しにくぐもった音がかすかに届く。

「エティエンヌったら」笑いにむせそうになりながら、「これではっきりしたわね、あなた絶対おかしいわ。まったく――どこから思いついたの――？」

「君なら間違いなく気づいているはずだが、ジーナ」ギャランが指摘した。「百も承知でとぼけているんだろう、これは仇討ちだというのを？　オデット・デュシェーヌの仇討ちだ。オデットを墜落死させるもとになった若い令嬢への復讐だよ。では、そんな仇討ちを最もやりそうな人物といえば誰だ？　さあ、言うんだ！　私の読み通りか？」

室内はとうに蒸し風呂のようだった。そうして屏風のすきまに目を凝らしているうちに、私の脳裏になにかがかちりと閃き、以前ショーモンがみせた不審なそぶりがはっきり映し出された。ジーナ・プレヴォーがかすれ声で何やら述べたようだが、聞き取るどころではない。おりしもオーケストラがひときわ派手にタンゴをやり始め、こもった音が窓をみしみし揺るがすほどになった。仁王立ちのギャランが女を見おろしている……。

そこへ、すぐ足もとで獣のうなり声がして、沈黙を引き裂いた。毛むくじゃらの何かが足もとをすりぬけ、くるくる回る。人ならぬ鳴き声がまたも甲高く響き、黄色い目が見えた。

あの猫だ……。

体内の動きがすべて凍りついた。すきまから目をはずそうにも体が固まってしまい、お次はゼリーのように骨抜きになって身動きもままならない。ギャランが身を起こし、正面から屏風をにらみすえた。あの猫のマリエットは前後にうろちょろしながら相変わらずうなっている。

「そこの――屏風の――陰に――誰かいるぞ」ギャランだ。わざとらしいほど声を張っている。またも間があった。室内全体が不吉にきしんでいるみたいだ。ジーナ・プレヴォーは動かないが、口もとで煙草を支える手が震えている。「そこの――屏風の――陰に――誰かいるぞ」という声がまだ天井や壁にこだまし、うつろに鈍い尾を引く。ギャランの顔にランプが光の綾《あや》を投げかけ、凄みのある冷たい目が見開かれ、唇がゆっくり割れて歯がむきだしになった。

その手がコートの内かくしにさっと入る。

「くそっ、警察《サツ》の手先か！」

「動くな」言ったのは私だが、自分の声とは思えなかった。考えるより先に、ぴしりと打ちすえるように出てしまったのだ。「動くな、さもないと射殺するぞ。そっちは明かりの中だ、外すわけがない」

次の恐ろしい数秒間、鼓膜がどくどく鳴った。はったりだ！　はったりでやつの裏をかくんだ、さもないとこっちがやられる。やつは私の周囲の闇を探り見て、銃がひそんでいるのか目を凝らした。大きな図体が固まって、縛られでもしているようだ。目はひどく血走り、額に太い青筋がどくどく打っている。ゆっくり上唇がめくれ、大きな二本の前歯をさらした。腹を決めかね、手も足も出ず、怒りばかりをつのらせている……。

「手を上げろ！」私はどなった。「うんと高く！　声を出すな。さっさとやれ！」

やつの唇が動いてぶつぶつ抗おうとしたものの、例の〝慎重さ〟というやつが邪魔をした。震える片手をつかのまテーブルの裏へやったのち、両手ともしぶしぶ上げた。

「背を向けろ！」

「ここから逃げようったって、そうはいかんぞ」

　ここまでくると、この一件全体が、たがのはずれた純然たるおふざけに見えはじめていた。あとわずかで自分の人生が終わるかもしれないと思う一方で、笑いだしたい気分になり、胸の中で心臓が浮かれて上下する。そこで屏風の陰から出ていった。灰色を基調に金塗りの板壁をあしらい、青い布張りの家具を配した室内がにわかに生彩を帯び、闇さえしっかりと輪郭をそなえた。ふと見れば、べったりした金塗り板と思ったものは、アフロディーテ女神のさまざまな情事を描いた板絵であった。ギャランはこちらに背を向け、両手を上げていた。ラウンジソファのジーナは前かがみにこちらをうかがっている。まさにその瞬間に思い出したが、そういえば仮面を額に上げっぱなしだった。女の目がとたんに元気づき、勝ち誇った色が浮かんだ。身ぶりで示してみせ、笑いだす。手にした煙草の長い灰がこぼれるほどに。見極めがついたのだ、私がまったくの丸腰だと……。

　私も声を合わせて笑った。こうなると活路はただひとつ、肉弾戦にもつれこむ危険を冒してでもギャランの背後をとり、やつが助けを呼ぶか武器を手にする前にのしてしまうしかない。そこで頑丈な椅子を持ち上げたところへ、ギャランがやぶからぼうに英語を使った。

「心配いらんよ、ジーナ。手下どもがすぐ来る。あのテーブル裏にしかけたボタンを押したから……。ようし、よく来た！」

　廊下のドアがばたんと開き、私は心臓を一撃されたように足を止めた。廊下にぎらつく黄色い光が白い仮面の群れを照らし、それを背にして、ギャランのかかげた両腕の影絵がくろぐろと伸びている。仮面の群れはめいめい首にゆるい布を巻き――どいつも蛇さながら鎌首をもたげ、うつろな目がランプの灯をはじく。鎌首は、しめて五つだった。

「ようし、いいぞ」ギャランが嬉しそうに低い声をかける。「目を離すなよ、気をつけろ。銃を持ってるんだ。こら、騒ぐな！　音をたてるんじゃない……」

すかさずこちらへ向き直り、赤鼻をおぞましい芋虫さながらに動かす。そして肩の力を抜いて両手をゆるく垂らし、にやりと笑ってみせた。鼓膜がどくどくと鳴る。あの鎌首どもが灯をさえぎり、長い首をのばして行く手に影を落とした。すり足で絨毯をこすり、しゅっ、しゅっと音をたてて近づいてくる。ジーナ・プレヴォーはこぶしを握ってまだ笑っていた。私はというと、椅子を手にして窓へとじりじり後退してゆく……。

すり足の音は一向にやまない。実際に這ってるんじゃないかと思うほどだ。ギャランの笑みがさらに広がる。鎌首どもがどんどん大きくなってゆく。そして、手入れのゆきとどいた手が内ポケットへ忍び入ろうとする。ジーナ・プレヴォーがひきつったような笑いのあいまに声をはりあげた。「まだあぶないわよ、エティエンヌ！　あの椅子でぶたれたらどうす――」

「銃なんか持ってないぞ。ひっ捕らえろ」

黄色い光を受けて、うつろな目の鎌首どもがいっせいに襲ってきた。私は重い椅子を振り回し、窓めがけて叩きつけた。ガラスがみじんに砕け、木枠が割れて鍵がもげた。引き戻した椅子を振りかぶって手近なやつを狙う。ピカリと光る物が飛来し、ナイフが鈍い音をたててすぐ頭上の窓枠に刺さった。その刃がまだ震えているうちに窓枠をつかみ、ガラス片から顔をかばって闇に身を躍らせた。

身を切るような外気のなかで、外の眺めがぼやけた灰色に迫る。ついでなにもかも消し飛び、両のくるぶしに骨まで砕けそうな衝撃がきた。レンガ敷きの中庭でたたらを踏み、がっくり両膝をついてすさまじい吐き気に打ちのめされた。立て！　立つんだ！　だが、しばらくはひたすら痛みにやられて両脚がきかず、前も見えないというありさまだった……。

これでは袋のねずみだ。いたるところにやつらが先回りして、出るに出られない。いずれあの仮面どもが脱出不能の円陣を狭め、追いつめられるのは目に見えている。上等だ、やってやろうじゃないか！　やつらをさんざん引き回してやる！　ちょいとした余興だ。なんだか朦朧とする。きっと頭を打ったんだろう。脚をひきずり、中庭を走りだす。大ホールへ！　大ホールに入れるドアがどこかにあるはず。駆けこんで客の人混みにまぎれてしまえば、やつらだってうかつに手出しできなくなる。走れ！　ドアはどこだ？　両目になにか流れこんでるぞ、きっと血だ……。前方に白い仮面のやつが！

相手は低く身構えて接近してきた。レンガに靴をパタパタ鳴らしながら走ってくる。冷たい怒りが痛みをかき消した。肺がずきずきするほど深呼吸する。ほかはどうでもいい、いまや白仮面のやつら憎しの一念で動いていた。薄笑いしながら、ひとの背中にナイフをつきたてるあのアパッシュどもすべてが憎くてならない。相手が着ているチェックのスーツが薄暗がりでもわかった。青白い骨ばったあごを引き、首布に手をつっこむと襲いかかってきた。

ナイフの刀身に親指を添えてすっぱ抜く。私は左の拳を相手のみぞおちへ叩きこみ、肩から腕の全重量をかけた右のアッパーカットであご先をとらえて打ちぬいた。それでやつは息が止まり、ぐふっとうめくと、骨が折れたみたいにぐんにゃりとレンガ敷きにのびてしまう。私はまた走りだした。後から追いすがる足音がする。目に粘っこいものが流れこむ。あった、ドアの明かりだ。さっき倒したやつはここの番人に違いない。目に粘っこいものが流れこむ。手探りでドアノブを見つけた。いまや額や目や鼻をねとつく生あたたかいものが覆っていた。ぬぐおうとしてみたが、よけいべたべたするだけで、頭が割れそうに痛む。ふと、こんな贅沢三昧のただなかにいながら気分が悪いなんて、などと馬鹿なことを考えた。ざっざっ、ざっざっ——近づくにつれて、中庭全体に割れんばかりの音があふれる。ドアノブをえいやっと回し、よろめきながら入ると力任せにドアを閉めた。ああ、もうだめだ、いまにも気を失いそうだ……。

入ってみれば通路だった。どこかで音楽が鳴っている。助かった——大ホールはすぐそこだ。鼓膜が破れるほどに心臓が激しく脈打つ。もう何も見えず、歩くこともできない。わななきながら壁にぶつかるようにもたれた。足の下で床全体が前後に揺れ、両脚はゴムになったみたいだ。ズボンの尻ポケットを探ってハンカチを出し、手荒く目をぬぐう……。

すると小さな光がちらつき、私は身を起こした。さらに血が垂れる——ああ、くそっ！　人間の体ってのは、なんでこうやたらに血があるんだ？——シャツの前が血まみれじゃないか。それでも瞬時に現在の位置を把握した。背後は屋根つきの連絡通路だが、花の植込みはない。その奥からは、ざわめきやらオーケストラの音楽が流れてくる。目の前の大きな部屋から灯がさしていた。誰かが（おぼろな影だけが見えた）行く手に立ちふさがり、ピストルの小さな銃口が灯をはじいて光っている。駆けこんだ先は支配人室だったのか。飛んで火に入る夏の虫だ。背後では……いまや弱くはなっていたが、ざっざっという音がなおも近づいてくる……。

必死になってハンカチで目をぬぐい、額を拭いて体勢を立て直しにかかる。いっそ、目の前のピストルに飛びかかるか？　よし、こうなったら、あたって砕けろだ。

かすむ目に誰かの立ち姿が映った。ピストルを構えているのは女だ。燃えさかる炎のように鮮烈なドレス、タペストリーを巡らした部屋の中央で気丈な黒い目をみはっている。そこへ背後で騒がしい音がして、誰かがドアを乱打した。どうやらとっさにドアを閉めていたらしい。この女が！——ここで思い至った——ギャランの共同経営者、そしてクラブの現所有者だ……。にわかに活路が開け、がぜん望みがわいて、割れそうな頭の焦点が合った。視界の霧が晴れ、新鮮な空気が肺に流れこむ。おもむろに一歩踏み出した。

「動かないで！」と言ったのは女だ。その声、聞き覚えがあるぞ……。

「あなたなら」落ち着いた声で言った——「まさか、ぼくを売ったりしませんよね、オーギュスタンさん」

15　秘やかな愉しみ

変われば変わるものだ、こんな時なのに思わず見とれてしまった。遠目なら、断じてマリー・オーギュスタンとは見分けがつくまい。あの野暮な髪型に垢抜けない黒ずくめ、化粧っ気のない顔が、よくもここまでというほど鮮烈な変貌をとげている！　はっとするほど派手な炎色をしたドレスからあらわにのぞく、磨き上げた白い肩がなまめかしい。ふと気づけば、そのドレスに向かってまくしたてていた。まるで蠟人形館の切符売場で、金もないのになんとか入れてくれと、仕切りガラス越しにやっきになって拝み倒しているみたいに……。

「押し問答してる場合じゃない！　すぐにも追手が来ます。かくまってください。ぼくは――その――」

背にしたドアにはガラスがはまっていて、ホールに通じる暗い連絡通路が見えている。刹那、白仮面の一団がホールから押し寄せ、別の一隊が中庭から通路に入る扉を乱打するさまが見えた気がした……。意外にもマリー・オーギュスタンは急ぎ足にそのドアへ寄るや、濃いベルベットのカーテンをしゃっと閉めて錠をおろした。

理由は訊かれなかった。だが、理由ならば事欠かないので、しどろもどろにこう切り出した。

「情報を握っているんだ……大事な情報です、ギャランのことで。あなたを売ってクラブごと破滅させようって魂胆なんですよ……それで……」

ふと気づけば額が切れている。きっと、さっき飛び降りたはずみでレンガ壁にぶつけたのだ。その傷口をハンカチで押さえているうちに、いつの間にやらマリー・オーギュスタンがすぐそばで顔をのぞきこんでいた。顔色はまったく読めない。が、どうやら世間話をする気分ではないらしく、光る銃口はいぜんこちらの心臓を狙っていた。折しもそこでガラス戸が力任せに乱打され、誰かの手がドアノブをがちゃがちゃやった。マリー・オーギュスタンが口をきいた。

「こっちよ」

誰かに手を引いて連れていかれる。あとになってその時のことを思い出そうとしたのだが、酔いどれの記憶もかくやの切れ切れ状態で光がおぼろにちらつくばかりだ。足ざわりのいい絨毯、こうこうたる照明。背後ではガラス戸を乱打する音と、くちぐちにわめく声。ついで、どこかの黒光りしたドアが開いて闇があらわれた。そこでどうやらひと押しされ、何か柔らかいものの上に寝ころがったらしい。

次に目を開けるまで、しばらく気絶していたようだ(実際にはせいぜい十分たらずだったのだが)。ひんやりしたものが顔を湿し、ねばねばをとってくれた。だが、照明が目に痛いし、額にできたこぶは早くも石ころ大に腫れている。ふと顔に手をやると、包帯が巻いてあった。

私は婦人用ソファに半分寝そべるようにもたれていた。足側に黙りこくったマリー・オーギュスタンが腰かけて、こちらを見つめながら拳銃をもてあそんでいる。なにやらうまく機転をきかせて（ほんの一時にせよ）追手の目をくらましてくれたらしい。こちらは無言で寝ころび、懸命に目を慣らしにかかった。彼女をよく見直すためだ。あの長めの顔も、黒っぽい目も黒茶の髪も相変わらずだが、今や美女と言っていいほどだ。昨夜の蠟人形館で頭をよぎったよしなしごとが、またも心にきざした。切符売場や馬毛のソファから離れれば、この娘の硬質で優美な物腰が生きてくるのに。今はまんなか分けにして耳の後ろで結いあげた髪が、照明のもとでしっとりと艶をたたえている。双肩は時代ものの象牙細工もかくや、じっと見つめる目はうってかわってなまめかしく、かつての険はどこへやら……。

「なぜです？」と、尋ねてみた。

女ははっとした。言わず語らずのひそやかな連帯感が再び芽ばえる。女は片意地に口をつぐむと、そっけない棒読みで答えた。

「ほんとだったら縫うんだけど。ひとまず絆創膏と包帯をあてといたわ」

「だから、なぜなんです？」

ピストルの引き金にかけた指に力がこもる。「とりあえず、あいつらにはここにはいないって言っといたわ。あっちの部屋――あの支配人室ね、あたしのなの。だからすんなり信じてたわよ。だけど言っときますけどね、まだ追われる身には変わりないし、生かすも殺すもあたしの胸三寸ですからね。ちょっと声をかければ……」目が以前の険を帯びた。「前にも言ったけど、あなたのこと嫌いじゃないわ、感じのいい人だもの。でも、もしもあなたの目当てがここのためにならなかったり、潰してやろうなんて魂胆だとわかったら……」

と、ここで一拍置く。こと忍耐にかけては生まれつきの才があるらしい。

「さてと、それじゃ話してもらいましょうか、ムッシュウ。真っ当な手段でここに来たと説明できれば、あたしとしては喜んで信じてあげる。そうでなければ、いつでもその呼び鈴を押して手下を呼ぶまでよ。それまでは……」

なんとか上体を起こそうとしたとたんに割れんばかりの頭痛に襲われ、起きることもままならない。あらためて室内を見渡せば、ひろびろした婦人向けの部屋は日本の漆《うるし》細工で黒と金に統一され、卓上の青銅ランプがほんのり光を投じている。黒いベルベットのカーテンが窓という窓をさえぎり、藤の花の室内香が重くよどんでいる。視線の行方を追った彼女が、

「ここはあたしの個室、あの支配人室の続き部屋よ。あいつらには入れっこないわ――来いと言われない限りはね。さてと、それじゃ話してもらいましょうか、ムッシュウ！」

「ずいぶん古くさいセリフだね、オーギュスタンさん」穏やかに言った。「新しい役には似合わないよ。しかも、今度の役はそんなに美人なのに」

女がぴしゃりと言う。「頼むから、お世辞を遣おうなんて思わないでよ――」

「いやいや、そんなつもりはみじんもないよ。君に取り入るつもりなら、あべこべに棚卸しをしないとね。そのほうがお気に召すんでしょう？　いやいや、そうじゃない。君の生殺与奪は、ぼくの手の内にあるんだよ」

そう言いながら、さりげないふうを装って顔色を読む。私が煙草を求めてポケットをもぞもぞと探るのを見た女は、すぐ肘先のスツールにのった蒔絵《まきえ》の小箱にそっけなくあごをしゃくっ

てみせた。

「それ、どういう意味か説明してもらえるかしら」

「破産の憂き目から救ってやろうっていうのさ。この世で、それより嬉しいことなんてないだろう?」

女のぱっちりした目もと近くまでみるみる血の色がのぼり、赤くなった。「口のきき方に気をつけてよ!」とかみつく。

「でも、その通りだろ?」さも心外そうに訊き返してやった。

「もうっ、どうして——なんで、だれもかれも——あたしがそれしか頭にないと言わんばかりに——!」癇癪《かんしゃく》の爆発寸前でからくも踏みとどまり、ふだんに戻って先を続ける。「秘密を知って驚いたでしょ、ムッシュウ。あなたがいま見ているのはね、いつもこうなりたいと願い続けてきた通りのあたしよ。でも、話をそらそうとしないでね。いまの話、どういう意味?」

私はゆっくり煙草に火をつけた。「その前にだね、マドモワゼル、ある仮定に同意してもらいたい。君はもともとこの仮面クラブの共同経営者で、今は単独オーナーだよね」

「どうしてそんな仮定が必要なの?」

「後生だよ、マドモワゼル! こいつは完全に合法なんだ、そうだろう……。さっき、ギャラン氏からあることを聞いた後で頭を一撃されてね、はずみでひらめいたんだ。さらに、あの口座に百万フランも預けてるだろ! そんな金、たかが——と言ってはなんだが、門番仕事ぐらいで手に入るわけないじゃないか?」

最後のはあてずっぽう、とっさのひらめきだ。だが、口にしたとたんにそれこそ真相だと明白にわかり、今までひらめきもしなかった自分の迂闊《うかつ》さにほぞを噛んだ。裏口をちょっと貸したぐらいで、百万フランがあっさり転がりこむなんて話がうますぎる。それぐらいわかりそうなものじゃないか、まったく！

「だからね……ギャランがあなたの寝首をかこうとしている動かぬ証拠を差し上げようっていうんだよ。もしもそうしたら、かわりにここから出してくれますか？」

「あらまあ！　じゃあ、いまだに生かすも殺すもあたしの手の内ってわけね！」と、女が得意そうに言った。

うなずいてみせると、女は手にしたリボルバーに目を落とし、はじかれたように椅子の脇に放り出した。それからすぐ横にきてソファに腰掛け、しげしげと顔を寄せてきた。私の目には彼女の接近がもたらした感情、私が彼女の目と唇に見てとったものが映っていたに違いなく、その表情は、破産うんぬんとは無縁のものだったはずだ。そうとも、相手もそれを読みとり、まんざらでもない風情だった。先ほどの険はどこへやら、わずかに息を乱して半ば閉じた目をしどけなく潤《うる》ませている。こちらは知らん顔で煙草をふかし続ける……。

「で、どんな用だったのよ?」と詰め寄られた。

「ある殺人事件の証拠をおさえにきた。それだけだよ」

「それで――おさえたの?」

「ああ」

「それで、あたしは無関係だとわかってくれたんならいいけど?」

「君はまったく無関係だよ、オーギュスタンさん。それに、このクラブを巻きこむ必要もない」

彼女は手をもみしぼった。「クラブ、クラブって！　それしか言えないの、あなたって人は?　あたしの頭の中には金もうけしかないとでも?　あのね、いい?　ここはあたしが生まれてこのかたずっと夢みてきた場所なの、どうしてだかあなたにわかる?」

女はきつい口もとをわずかにゆるめた。クッションをおもむろに数度ぽんぽんやると、私の肩越しに宙を見据え、気負った声で語りだした。

「何から何まで楽しいことずくめよ、ふたつの生活を送るっていうのはね——あくせく暮らすのと——王女様みたいに過ごすのと。両方かけ離れていればいるほど、よけいに日々が楽しくなるわ。ずっとそうやってきたの。毎日毎日がそれぞれ趣の違う、まっさらな夢みたいだった。昼間はあのガラス仕切りの中にずっとこもってね、木綿《もめん》の靴下をはいて、一スーでも節約しようと肉屋とやりあってけちけち値切るでしょ。路上の悪童どもを叱りつけ、汚れた手に入場券を渡し、薪ストーブに火をおこして煮込みキャベツをこしらえ、父さんのシャツを繕う。どれもこれも手抜きせずにやるのよ。床磨きなんかも、いそいそと精出してやったわ……」

そこでオーギュスタン嬢は肩をすくめた。「だって、夜ともなれば千倍以上のお楽しみが待ってるんだもの——この場所でね。まあ、そうやって昼が終わるでしょ、閉館して父さんを寝かしつけるわね。そしたらこっちへ戻るの。そのたびに、まるでアラビアン・ナイトの世界に足を踏み入れたみたい」

　そこで低い声がとぎれた。われとわが胸をぎゅっと抱きしめるようにして、心なしか深い息をついているふうだ、まるで麻薬で恍惚境をさまよう人のように。室内香やサテンドレスの贅沢な肌触り、深い光沢を帯びた内装を味わいつくすような表情を浮かべ――深紅のスリッパをおもむろに前後させて厚い絨毯の感触を確かめる。頭をこころもちのけぞらせ、恍惚の光をたたえた目を半ば閉じて……。

　私は煙草をもみ消し、上体を起こしかけた。

　私のその動きで、夢想はいきなり破れ、奇妙な微笑が女の唇をゆがめた。

「でも、長い間ずっとそんなふうにあれこれ想像して楽しんできたのよ――こうして現実のものになるまでは。そら、横になって。頭を楽になさいよ」

　私は音をたてずに拍手し、一礼した。再び無言の会話がかわされた。それでも、やはり訊いてしまう。「だけどこれからが山でしょう。おもてでは、ナイフを構えた用心棒どもがぼくを探してるんだから……」

「さてと、こうしてお互い気心も知れてきたことだし、そろそろ教えてくれたっていいでしょ。さっきの〝救ってやろう〟とかっての、どういうつもり?」

「いいよ、教えるよ。ふたことめには〝慎重〟とほざく腐れ野郎の鼻を明かしてやるのは本望だ。だから、今晩聞いたことをすべて、洗いざらい話してあげますよ」

「それ、まずいんじゃない?」

「まずいね。かりに君がどっちかの殺しに後ろめたいところがあるのなら……」

女は片手で私の肩をつかんで揺すぶった。「誓って言うけどね、殺しについて知ってることは——どっちの事件も、新聞で読んだ話だけよ！　ふたつの殺しにつながりがあるなんて、ゆうべそっちに教えてもらうまで知りもしなかったわ」

「だけどね、お嬢さん。ゆうべ嘘をついたのは君のほうだろ。オデット・デュシェーヌが蠟人形館を出るところを見かけたなんて言っちゃってさ」

「あれは父が居合わせたからよ。それだけよ！　お友達のバンコランさんはそれぐらいお見通しよ……。言っとくけどね、あたしはてっきりあの人が別の出入口から大通りへ出たんだとばかり」

私は天井めがけて輪っかをぷかりと吐いた。このお嬢さんはいったん壁際まで追いつめさえすれば、後はどうとでもなる。私は指摘した。

「だけど、かりにも共同経営者なら、オデットが会員じゃないことぐらい先刻承知だろ。なのに、どうしてあの通路へ出たと思った？」

「いずれはあなたも」つくづく私の顔を眺めて、ぽつりと洩らす。「バンコランさんみたいな鋭い尋問をするようになるかもね。まあ、まだまだ遠い先のことだろうけど……。でもさ、なんだって例外ってものがあるでしょ。ギャランさんが通せと言えば——すんなり入れてもらえるの。あたしのほうはあの日ずっと切符売場にいたと身の証がはっきり立ってるでしょ。なにひとつ知らないわ！　さあどう、信じるの？」

そこで危険を覚悟でいちかばちか、その晩に仕入れた情報をすべて打ち明けた。ギャランがクラブを立ち行かなくする魂胆だという言い分を信じてもらえれば、この上なく強い味方ができるわけだから。

「……そんなわけで」と話をしめくくった。「ここの支配人室に金庫があって、組み合わせ番号を知ってるんなら、ちょっと開けて確かめてみたら。やつの言葉通り、新聞社あての文書がしまってあるかどうか」

話を聞くあいだ女はずっと無言だったが、ここへきてゆうべの片意地さがふたたび顔を出し、だんだんと形相が変わってきた。

「待ってて」

女はドアを出て、外から鍵をかけていった。残された私はクッションに仰向けになる。やれやれ！　なにもかも不思議の国もかくやの大混乱だ。やつらがクラブ内を草の根分けて探し回ってるっていうのに、目当てのおれはその本丸でふかふかのクッションにのんびりおさまり、ごていねいに煙草まで手近にあるときた。できすぎだね。いやあ、ギャランが最後の悪ふざけのことをしゃべってくれたのは、なんとも幸運だったよ。これで、もしもマリー・オーギュスタンが金庫の証拠を首尾よく探し当てれば、あの女から今回の連続殺人について知る限りのことを何なりと引き出せそうだ。

彼女は五分とたたぬうちに戻ってきた。ばたんと閉めたドアを背中でふさぐように立っている。目は怒りにくすぶり、草稿を両手でつかんでいた。だしぬけに腹を決めたように、香をくべた金むくの打ち出し火鉢に行き、香の火皿をよけて原稿を放りこむ。そしてマッチをすった。黄金の火鉢にめらめらと火がつく。判読しがたい文字やこうのとりの文様をあしらった黒と金の壁を背景に、じっと炎をにらむさまは女神官をほうふつとさせた。火が燃え尽きたところでようやく目を離し、身を起こす。

「いつでもバンコランさんのところへ行って、宣誓証言してあげるわ。ギャランのやつがあのデュシェーヌって娘を刺した現場をこの目で見たって」

「で、それ、ほんとに見たの？」

「いいえ」投げやりな口調ながら、その一語に悪意がひそんでいる。おもむろに歩く姿に、またも女神官の暗い面ざしが重なった。筋肉という筋肉が怒りでこわばっているようだ。「でもね、見てきたような話を仕立てるんなら任しといて」

「わざわざするまでもないじゃないか、そんな小細工。それに――これまで用心を重ねてきたのに、これしきでいっぺんに放り出すのか？　ずっと言ってたじゃないか、お父さんに知れたらどうしようって……」

「父さんなら、とうに知ってるわよ」

私はソファから両足をおろし、あらためて彼女を見た。室内がちょっと揺れ、両目の奥で小さなハンマーがそれぞれ乱打をはじめ、頭がきりきり舞いのはてに天井さして伸びていくような心地がした。

「父さんには、ばれてるの。もう陰でこそこそするのはおしまい。なんなら他の人みたいに新聞に載せられたっていいわ。騒がれるのも――けっこう楽しいんじゃないかしらね」

「誰が教えたんだろう?」

「前から疑ってはいたみたいよ。でも、あたしにかかれば」――と、こばかにしたように親指ともう一本の指をぎゅっとくっつけて――「こんなものよ。まあとにかくギャランのやつは、どんな代償を払ってでも監獄送りにしてやるわ」

抑えた怒りが声ににじみ、もしやわけありの仲か、と、あらぬ邪推を呼ぶほどの剣幕だった。が、ひとまず余計な口をはさまずに言うだけ言わせておく。「そしたら、この奴隷暮らしともおさらばよ。旅行するの。自分の宝石を持ち、海辺のホテルを何室も占領して暮らすわ。そして――紳士たちとつきあうの、あなたみたいな人たちにちやほやお世辞を遣われて。なかには、あなたみたいにあたしの言うなりにならない人だっているわよ……。でも、その前に」物騒な笑顔になって話を戻す。「いろいろ片をつけることがあるわよね」

「ということは、知ってることを洗いざらい、すすんで警察に情報提供しようってわけ?」

「そうよ。ギャランがオデットを刺した現場を見……」

「だから、偽証なんかしなくてもいいんだってば! プレヴォーさんとぼくの証言だけで事足りるんだから。君なら、それ以上にうんと貢献できるよ」なんとか相手の目をとらえようとしながら食い下がる。「包み隠さず事実を話してくれればいいんだ」

「事実って、どんな?」

「事実とわかっていることを、洗いざらいすべて。バンコランによると、君はクローディーヌを殺した犯人を知っているそうだね」

女の目が大きく見開かれた。「じゃあ、まだ信用してないってわけ！　あたし、絶対に……」

「いや、そいつが殺人犯だとわかっていたとは限らんだろう！　バンコランがにらんだところでは、犯人はお父さんがゆうべ閉館する前に蠟人形館に入り、ずっと隠れていたんだ。おまけにそいつはクラブの会員、つまり君の顔なじみだ。だからさ、いちばんぼくたちの役に立つ方法がのみこめたかい？　ゆうべ、そういう経路で入ってきた会員の顔ぶれを教えてくれさえすればいいいんだ」

女は眉をつりあげ、のみこめないという顔で私を見つめた。やがて声を上げて笑いだし、おおげさに腰を落として座りこむと私の肩を揺すぶった。

「そ、それって」と声を張り上げる、「それって、あのバンコラン御大が……いつでも正しい、論理の大先生が――そ、そんなお間抜けをやらかしたの？　やっだー《ティアン》！　もう爆笑ものだわ」

「よしてくれよ！　どういう意味だい……お間抜けって？」

力ずくでこちらを向かせると、女は険しい目にいぜん嘲りをたたえて、私の顔をじろじろ見返してきた。

「簡単な話じゃない！　かりによ、犯人の男が会員だとしたら、ゆうべ蠟人形館から入った人じゃないわ。あたしは昨日ずっと切符売場にいたけどね、会員はだーれも通らなかったわよ。やっだー《ティアン》！　なに、その顔ったら！　あの人が言うことなら、いつでも間違いないとでも思ってたの？　そんなことならもっと早く訊いてくれれば、ちゃあんと答えてあげたのに」

その笑いもろくすっぽ耳に入らなかった。その仮定の上にこれまで論理の殿堂を築き、大小の塔を打ち建ててきたというのに。ここへきてそれが、いきなり音をたてて崩れ落ちそうな気配だった。いまの話が本当なら、そのすべてが瞬時に根底から崩れ去ってしまう。

「あのね」女は肩を振りほどいて、「どうやら、あなたたちの誰よりも、あたしのほうがよっぽどいい探偵みたいね。だから、教えてあげるわ……」

「ちょっと待てよ！　犯人は蠟人形館を通り抜ける以外に入れっこないだろう！　ドアの配置からいったって……」

またも笑われた。「あのねえ、お坊ちゃま。犯人が通らなかったとは言ってないでしょ。蠟人形館経由というのは認めてあげるわ。でもね、会員に目星をつけるのはお門違いよ。だから、ここいらでふたつ教えてあげるわね」

「というと？」

女は両手で口をおさえ、ことさら深呼吸すると、さも勝ち誇ったように顔をほてらせ、表情を読み取れないように伏し目になる。

「パリ警察が総がかりでもまだ見つけだしてはいないようね。まず……凶器の隠し場所なら知ってるわ」

「なんだって！」

「で、ふたつめ」しれっと続けた。「まず間違いないわ、犯人は女よ」

16　死人が窓を押しあける

ここまでくると、とてもじゃないが私の手には負えなくなってきた。不思議の国をさまようあの少女が出会った裁判で、法廷一同消えうせたと思ったらトランプの雨が頭上に降りそそぐ場面さながらの大混乱だ。

「あっ、そう」長い間のあと、降参して言った。「ああ、そう！……」

相手はせいぜい慇懃を装って、ぬけぬけと、「ああら、驚かせちゃった？」

「いいかげんにしてくれよ！　からかってるんだろ？」

「違うわよ」と髪をなでつけながら、「ゆうべはあの探偵さんが、せこい小細工でひとを引っかけようとしてくれたじゃない。そのあとじゃ、まっさきにあの人に話す気になんかなれないわよ。こうしてあとのお楽しみにとっといたってわけ」

「それじゃあ、手始めにまず」必死で食い下がる。「凶器を見つけたと言ったね？」

「ええ、どこにあるかなら知ってるわ。手は触れてないけど。ねえ、ところで話は違うけど──あなた、お名前はなんて？──」と、猫なで声で話をそらす。

「じらさないでくれ。名前はマールだよ。それで、いまの続きは？」

「先に教えて。警察は蠟人形館をしらみつぶしにしたんでしょ？　あの通路も、ほかも、くまなく探したのに、なんにも出てこなかったのね？」

「そう、そう、そうだよ！　勝利の美酒はさぞかしこたえられないだろうけどね――」

「でも警察の敗因はね、ムッシュウ・マール、昔ながらのやり方をおろそかにしたせいよ。凶器のナイフはずうっとあの人たちのつい鼻先にあったのに、目に入らなかったんだわ。ねえ、あなた、恐怖回廊への階段を降りてみた？」

「ああ。直後にあの死体を見つけた」

「じゃあ、階段を降りてすぐのところにある、すごい群像には気づいた？　マラーの刺殺場面よ。マラーが浴槽からはみだすようにして胸を刺され、血がどくどく出てたでしょ。それでねえ、お坊ちゃま」――手を出して、からかい半分に私の唇をなぞるふりをする――「その血のいくぶんかは本物だったってわけよ」

「つまり――？」

「つまりね」ことさら涼しい顔で、「犯人はあそこへ降りていったのね。そして、マラーの胸板に刺さったナイフを抜いた。パパがあの人形をこしらえた時ね、手に入る限りでいちばん刃渡りが長くて、切れ味がよくて、おっかない刃物を探してきたのよ。蠟のおかげで切れ味が鈍ることはないし、ほこりや錆もつかないし、抜こうと思えば簡単に抜けるわ。その女は犯行を終えると、元のようにマラーの胸板に戻しておいたのね。警察はゆうべそのナイフをずっと見ていたし、今日も何百人もの目に触れたわけだけど、だれひとり、そうと気づいた人はなかったわね」

昨夜見た地下の恐ろしい群像がおのずと思い浮かび、酸鼻なまでの写実主義に思いをはせた。そこではたと別の点に思い至り、とことん自分を罵ってやりたくなった――あのマラーのまん前だったじゃないか――なにやら、ぽたぽたとしずくの垂れる音がしたのは。あとで、死体を抱えていたサテュロスからした音だろうとこじつけたが、ほんのかけらでも分別というものがあれば、その時点で気づくべきだった。あれほど離れた場所から、しずくの音など聞きとれるわけがない。マラーだったのだ、ずっとあの音がしていたのは……。

「それで」と詰め寄る。「君は、どうやって気づいた?」

「へえ! あたし、また容疑者の仲間入り? (煙草、恵んでくれない?) 何言ってんの、気づかずにいるほうが無理ってもんよ。あのね、ムッシュウ・マール。あたしはあの蠟人形館で生まれ育ったのよ。人形のどれかのボタン一つでもはずれていようもんなら、すぐ目にとまるわ……」

「だから?」

「だから、けさがた見回りしてたら、細かい点が十ばかり目についたの。説明の表示板が押しやられて四分の一インチ左へずれてるし、誰かがシャルロット・コルデーの脇を無理やり通ったらしくて、スカートのひだがくしゃくしゃ。なによりおかしいと思ったのは――あのナイフがちゃんと柄まで人形の胸板に刺さってなくて、浴槽脇に散った血のいくらかは、絵の具じゃなかったのよ」

「手を触れた?」

女はよく動く眉をつりあげた。「とーんでもない! 警察が見つけるまでほっとくわよ。だいぶ先になりそうな感じだけどね」

「ひょっとすると、どこかに指紋があったかも……」

「ああ、かもね」と、どうでもよさそうにあしらう。そして蒔絵の小箱から煙草を出してじっと待っているので、私が火をつけてやると、ややあってまた、「マルテルさん殺しのほうはあんまり興味ないんだけど。でも、あなただって見落としようがないはずよ――犯人が女で、クラブとは無関係だという手がかりは」

「なぜ?」

「だって、犯人のお目当ては彼女が金鎖につけて首にかけていた品物でしょ」こちらをきっと睨むようにして、「そこはっきりしてるじゃない?」

「品物の見当はほぼついてるよ。銀の鍵だったと」

「あらら、見解一致ね」とつぶやく。「あのバンコラン御大と同意見だなんて嬉しいじゃないの。上出来だわ!――それでね、お坊ちゃま。なんで犯人はあんな鍵をほしがったのかしらね、クラブに入るためじゃないとしたら? そういうあなたは、今晩どうやって入ったの?」

「会員から鍵を借りた」

「借りたのは男の鍵ね。受付で確認と照合を受けたはずだもの。それでね、もしも、もしもよ、犯人が男だとしたら、マルテルさんの鍵なんかいったい何の役に立つかしら。あのバンコランって男、つくづく馬鹿じゃないかって気もしてきたわ！　……盗ったのは女よ。少なくとも、見た目がマルテルさん本人にちょっとは似ていたはずよね、だからこそ通してもらえたんだもの」

女はのけぞるようにして腕をうんと頭上に差し上げて、大胆に伸びをしてみせた。

「それじゃあ」愛想よく水を向けてやった。「君にはひねり出せるのかい、犯人がそうまでしてクラブに潜入したがった理由を……?」

「さあ、そこまではちょっと面倒見きれないわ」

「さもなきゃ、ゆうべ入口でマルテルさんの鍵を出して検問をくぐった女がいたかどうか、ぼくが調べることができたら……」

女はにべもなく一蹴した。「まさか、わざわざ出ていって、尋ねて回るつもりじゃないでしょうね」

「君ならできるだろう」

「いい、ようく聞くのよ、お坊ちゃま」ぷっと煙を吐きながら、「クローディーヌ・マルテルを殺したのが誰かなんて話、ぜんぜん興味ないわ。その件であなたを手伝うために、脇道へそれる気はこれっぽっちもないわよ。犯人が誰であれ、ギャランのはずないんだから。あなたの話を聞いたからには、いまのあたしがしたいのは、あいつの首根っこをおさえることだけ——わかってくれた?」

「一石二鳥、ということもあるよ」

女はすっと目を細めた。「どうやって?」

「ギャランは事後従犯だろう?――やつも、あのプレヴォーという女もご同様だ。女のほうは、共犯証言でやつを売ろうとしている」

女は黙りこみ、ひとしきりすぱすぱやった末にうなずいた。

「なるほどね、理屈だわ。で、今後これからの策は?」

「まずは、ぶじ外に出してもらえるかどうかだな。できますか?」

女は肩をすくめた。「ま、何とかなるでしょ。ほかの部屋をすべて探し終えるまでは、まだだいぶかかるだろうし。そのあとは……」と指で喉をかっさばくまねをして、じっと私の顔を見る。「もちろん、こっちだって息のかかった手下や会員を呼んで周囲を固め、みなの目の前で堂々とクラブを出ていけばいいのよ。いくらギャランが向こう見ずでも、そうなったら手も足も出ないわ。けちな小細工ぐらいは仕掛けてくるかもしれないけど……」

女は細めた目でまたも品定めするように私を見た。私はかぶりを振った。

「それじゃだめだ、ギャランを用心させてしまう。攻撃は仕掛けてこないだろうが、警察が来るより先に逃げ出すのはまちがいない」

女は張りつめた声で言った。「言うじゃないの、坊や! ますます気に入ったわ。じゃあ、変装して正面から堂々と出ていくだけの度胸はある? あたしもついてってあげるわ。一緒に出ればいいのよ、あたしの――恋人だってことにして」

「望むところだ。たとえ、ただのまねごとでも嬉しいね」

女はあえて聞き流し、ことさら片意地に口をへの字にした。

「危ないわよ。まかりまちがって捕まりでもしたら……」

またもやダイナマイトでお手玉するような興奮に酔いしれながら、率直に述べた。「本音を言わせてもらうとね、マドモワゼル。今夜はここで、この六年間で味わったことのないまじりっけなしの面白さを堪能したよ。冒険の一幕はぜひとも成功裡にしめくくりたい……。ところで、酒はありますか？」

「ちょっと、分別を働かせたらどう！……んもう、わかったわよ！　帽子とコートはここへ置いてくしかないわね。かわりを調達してきてあげるから。その包帯とっちゃって、帽子をうんと目深にかぶれば絆創膏は隠れるわよ。いくらなんでももう血は止まったでしょ。シャツもひどいありさまだから隠さないとね。仮面はある？」

「どこかで落とした。中庭、じゃないかな」

「顔をすっぽり隠すのを持ってくるわ。あとはこれね。あいつらのことだから、出口に陣取って、外へ出る人に向かって鍵を見せろと言うでしょうね。あなたが使った鍵のことはもう絶対ばれてるはずだし。だから別の鍵を都合してくるわよ。その間、ちょっと待っててね。化粧台脇のキャビネットにナポレオン・ブランデーがあるから、やっててよ」

　またも急いで出ていったが、こんどは鍵をかけなかった。腰を上げてみる。と、後頭部からずきんと痛みが走ってめまいとともに視界が波打ち、相変わらず足もとが雲を踏むようだ。それでも、その夜ずっと続いていた高揚感が私を支えてくれた。ソファの端にもたれているうちに床のうねりもしだいに落ち着き、ぐるぐる回る室内もなんとか焦点が合うようになってきた。そこで、さっき言われたキャビネットのほうへと歩を進めた。

くだんのブランデーは銀線編み籠入りのナポレオン・コニャック、一八一一年物だった。ゆうべ、同じ娘の所帯じみた険しい目に見張られながら、しけたブランデーをやったのを思い出すにつけても、夢の中のようなこの一部始終がおかしくてたまらない。うんと気前よくついであおると、ブランデーのぬくもりが血管のすみずみまでしみとおった。おかわりをつぎ、ふと化粧台の鏡を見る……。うわっ、なんてざまだ！　一週間ぶっ通しで無茶をやらかしたなれの果てみたいじゃないか！　すっかり血の気のうせた青い顔、ぐるぐる巻きの包帯、シャツは血みどろで見る影もなく——しかも！　上着の袖は、肘のすぐ上をあのちんぴら野郎のナイフでざっくりやられている。まったく紙一重だったのだ。私は鏡にうつる自分に乾杯してみせ、やはりなみなみとついだおかわりを一気に干した。そらっ、しゃんとしろ！　視界がちょっぴりぼやけてきたぞ。こんな気分の時のブランデーは、実にどうも妙な効き方をするもんだなあ……。

気がつけば、そんなつもりはないのに変てこなダンスのステップを踏んでいて、自分でも驚いたことにげらげら笑いだしていた。漆のパネルに金彩で描かれたこうのとりや孔雀がにわかに親しげな顔つきに見えてくる。そこここに配した青銅の香炉からくゆりたつ煙を見るうちに、こもった室内の熱気がそろそろ耐えがたくなってきた。

ほどなくマリー・オーギュスタンが入ってきた。会員のだれかから無断借用に及んだとおぼしいぷかぷかの黒いソフト帽と、ロングコートを抱えている。ひととおり身支度をすませて、あの金塗りキャビネットの前に並んで立った。あとは仮面をつけるだけだ。室内照明はすべて彼女が消し終え、キャビネットの上でパゴダをかたどった銀の飾りランプがぼうっと照らすばかりとなった……。

こうして暗くなってみると部屋の静けさがひとしお際立ち、それまで気づかなかったオーケストラの低いさざめきが、何枚もの壁をへだててそこはかとなく聞こえてくる。女が顔を上げると、深みのある象牙色が銀の灯に浮かびあがる。細く弧を描いた眉、深い紅を点じた唇……。

「それで」と、女が話していた。「ぶじ出られたとして、そのあとは?」

「蠟人形館へ。あのナイフを見ないではおさまらないよ」と言いながら、ナイフのことなんか考えてもいなかったのは意識していた。「あとは電話だね。さてと、さっきの拳銃はこっちへもらおうか」

受け渡しのはずみに互いの指先がわずかに触れたが、思い切って顔を見るどころではない。脳裏に浮かぶのは、あの馬毛のソファセットがごたごた並んだ室内、そしてその背後におぼろに浮かび上がるアラビアン・ナイトの妖しい輝きだ。女がおもむろに飾りランプの鎖に手をのばす。

「あたしね、黒なの」仮面をかぶりながら言う。「だって——恋人《いいひと》なんか、ひとりもいなかったんだもの」

仮面ののぞき穴から、一瞬、女の目が謎をかけるような光を放った。そこで灯が消えた……。

一緒に部屋を出かけたところでいったん押しとどめられ、女が先に支配人室の様子をうかがったのち、うなずいて合図を送る。あとから続いて見事なタペストリーを壁面に何枚もあしらった薄暗い部屋へ入り、連絡通路へ出るガラスドアへと向かう。私がいま手にしている銀の鍵は、(彼女の話では)ごく最近に渡米したさる会員のものだ。オーケストラの音が大きくなるにつれて、色とりどりの仮面をつけた小鬼どもが群れつどう、うつろう夢のごとき世界が再び戻ってきた。もう夜もふけ、歓楽の宴もそろそろ最高潮を迎えるころだ……。

押し寄せてきた喧騒がわれわれを包みこむ。暗い連絡通路の果てに大きなアーチ形の入口が見えた。人々のざわめきに笑い声がまじり、息もつかずに早口でまくしたて、かそけき音をたててグラスを合わせる。控えめな音がかえって場のただならぬ緊張をいや増す。たまに人声がつつぬけても、たちまち押さえこまれてしまう。はるか奥ではオーケストラがもったりと甘ったるい音楽の波を切れ目なく送り出していた。高い黒大理石のアーチに入る。なかは鏡の配置に工夫を凝らして、アーチが無限にどこまでも続くように見せかけていた。蠟人形館のほのぐらい海中めいた照明をほうふつとさせる装置だ。ただし、同じ薄明かりのたゆたう場でも、こちらは小鬼がうじゃうじゃいるわけだが。黒、緑、赤の仮面をつけた連中が、鏡の国で薄気味悪く四分五裂する。そんなのが黒ブロードや衣ずれのするドレスをまとって腕を組み、あちこち動き回るかと思えば片隅におみこしをすえ、鏡の中ではてしなく増殖する。煙草の先端をほのかに光らせながら。

かたわらで腕をからませているマリー・オーギュスタンに目をやる。彼女もやっぱりお化けの仲間入りをしていた。手近な鏡に胴体のない片腕だけが映り、布にくるんだボトルを傾ける。と、だれかの笑い声がした。そこここに設けられたアルコーヴにはローテーブルがすえてあり、ガラスの天板の下に仕込んだ照明がグラスについだワインの淡い色や、泡だつさまを照らしだす。さらには身じろぎもせず席に着く人々の微笑み、あるいは一心不乱な口もとの表情も……。

柱のひとつに白い仮面がもたれ、片手を内ポケットにつっこんでいる。もうひとりいて、通路をすべるように動いていた。鏡のいたずらで、何マイルも続くアーチをたどっているように見える。オーケストラの雷鳴はいまや耳を聾せんばかり……ヤシの葉陰で小鬼そっくりにうかがう目つきの楽師どもも、そろって白い仮面をつけていた……。

私の腕をとるマリー・オーギュスタンの手にぎゅっと力がこもる。その不安を感じてあらためて気を引きしめ、悠然と横切っていくさなかにも、背後に白い仮面の視線をひしひしと感じた。消音装置つきのピストルで背中を撃たれたらどうなる？　これだけ騒々しかったら、かすかな銃声などまず聞こえない。かりに撃たれて倒れても、酔漢の介抱よろしく目立たぬようにそっと手取り足取り連れ出されたら万事休すだ。

つとめてゆっくり歩く。心臓が大騒ぎし、さっき飲んだブランデーはどうやら頭の働きの妨げにしかならないようだ。背後から撃たれたら、ひと思いに痛みもなく死ねるだろうか？　それとも灼け鉄《がね》で刺されるような激痛だろうか？　もしも、もしも――

反対側の連絡通路に出ると喧騒が遠のき、これまでの人いきれとはうって変わって、さわやかな花々の香りがした。ラウンジへ出た。白い仮面のアパッシュ二名が相変わらずアルコーヴに陣取り、戸口を見ている。サテュロスのブロンズ像が発する赤い光がまたたくなか、二人は立ちあがった……。

私はポケットの中で、ピストルの台尻を握りしめた。

やつらがゆっくりと寄ってきた。私たちの顔をのぞきこみ、そのまま離れていく……。のんびりした歩きぶりを変えずに、ラウンジからロビーへと向かう。現実ではない、こんなことが現実であるはずがない！　両手にじっとり汗をかき、一瞬連れの足取りが乱れた。こんなところで、私に手を貸す現場をおさえられたら！　コツコツと音がする。われわれの靴音か、それとも私の心臓が鳴っているのか、その両方か……。

「ムッシュウ、お鍵をよろしいですか？」すぐ隣で低い声がした。「お帰り、ですね？」はなから覚悟の上とはいえ、いざ不吉な「お帰り、ですね？」に出くわすと、横目づかいに笑われているような気分になる。あたかも「お帰り、じゃありませんよね？」とか、「ずっといらっしゃるんでしょ？」とでも言わんばかりだ。手にした鍵を白い仮面に突き出してみせた。

「あ、さいでしたか、ダルザック様で！　恐れ入ります、ムッシュウ！」

マリー・オーギュスタンのほうは鍵をちょいと上げてみせただけで白い仮面をたじろがせた。彼女を認めた白い仮面はあたふたと外へ出る戸を開けた。ロビーの大理石の柱や重厚な青い内装、白い仮面の愛想笑いに名残の一瞥をくれる。そしてオーケストラのざわめきがふっととだえ、われわれはおもてに出ていた……。

もう精根尽き果て、しばし頭をレンガ壁にあずける。コートを吹き抜ける通路の冷気が最高に心地よかった。

「やったわね！」マリー・オーギュスタンがささやいた。

なにぶん暗くて見えないが、体をぎゅっと密着させてきたのはよくわかった。勝利の実感が全身の血管を駆け巡る。やった、ギャランに勝った！　ふたりでまんまと裏をかいてやったぞ！……「これからどこへ？」小声で訊かれた。

「蠟人形館だ。あのナイフを探さないと。そしたらバンコランに電話しよう。中央裁判所《パレ・ド・ジュスティス》でずっと連絡を待ってるから……。蠟人形館に入るには、表からじゃないとだめだよね？」

「ううん、裏口用の鍵を持ってるの。これ一本しかないんだけど。だから、ほかの人はべつの道を行くしかないわね」

と、蠟人形館の裏口へと引っぱっていく。こっちは汗びっしょりで腋の下をつたうほどだし、頭の傷がまたずきずきしている。いったんは止まった血がじくじく出てきたのだ。それでも首尾よく脱出できたと思えば、その痛みさえ喜ばしい。なにしろ名誉の負傷なのだから。

「待って。マッチはぼくがするよ」

炎がしゅっとともる。すると、いきなりマリー・オーギュスタンに腕をぎゅっとつかまれた……。

「やだ！」声がかすれる。「なによ、あれ？」

「なにって、なにが？」

指さす先で、蠟人形館の裏口が半開きになっている。

マッチが燃え尽きるまで、ふたりとも棒立ちになって裏口を見つめていた。戸が開いている。光をはじくドアノブが見え、こもった空気が洩れて顔に当たった。なにやら勘が働き、恐怖の一夜はまだこれからだぞという嫌な予感がした。ドアまでが思わせぶりに揺れ、ちょっときしんでみせる。ゆうべクローディーヌ・マルテルを襲ったやつが身をひそめていたのは、まさにこの場所だ。こうしてふたりで立っているうちに、ぱっとまがまがしい緑の光がつき、それを背にした人影が、頭から肩までくろぐろと浮き出てくるんじゃなかろうか……。

「ねえ、なかに誰かいると思う――?」女がこそっと耳打ちしてくる。

「じきにわかるよ」片手を女の背にまわすと、銃をかまえ、足でドアを蹴り開けた。闇のただなかへ足を踏み入れる。

「明かりをつけに行かなくちゃ」女がこわばった声で言う。「手を引いてあげるわ。勝手ならわかってるもの、暗がりでも同じよ。階上《うえ》の主洞窟へ……。ほら、足もとに気をつけて」

女は壁をつたおうともせずに、さっさと隠し部屋から踊り場へ出ていく。濃い闇の中でサテュロスの衣が手首をなで、蛇とまごう不気味な感触を残した。砂だらけの石の床で足がこすれて音をたてる。かびと湿気がこもり、呼吸もままならない。私は階段の途中でつまずいてしまった。かりに誰かがひそんでいようものなら、その音でたちまち察知されてしまったことだろう。

そんな闇の中で、どうやって方向の見当がつくのやら。こちらは階段を上がって主洞窟へ向かうところで、すでに右も左もわからないというのに。それでも、そこはかとない悪意をたたえた蠟人形たちの気配は、人形の髪や衣服から漂う臭いとともにすべて感じとれる。あのオーギュスタン老人の述懐がよみがえり、すぐ耳もとで言われたように耳朶《じだ》を打つ。「目の前で動き出そうもんなら、まっさきに疑うのはおのが正気のほどですよ……」

マリー・オーギュスタンが腕を放し、かちっと音をたててスイッチを押す音がした。すると緑の光が洞窟いっぱいにあふれ、そのただなかにわれわれが立っていた。血の気の失せた顔で、彼女が笑いかける。

「行きましょ」と、小声で、「恐怖回廊へ降りて、ナイフを探すんでしょ……」

再度とって返して洞窟を抜ける。こうして見た感じでは、サテュロスの抱えた死体が見つかった前夜の様子とどこも変わった点はない。壁にはさまれた階段にこすれるような足音がこだまする。どんなに覚悟を決めて近づいたところで、あのサテュロス像が今にもとびかからんばかりの迫力でぬっとあらわれる、いつだってそうだ。元通りの場所にすえ直され、背後の片隅から緑の照明があたっている。さきほど手首をなでていった衣の感触がよみがえり、思わずぞっとした……。

さて、恐怖回廊だ。色とりどりの衣裳や、薄暗がりからさしのぞく人形の表情は、なまじ暗い中で見るより数等怖い。マラーの群像のすぐそばに来たが、どういうわけか、まともに見ることができない。恐怖で、床から目が上がらないのだ。なにかにひそひそ耳打ちされているような気がした。そのささやきがハンマーのように執拗に鼓膜を打つ、絶対怖いぞ、おぞましい光景を目にするぞ、と……。私はゆっくりと目を上げた。いや、なにひとつ変化はない。鉄柵を巡らした奥に上半身裸のマラーが仰向けに横たわり、ガラスの両目がさかさまにこちらをにらんでいる。赤い帽子の小間使いは大声で戸口を固める兵らに叫びながらも、血の気をなくした刺客シャルロット・コルデーの手首をつかんで放さない。窓越しに、九月のなまっちろい太陽がさしこみ……。いや、違う！　昨日はこうじゃなかった。どこかが何となく違う。なにかが足りない……。

不自然なほどの沈黙がわだかまるなか、マリー・オーギュスタンの声が響きわたった。

「ナイフがないわ」

そうか。マラーは青みを帯びた片手をわしづかみの形にして、血まみれの胸もとに構えているのに、肝腎の凶刃が突き出ていないじゃないか。マリーが音をたてて鼻から息を吸いこむ。まさかの事態だ。蠟人形ではなく本物の殺人の真相まで、あと一歩のところだったのに。ぶきみな黄色灯まで心なしか暗く翳ったようだ……。私が鉄柵をくぐって群像に近づくと、彼女もついてきた……。

足もとで室内を模した書割の床板がきしむ。人形たちに小さな震えが走ったように見えた。ふと見れば、小間使いの布製スリッパが片方脱げかけている。鉄柵をくぐって入れば、過去の歴史のひとこまに足を踏み入れたようだ。いつしか蠟人形の群れは消えうせ、われわれは革命期の古きパリを見下ろす、くすんだ茶のペンキで塗られた部屋に立っていた。壁の地図は今にもはがれて落ちそうだし、窓辺に寄れば、枯れ蔦のからむレンガ壁のさきに、サン＝ジェルマン街の屋根が本当に見渡せそうだ。そして私たちもまた人形のように、この現場で起きた人殺しにおぞけをふるい、恐怖にかられてひたすら凍りつくばかりだった。振り向けば、小間使いは横目でこちらをうかがい、兵士たちの目はマリー・オーギュスタンをにらんでいる。

そこでいきなり、マリーのたまぎる悲鳴が上がった……。ぎぎっと音がしたかと思うと、窓のひとつがばたんと開いた。そこから顔が押しこまれ、こちらを見た。

窓枠におさまったその顔は、ふくれあがった白い眼球と瞳孔が上まぶたの下で飛び出そうになっている。唇がおぞましい笑顔のかたちに開き、やがて血潮がせりあがって口いっぱいにあふれる。ごろごろ喉を鳴らしながら痙攣する頭を横にひねると、首の脇に突きたったナイフが見えた。顔は、エティエンヌ・ギャランのものだった。

やつはすすり泣きともうめきともつかぬ声をもらし、首に刺さったナイフを抜きとると、窓から室内へ投げこんだ。

17　蠟人形館の殺人者

ここでしばし筆を擱《お》く。こうして紙上でなぞるだけでもあの光景がなまなましく浮かんで神経を揺さぶられ、当時の憔悴がよみがえるのだ。夜通しあれだけのことがあった末に、とどめがこれでは、へたをすると私より丈夫な神経の持ち主でも音を上げるだろう。クラブに潜入した十一時半からこっち、寄せる一方だった恐怖の波が、ここへきて限界に達したとしても不思議はない。以後何週間にもわたって、夜ともなればギャランの死顔が夢にあらわれ、つくりものの窓を破ってすぐ足もとに倒れるまでの凄惨な断末魔をこれでもかというほど見せつけてくれた。草木も眠る丑三つ時、ともすれば窓辺のわずかな葉のそよぎにも、階段のきしみにも、あの顔が目の前にあらわれ、そんな時はなりふり構わず灯を求めて叫んだものだ……。

なにぶんそんな事情だから、それから三十分間のできごとはよく思い出せないと申し上げても、男の風上にも置けぬ弱虫とあげつらわないでほしい。ちなみにマリー・オーギュスタンの後日談によれば、私のほうはどこまでも冷静で、落ち着きはらっていたという。当の彼女は悲鳴を上げて逃げようとしたはずみに、鉄柵に足を取られかけ、私に助けられて階上に連れていってもらった。そこで私はバンコランに電話をかけ、通話をすませると、鉄柵に蹴つまずいて床の石畳に激突でもしようものなら、どんな大けがになったことかと、いたって真顔で諭したのだという……。

そんなことを言われても、こっちはさっぱり覚えがない。はっきり覚えているのはその次の場面、馬毛のソファと卓上シェードランプのある、むさくるしい例の部屋だ。私はロッキングチェアにおさまって飲み物をもらい、やや離れた真正面にバンコランが立っていた。マリーは別の椅子にかけ、両手で目をふさいでいる。ことの一部始終をなんとか筋道立ててバンコランに伝える役目は、したがって私が買って出たとみえる。ぶつ切りになった記憶の次なる場面では、自分の口からギャランの最期のようすを説明中だったからだ。部屋は立錐《りっすい》の余地もないほど人でいっぱいで、デュラン警部のほかに憲兵が半ダース、ウールの寝巻姿のオーギュスタン老人も出てきていた。

デュラン警部はどことなく顔色がすぐれなかった。私が話し終わるとしばらく長い沈黙がつづいた。

「じゃあ、同じ犯人か——ギャランをやったのは」警部がゆっくりと言った。

ふと気づけば、またも私が話していた。はっきりした声は、普段通りといってもよかった。

「そうですよ、それですっきりするでしょう？　でも、どういうわけであそこへ降りてきたのかな。なにぶん、最後にやつを見たのは、二階の個室でごろつきどもをけしかけられたときですから。たぶん会う約束でもあって……」

デュランは下唇を噛んでしばし迷い、それから進み出ると、手を出してぼそりと、

「おい、お若いの……よかったら、握手してくれんかね」

「うむ」これはバンコランだ。「まずまず上出来だよ、ジェフ。しかも、あのナイフのことがある……いやはや諸君、われわれ一同いい面《つら》の皮だ、してやられたよ。オーギュスタンさんにはご教示のほどを感謝しないと」

と、ステッキにもたれて彼女を見る。あちらもこわばった顔を上げ、嘲りの目でまっこうから受けてたった。炎色のドレスはすっかり着崩れて見る影もない。

「ゆうべのお礼よ、ムッシュウ」冷たく言い返す。「これであなたも、この事件では、あたしの推理をのまざるを得ないわけよね」

バンコランは眉をひそめた。「何もかもとはいかないがね、マドモワゼル。いずれわかるでしょう。ところで――」

「死体を見たか?」私はただした。「凶器は蠟人形に刺さっていた刃物か?」

「ああ。それに犯人はわざわざ指紋を消してはいなかった。これで事件は終わったよ、ジェフ。君とマドモワゼルのおかげで、デュシェーヌ嬢殺害の細部も含め、すべてが明らかになった」陰鬱な顔でランプを見つめる。「エティエンヌ・ギャラン、ここに眠る《ヒーク・ヤケト》か！　積年の遺恨は未来永劫お預けになってしまったな」

「いったいどうやって、あの窓の裏に出たんだろう?　そこがわからない」

「おやおや、わかりきった話じゃないか。壁にはさまれた隠し階段があるのは知ってるだろう、隠し部屋から恐怖回廊のいろんな活人画の裏に降りる?」

「ああ。照明調節パネルに通じているあれだろう?」

バンコランがうなずく。「犯人は、あの隠し部屋かその付近でギャランを刺した。ギャランは逃げ出そうとしたさいに足を踏み外して階段を落ち、あの活人画の裏に這いこんでなんとか出口を探そうとしたに違いない。そして、マラー群像の窓で力尽きた。警察の到着前に死んでいたよ」

「その——犯人だが、クローディーヌ・マルテルを殺したのと同一人物かい?」

「ああ、間違いない。さて、そこでだ……デュラン!」

「はっ、なんでしょうか?」

「部下四名を率いてクラブへ踏みこめ。必要とあらば強行突破しろ。抵抗するようなら——」

警部の顔をこわばった笑みがかすめた。肩をそびやかし、帽子をぐいとかぶり直すや、嬉しそうに尋ねる。「そしたら、どうします?」

「催涙ガスをまず使え、それでも暴れるようなら発砲しろ。だが、そうはならんだろうな。誰も逮捕するんじゃないぞ。ギャランが今晩いつごろ、どういう用事で出ていったか調べた上で家宅捜索しろ。プレヴォー嬢がまだいたら、連行してこい」

「あのね、お願いしてもいい?」いぜんよそよそしい声でマリー・オーギュスタンが言った。

「同じやるにしても、なるべくお客様を驚かさないでくれる?」

「それはちょっと無理な注文だね、マドモワゼル。どうやったって、ある程度は驚かせてしまうでしょうな」バンコランがにこやかに応じる。「だが、お客を全員外に出してからに越したことはなかろうな、デュラン。従業員は全員押さえろ。出口に身をひそめて、プレヴォー嬢が出てきたら逃がすな。まだ十八号室にいるかもしれん。指示は以上だ。では、くれぐれも手際よくやれ」

デュランが敬礼し、憲兵四名を呼ぶ。残る二人のうち一人は玄関口に、もう一人は表通りに送り出した。しんとしたところで、私はまた椅子に沈みこんだ。いまだに時々動揺がぶり返すので静かなのはありがたい。これでひとまずけりがついたと内心で思った（甘かった！）。何もかもが好ましかった。ブリキの時計の音も、黒大理石の古い暖炉で景気よく燃える石炭も、シェードランプと使い古しのくたびれたテーブルクロスも。熱いコーヒーをすすりながら、みなの様子をうかがう。バンコランはひょろりとした長身に黒いマントをまとって黒いソフト帽をかぶり、ステッキで陰鬱に絨毯をつついている。シェードランプの灯に輝くマリー・オーギュスタンの肩。皮肉と憐憫をたたえた大きな目は裁縫籠に向いている。今はまるで実感がわかない、少なくとも私には。ショックで頭が麻痺してさっぱり働かず、喜怒哀楽もわかない。もう精根尽きはてていた。ぱちぱちはぜる火の音と、親しみ深い時計の音だけが響く……。

やがて、オーギュスタン老人に目がいった。灰色フランネルの寝巻が足もとまで垂れているのが、滑稽さを加味している。鶴のような痩せ首を伸ばして頭をつきだし、白い頬ひげが扇形に広がってふるふる揺れ動く。いつものように充血した目を心配そうにしばたたき、小柄な老体に頭だけひょこひょこさせて、大きすぎる革スリッパをぱたぱたさせて歩き回る。手には埃まみれの黒いショールを捧げ持っていた。

「そら、これを肩におかけ、マリー」とひょろひょろ声でうながす。「風邪引いちまうよ」

娘は危うく笑いかけたが、父親は大まじめだった。そのみっともない代物をそうっと肩にかけてやると、娘の笑いはひっこんだ。「ねえ――パパこそ大丈夫？」と、優しく尋ねる。「もう、ばれちゃったんでしょ？」

老人は息をのんだ。それから老いた目をとがらせて、われわれをにらみつけた。

「そりゃあたりまえだろ、マリー。おまえのことだ、何をやっても――驚きゃせんよ。わしがちゃあんと守ってやるからな。だから――このおいぼれ父さんを頼りにしておくれよ、マリー」

ぽんぽんと肩を叩いてやり、食ってかかるような目をこちらに向ける。

「そうする、パパ。ねえ、もう寝に行ったほうがよかない？」

「おまえったら、何かっちゃあ寝に追っ払おうとするんだからな、嬢や！　だがね、そうはいかんよ。ちゃあんとここにいてやるからな。そら、そら！」

バンコランがおもむろに外套を脱いだ。帽子とステッキをテーブルにのせ、椅子を引くと、片手の指先でこめかみをとんとんやりながら腰をおろした。オーギュスタン老人に向けた目に、どこかただごとでない気配がある……。

「ムッシュウ」と切り出した。「お嬢さんを目に入れても痛くないと見えますな。そうでしょう？」

けだるい話しぶりだが、オーギュスタン嬢はとたんに老人の手をきつく握った。まるで、身を挺して老父をかばおうとでもするようだった。そしてこう言い返した。

「なによ、何が言いたいの?」

「何だね、この人の言う通りじゃないか!」老人がひょろひょろ声で制し、やせさらばえた薄い胸を張った。「そんなに手をぎゅっとやらんでおくれ、マリー。腫れ上がっちまうよ。わしゃ——」

「そして、娘さんが何をしでかそうと、あくまでかばいとおすおつもりですな、それも図星でしょう?」相変わらずの口調でバンコランが続ける。

「そりゃそうですとも! で、なんでそんなことを?」

バンコランの目は自分の内側に向いているようだった。「世間の規範というものは、せめて万人が納得いくものでないとね。実情はどうだかわかりませんが。ただ、常軌を逸していることもままありますよ。今回のこれは、いったいどうとらえたものか……」

声が当惑をにじませてとぎれ、やがて額をつるりとなでた。マリーが相当の悪意をこめ、敢然と割って入る。

「何を言ってるのかさっぱりだわ、ムッシュウ。でもね、思うんだけど、こんなところにみこしをすえて〝世間の規範〟とやらをぐだぐだ言うより、当面はもっと差し迫った用があるんじゃないかしらねえ。さしあたっては人殺しを捕まえるのがお役目なんでしょ」

「まさにそうです」どこか上の空でうなずく。「人殺しを捕らえるのが——当面の職務です」ほとんど悲しげといってもいいほどだった。ブリキ時計のチクタクでさえ、心なしか鈍ったようだ。絨毯の上でもぞもぞ動く自分の靴先をつくづく見ながら、バンコランが述べた。

「事件の発端については判明しています。オデット・デュシェーヌがここへおびき出された次第も、誰のさしがねかも。窓から転落後にギャランの手で刺し殺された経緯も……。ですが、恐るべき人殺しの正体は？　マドモワゼル、クローディーヌ・マルテルとギャランを刺し殺したのはいったい誰でしょうね？」

「そんなのわかんないわよ！　あたしの知ったこっちゃないわ、あなたの仕事じゃない。もっとも、女じゃないかってことと、その根拠はマールさんに伝えておいたわよ」

「では、動機は？」

娘がいらいらと手を振る。「そんなの、はっきりしてるじゃない？　報復だっていうのを認めないつもり？」

「いや、報復ですとも」とバンコラン。「ですが、報復にしてもきわめて珍しい部類ですな。あなたがたのうち、わかる人がいるかなあ。かくいう私さえ、理解が及ぶかどうかなんだから。実に風変わりな殺人ですよ。あなたは鍵を盗んだのは女で――クローディーヌ・マルテルを殺してデュシェーヌ嬢の仇を討ったその人物は、その鍵でクラブに入ったのだと、そう言うんですね。ふうむ……」

そこでノックがあり、絶大といっていいほどの効果を及ぼした。

「お入り！」バンコランが声をかけた。「やあ……夜分にお越しいただいて恐縮です、大尉！　こちらの皆さんとは顔合わせがすんでいますね？」

堅苦しく威儀を正してはいるが、いささか青い顔でショーモンが入ってきた。みなに一礼し、私の頭の包帯にぎょっとして目をやると、口もとに驚きの色を浮かべてバンコランに向きなおる……。

「私の一存で」と、バンコラン。「君からの電話の後で、ショーモン大尉をこちらへお呼びしたんだよ、ジェフ。さだめし今日のことをお聞きになりたかろうと思ってね」

「その――お邪魔じゃないといいんですが」ショーモンは伺いをたてた。「電話のお話しぶりがずいぶん興奮しておられたので。いったい――何があったんです？」

「ま、おかけなさい、あれから進展がいろいろありましてね」相変わらず若い大尉に目もくれず、自分の靴先ばかり見ているが、声は平静そのものだ。「たとえばいいなずけのデュシェーヌ嬢が亡くなられた件では、じかに手を下したのはクローディーヌ・マルテルとギャランでした。そらそら、そんなに度を失っては……」

ずいぶんたって、ショーモンが口を開いた。「ど――度を失ってなどいません。さっぱりわからん。わけを……説明してもらえますか？」

よろめくように椅子に倒れこむと、両手でつかんだ帽子をまわし続けている。バンコランがゆっくりと慎重に、私がその晩に調べ上げたことを残らず話してきかせた。「……そういうわけでね」と、言葉を継いで、「ギャランは君こそ殺人犯だと信じこんでいたんです。その通りですかな？」

無造作にそんな質問を投げかけられ、ショーモンは茫然とした。帽子はとうに取り落とし、椅子の腕木に両手でしがみついているが、完全に取り乱していた。しどろもどろに何か言おうとし、日に焼けた顔がさらに血の気をなくす……。いきなりこんな言葉がほとばしった。

「疑っていた？　私を？　なんたることだ、こん畜生！　いいですか、そんなまねをこの私がするとでもお思いか？　こともあろうに女を、しかも背後から刺すなんて――？」

「まあまあ、おさえて」バンコランがぼそりと、「それぐらいはわかっていますよ」

そこで暖炉の石炭が音をたてて燃え崩れ、その音で私は麻痺状態からさめた。つっかかるようなショーモンの声が白刃さながらに切りこむ。コーヒーが喉を焼くのを感じた……。

「まるで、こう言わんばかりね」マリー・オーギュスタンがかみついた。「真犯人はお見通しだと。あれだけ――肝腎な点をぼろぼろ見落としておきながら」

バンコランは眉間にかすかなしわを寄せ、たしなめるように、

「とはいえ……まるっきり全部を見落としたわけじゃないのでね、マドモワゼル。いやいや、とうていそうは言えんでしょう」

今にも何かが起きそうだった。だが、どう転ぶかまでは見当もつかない。それでもバンコランの額に細い癇筋が立ち、ブリキ時計に合わせてでもいるかのように脈打つのが見えた。

「ひとつだけ、マドモワゼル。あなたの推理には難があるんですよ。マルテル嬢の鍵を盗んだのは、クラブに入るのが目的だという御説ですが」と、バンコランは思案顔で、「ふうむ、まあ――難はふたつ、かな」

娘が肩をすくめる。

「まずですな、マドモワゼル。殺人者が犯行後にクラブに入りたがった理由ですが、さきの御説ではまったく納得いく説明がない……。そして第二の点で、あなたの見当違いはもう明白ですよ」

そう言うとやおら腰を上げた。居合わせた全員が反射的に後ずさりかけたが、彼のほうは動じる気配もなく、相変わらず心ここにあらずといった表情だ。時計の時を刻む音が響きわたる……。

「私のばかさかげんについては、何なりとお好きなように、マドモワゼル。認めますとも！　今回はすんでのところで迷宮入りだった。すんでのところ、ええ、そうですとも。遅まきながらようやく今日の午後になって、すべての真実が見えてきたんです。確証はありませんがね。殺人犯はわざと手がかりになるようなものを残していき、推理の糸口をわざわざ与えてくれました。わが職業人生でも屈指の風変わりな事件と申し上げる理由は、まさにそこにあります……。

ばかだった！」バンコランの目が不意にぎらりと光り、肩をそびやかした。私は不安顔で一同をうかがった……。

ショーモンは座ったままで背を丸めていた。マリー・オーギュスタンはランプの方へ身を乗り出すようにしていた。口をへの字にし、目は光を受けて黒檀のよう。そして、オーギュスタン老人の腕にきつくしがみついて……。

「ばかだった！」バンコランがそう繰り返し、元のうつろな目に戻った。「覚えているかい、ジェフ、宝石商を探さなくては、と今日の午後に言ったことを？　で、まあそうしたわけだ。やつはそこで腕時計を修理していたよ」

「腕時計って？」

そんなことを訊くなんて、と、びっくりしたようだ。

「おいおい……通路にあったあの細いガラス片だよ、見ただろう？　レンガ壁にくっついていたやつを……」

誰もしゃべらなかった。心臓が暴れだし、息もつけない……。

「つまりだね、君、殺人犯にしてみれば避けがたいなりゆきだった。あんな狭い場所では特にな。腕をぶつけ、腕時計のクリスタルガラスを割ってしまったんだ。クローディーヌを刺したはずみで、勢い余って……。そうとも、そいつは避けがたいことだった、なぜって……」

「いったい何の話だ？」

「なぜって」バンコランが吟味するように一語ずつ言葉を発する。「マルテル大佐は片腕しか使えないんだから」

18　正々堂々たる一撃

 こともなげにバンコランが続ける。「ああ、そうとも。自分の娘をそうやって殺したんだ。それを見落とすなんてばかもいいところだよ、われながら許しがたい。クローディーヌが壁に背をつけて立っていたことも、あんな狭い場所でナイフを抜いたもんだから、犯人が手をぶつけた拍子に腕時計のクリスタルガラスを割ってしまったこともわかっていた……。わからなかったのは、なぜナイフを構えたほうの手に腕時計をしていたか、なんだ」

その声をはるか遠くに感じながら、頭の中では「自分の娘をそうやって殺したんだ」というセリフが何度も繰り返されていた。私は暖炉の炎をじっとにらんだ。その言葉はあまりに現実離れしていて信じがたく、初めはショックさえ感じなかった。かろうじて思い浮かぶのはフォーブール・サン＝ジェルマンの庭園の中、窓ガラスを雨が叩く薄暗い書斎、堂々たる口ひげと大きな禿頭のかくしゃくたるご老体が上等なブロードの服をきちんと着こなし、背筋を立てて険しい目でにらんでくるさまだった。マルテル大佐だ。

鋭い声が上がり、幻はみじんに砕けた。

「いったい何を言っているのか、自分でおわかりか？」ショーモンが詰め寄った。

バンコランは相変わらず思案を続けた。「左利きでない限り、腕時計は左手にはめるのが普通ですからね。左利きなら、右手に——書きものをし、投げ……ナイフを構えて突く利き手でないほうに必ずします。だから右利きだろうと左利きだろうと、女を刺した手にはめていたのがどうしても腑に落ちなかった。ですが、むろん片手しかない男なら……」

マルテル大佐のことを考えるだけで、なぜかバンコランの言葉に威厳がさし添うようだった。たとえ、その考えによって大佐が人殺しという見方が定まったとしてもだ。もはや支離滅裂な悪夢（クラブで狂乱のただなかにいた時のように）という感は去った。だが、ショーモンはおさまらず、決死の表情でバンコランの腕を引いた。

「私は——」声がわななく。「あくまで要求する、今の言葉になんらかの釈明なり謝罪なしではすまされませんぞ——！」

バンコランが上の空の状態からさめた。

「そうですな」とうなずく——「そう、あなたにはすべてを知る権利がおありだ。さきほど、実に風変わりな殺人だと申し上げました。風変わりというのは動機だけにとどまらない。無類に賭博好きのあのご老体は、われわれが真相にたどりつくチャンスを正々堂々と設け、実際に与えてくれていたんですよ。自分から教えようとはしませんでしたが、われわれのすぐ鼻先に手がかりを投げ出し、こちらが気づけばいつでも罪を認めるつもりでいたのです」静かに大尉の手をふりほどいて、「どうか落ち着いてください、大尉！　そんなまねはご無用に。あの方なら、とうに罪を認めたんですから」

「あの方が……なんですと？」

「つい十五分ほど前、大佐と電話で話しました。ですから、いいですか！　これから事件の全容を正確に説明しますから、落ち着いてお聞きください」

バンコランが腰をおろした。ショーモンは相変わらずにらみつけながら後ずさり、どさりと椅子にかけた。

「まったく芝居がかってるわね、ムッシュウ」マリー・オーギュスタンだ。いまだに血の気はないが、父の袖をきつく握っていた手を離し、つめにつめていた息を切れ切れに吐き出した。「なにも、そこまでする？　さっきなんか、うちのパパを犯人呼ばわりする気かと思ったわ」

毒のこもったきんきん声を聞いた父親が充血した目をきょときょとさせ、不得要領ながら舌打ちしてたしなめようとする……。

「ぼくもだ」私は言った。「さっきはあんなふうに話すもんだから、てっきり――」

「あれは、正気の父親ならばどんなふうに行動するのかと思って訊いたまでだよ。まったく！まだ信じられんよ！　だが、今日の午後――これこそ真相だとはっきりわかったのは、まさにあの時だった」

「ちょっと待てよ！」と私。「何もかもがどうかしてる。いまだにさっぱりだ。でも、今日の午後、君ときたらだしぬけに思いついたように、『父親に知れようものなら、父親に知れようものなら――』と言いだして」そのときの光景がぱっとよみがえった。「てっきり、オーギュスタンさんのことかと思ってたよ」

うなずく彼の目に薄い膜がかかったようになった。「そうだよ、ジェフ。そこからおのずとマルテル嬢のことを連想したんだ。これまた信じがたいほどひどい不肖の娘で、弁護の余地もない。まったく、あんなどら娘はこれまで見たこともないと思ったよ！　あらためて言うが、この事件ではあわや迷宮入り寸前のへまをしでかした。オーギュスタンさんなら、その気になればゆうべのうちに犯人を名指しで教えてくれることもできたわけだ、大佐が入るところを間違いなく見ていたはずなんだから。だが、私ときたら――まったく！　われながら、ばかにもほどがある。オーギュスタンさんがかばいだてしているのは、犯人があのクラブの会員だからだろうなどと、あらぬことを思ったりして！　われながら鼻持ちならないうぬぼれ（それに尽きる）のせいで、そんな見えすいた質問をして、くだくだしい説明を聞きたくなかったんだ！　まったく、警察きっての物知らずな平巡査だって、もうすこしましだっただろうよ」

　どさりと椅子に倒れこむと、痙攣するように開いたり閉じたりする片手を、あたかも失われた魔力か何かが宿っていたかのように見つめる。その目には疲労と苦痛のいろが浮かんでいた。

「凝った説明に飛びつき――単純なものを退ける――はっ、まったく！　われながら、そろそろ焼きが回ったな。それで、マドモワゼル！　これまでの私は鼻持ちならない小利口ぶりで、回りくどいやり方に終始し、結局はおのれの手でばかをさらしてしまったわけだが、ここでひとつ質問させてもらいましょうか」

　にわかに勢いを取り戻し、上体を立て直して娘を一瞥する。

「マルテル伯爵はおよそ五フィート十インチ、きわめて頑健な体格の持ち主です。大きな禿頭に砂色のりっぱな口ひげをたくわえ、射抜くような目にげじげじ眉がおおいかぶさり、いつも不自然なほど背筋を立てている。身なりは古風で、眼鏡は黒リボンでさげ、たっぷりしたボックスプリーツのマントにつば広帽をかぶっています。マントのせいで、ぱっと見には片腕がないことはわからんでしょうな……ですがそこまではっきりした特徴をもつ男性です、忘れるなんてことはないでしょうよ」

マリー・オーギュスタンの目が狭まったかと思うと、ぱっと輝いた。

「その人なら完璧に覚えてるわよ、ムッシュウ」と、あざけるように言う。「ゆうべ、その人が入場券を買ったのは――あら、どうだったかしら！――十一時を回ってしばらくたったころよ。帰るところは見てないけど、驚くようなことじゃないわね。気をつけていたわけじゃないし……。まあ、よかったじゃないの！　もっと早く教えてあげることもできたのに。でも、さっきご自分でおっしゃったように――どうもあなたはおつむが回りすぎるみたいね」

バンコランは頭を下げた。

「ともかく、今こうしてお訊きすることができた」

「ムッシュウ」ショーモンが力をこめてさえぎる。「あなたはあの方をご存じない！　あの方は――その、きわめて誇り高く、気性はこの上なく激しく、何物にも屈しない貴族で、かつては――」

「ええ、そうです。だからこそ」バンコランが沈痛に答える。「血を分けたわが娘を手にかけたのです。ことによると古代ローマにまで遡らないと、似たような動機は見当たらんでしょうなあ。百人隊長ウィルギニウスは、奴隷の身に落とされる辱《はずかし》めよりはと娘を刺し殺し、大ブルータスは謀反《むほん》を働いた息子を自らの手で刑場送りにしました……ぞっとする狂気をはらんだ忌むべき話です。正気の父親なら、断じてそんなことはしません。古代ローマの父たち、古代スパルタの母たちのそうした逸話を、私はずっと純然たる作り話と考えてきました。ですが、今回の事件は……。恐れ入りますがマドモワゼル、そちらのランプをちょっと暗くしてもらえますか。目に痛くて……」

娘が催眠術にかかったようにおとなしく立ち、新聞紙を開いてランプにばさりとかぶせた。部屋が薄暗くなり、洩れた光が風変わりなまだら文様をほうぼうに投げる。白くこわばった顔がバンコランの椅子をとりまき、暖炉がものうくはぜた。

「……そして、まさに神の摂理により」バンコランがいきなり声を張り上げた。「大佐はわが娘に適用した規範によって、自らも裁かれようとしているわけです！

マルテル一家をご存じですな、大尉。ジェフもすでに会っています。孤独な男と耳の不自由な妻が自負と体面の鎧をまとい、引きこもって暮らしています。二人の住まいは大きな暗い屋敷、第二帝政華やかなりし時代を知り、他に気晴らしとてない老人連中を除けば来客もまれです。まったく、賭事師がドミノとはね！

ふたりは娘をもうけましたが、娘は成長するにしたがい、この一切を忌み嫌うようになりました。世代がかけ離れていたのです。あの息苦しいダイニングルームを、格式ばった食事を、堅苦しいパーティを、生ける屍《しかばね》めいた日々すべてを、彼女は毛嫌いしてやみませんでした。

父の少年時代にナポレオン三世とディズレーリがあの芝生でお茶をともにした、などという逸話では飽き足らなかった。スキャンダルなど、どんな些事であれ一族とは無縁だ、などと言われるのは我慢ができなかった。娘はシャトー・ド・マドリッドで踊り明かして男をひっかけ、しらじら明けの朝をブローニュの森で迎えたかった。配管工の悪夢かと思うようなバーで珍妙なカクテルを飲み、自動車を思いきりかっ飛ばしてドライブし、恋人をとっかえひっかえし、自分だけのフラットがほしかったのです。そして――両親の目が届かないのはわかっていました。いったん家を出てしまえば、外でどれだけ好き放題をやらかしても、絶対にわかりません」

そこでいったん言葉を切り、オーギュスタン嬢のほうへそれとなく思わせぶりな目を向けて、笑みを押し殺すふうで肩をすくめる。

「まあね――わからなくもないですよ、でしょう？　あの娘はたまたま手近にあった目新しいものに見境なく飛びついたわけだ。両親は小遣いをけちるほうではなかったし、家へ連れてくるのでなければ友人関係に目を光らせることもなかった。だから二重生活を余儀なくされ、まばゆい外界と暗いわが家のありさまを見比べるにつけ、しだいに不平不満をつのらせた。以前はただ家が嫌いという本音を抑えていただけでしたが、やがて、両親の世界に属するすべてを憎むようになりました。そうやって憤懣をためこんでいった。両親は何を言おうと蛙の面に水、ひたすら古風でまとも、目障りで癇に障るったらない。だから憎んだのです。

彼女には、同じ考えを持つプレヴォー嬢という友人がいました。というか、そもそもその考えを彼女に吹きこんだのはマルテル嬢です。そうやって二人つるんで、共通な別の友人デュシェーヌ嬢に対抗していました。昔ながらのしつけに則り、あるべきお手本のように成長した娘です……」

ここで軽く手を振ってみせる。

「悲劇にいたるまでの事情については、さらに立ち入って話すまでもありますまい。ショーモン大尉のために、これだけ申し上げておきましょう。オデット・デュシェーヌはこの場所へおびき出され——手口はこの際どうでもよろしい！——死んだのです。ですが、マルテル大佐は！　ああ、このほうはまるで事情が違いますな。娘がしでかしたこと、現に手を染めている悪行のかずかずをどうやって知ったか？　……申し上げましょう。大佐本人からじかに伺った通りを。

娘の放蕩三昧は、エティエンヌ・ギャランには恰好の脅迫ネタでした。ギャランは話のたねに事欠かなくなるまで待ちました。そのほうが、家族が口止め料をぽんと出してくれますからね。その上で、父親のところへ出向いたというわけです。

むろん、これはすべてオデット・デュシェーヌ事件のしばらく前に起きたことで——クローディーヌ・マルテルが友達を陥れてやれと思いつく前の話ですよ。目に見えるようですな、ギャランがマルテル大佐の書斎に腰をおろし、あの口ぶりでさも非難がましく、事実のあれこれを伝えるさまが……。

で、どうなったか？　どんなどす黒い恐怖が屋敷の主人をわしづかみにしたか？　何年もの間、過去の亡霊だけを相手に、あの場所に座ってきた男です。思い出すのは、たとえわずかでも婦人の名が汚されたら決闘がおこなわれた時代のこと。目はずらりと並んだ書物を見わたし、足の下に代々受け継がれた屋敷をしっかりと踏まえて、目の前の赤鼻の客が話していることをなんとか理解しようとした。さっぱりわからなかった。この娘ときたら……。

頭の中は――ただもう真っ白でした。大佐はギャランをおもてへ放り出させたでしょうか？あの気取った面をいやというほど殴りつけ、赤鼻から血をそっくり叩き出してくれようと思ったでしょうか？　全世界ががらがらと音をたてて崩れ落ちたでしょうか？　私にはそうは思えません。いえ、おそらくいささか青ざめ、ぎこちない動きではあったにせよ、ただ立って執事を呼び、ギャランを玄関まで送らせたはずです。その後はひとり机に向かい、柱時計が夜もすがら時を刻むのを聞きながら辛抱強くドミノの家を建てていた。目に見えるようですよ。

信じがたい話でした。しかし、彼の頭の中でそれは、蚊の羽音のようにブンブン鳴りつづけます。いくら追っても、なんでもないと自分に言い聞かせても、常軌を逸したその羽音はいつまでもしつこく耳にこだまします。多くの時間を孤独に過ごしてきた男にとって、そうした思念は危険で、破滅的でさえありました。またしても過去の亡霊どもが四方八方をとりまいて、マルテル家代々の事績を思い出させます。妻にさえ話せない、だれにも打ち明けられない――まして、当のクローディーヌには。

いや、殺人まではまだ考えていませんでしたよ！　しかし秋になり、枯葉散るあの陰気くさい庭を散歩中に、金の握りのステッキでこれでもかと地面を貫き通してはいたでしょう。あの不愉快な羽音も耳の中で鳴りつづけていました……。そしてどうなったか?」

そこで暖炉にくべた石炭がぴしりと音をたてて割れ、私は驚いて飛び上がりそうになった。

バンコランが椅子の腕木をきつく握りしめる。

「まったく私ときたら、とうに気づいているべきだった! クローディーヌ・マルテルはオデット・デュシェーヌを陥れようと画策を始めていた。あとのなりゆきは判明した通りです。オデットは足をとられて窓から転落し、ギャランに刺し殺されました。ですがクローディーヌ・マルテルは、落下のために頭が割れ――おそらくその通りでしょう――そのせいで友達が死んでしまったと思いこみました。自分のせいだと知っていたのです。

けちな悪徳に満ちたあの娘の世界は一変してしまいました。快楽こそ人生究極の目的、いいかなるお楽しみも見逃すことのできない、陽気で皮肉屋の女冒険家の面影はもうどこにもありません。その晩は恐怖ですくみあがり、しっぽを巻いてすごすごと帰宅しました。すごすご――年端のゆかぬ子供みたいにね。

月明かりを頼りに、這うように大階段を上がりながらも、頭の中は警察のことでいっぱいです。帽子に徽章《きしょう》をつけ、ごつい手をした大男どもが追っかけてくる。彼女はこれまで家庭内の神々に反抗してきた。自分が憎む存在に対して、子供じみた金切り声を上げてきた。そしてそのせいで、何の罪もない娘の死を招いてしまった。あの娘はこれまで誰にも指一本あげたことがなかったのに。月の光で、オデット・デュシェーヌの顔を見ていたのでしょうか? それはわかりません。ですが、母親は目を覚ましました。娘の部屋へ来ると、どうしたの、と不器用なやり方でなだめようとしました。

で、どうしたか？　誰にも話すわけにはいかなかった。ですが、慰めなしではいられず、この恐怖のたけを口に出さなくてはもう耐え切れない。さもなくば狂ってしまう。それで、闇にまぎれて抑えた声で話しだした。母親の腕に抱かれて……耳の聞こえない女に向かってね！　母親の耳にその告白が届かないのは承知の上ですが、抱きしめてもらって胸の内を洗いざらい吐き出せば、気休めにはなります。一切のできごとがどっとよみがえり、赤ん坊のように優しく叩いてあやしてもらいながら、母親に向けて話していたわけですよ。相手は何も聞こえないのに！

しかし、娘のヒステリーはもうひとりの人間を呼び寄せていました。父親はいまだに事態を把握しかね、頭の中では例の常軌を逸した羽音にいぜん悩まされながら、一切を洩れ聞いたのです」

ショーモンのうめき声が静かな部屋を震わせたが、誰ひとり目を向ける者はなく、その胸中を察するよしもなかった。だれもかれも、月明かりに立ちつくす老人の姿で頭がいっぱいだった……。

「それまでずっと書斎に腰をおろして、辛抱強くドミノを積み上げながら、時計に耳をすましていたのでしょうか？　古い書物を手に、年代物のワインをちびちびやりながら読書でもしていたのでしょうか――たとえクローディーヌのようにいかがわしい子でも、マルテル家の者に疑念をはさむべきでないと知りつつ、脳内に響く羽音を聞いていたのでしょうか？　疑念ぐらいなら、前にも抱いたことはあったでしょう。それが今や確信に変わった。クラブの事件を聞かされ、娘が醜聞で家名に泥を塗ったばかりか、人畜無害なよその娘を死に至らしめたのだと知った。わが娘は、遣り手婆や娼館の女将ふぜいと変わらない。心のひん曲がった腐りきった女になりはててしまったと悟ったのです。

後のことは言わずもがなですな。マルテル大佐は自供書を提出すると申し出ました。それでも――確たる計画あって――娘を手にかけたとは考えておりません。一時の衝動にかられて娘の部屋に入り、月明かりでベッドの上の娘を絞め殺したっておかしくありませんでした。ですが、冷たい怒りが大佐の全身を縛っていたのです。おそらくは、そうして夜明けまで窓をにらんで座っていたのでしょう。

あくる晩……大佐は電話のやりとりを聞きつけました。それでこの女ども、わが娘とジーナ・プレヴォーがあのクラブでまた落ち合うことを知ったのです。二人とも情報がほしくてたまらなかった。ギャランがあの死体をどう処理したか、ぜひにも知っておきたい、わが身の安全を見極めずにはいられなかったのです。それで、きっかり九時半に、大佐はあの大きなマントを羽織って金の握りのステッキを持ち、この四十年の習慣通りに出かけました――古い友人の家へトランプをしに行くふりをして。ですが、今回の行き先はそこではなかった。

蠟人形館にあらわれるまでのおよそ二時間をどうやってつぶしたかは、永遠にわからんでしょうな。おおかた、あてどなく歩き回り、歩けば歩くほど不快感をつのらせたのではないでしょうか。あのクラブに入口が二つあるのはわかっていました――だいぶ前にギャランから聞いていたので――ですが、娘が大通り側と蠟人形館経由のどっちをとるかはわからなかった。たぶん、いざ共犯の娘と一緒にいるところへあらわれて娘と対決しても、すべてお見通しだと啖呵を切る以外の意図はなかったかもしれない。ほかに腹づもりがあったかどうか、明言はいたしかねます――大佐は凶器を持ってはおられなかったのでね。

じきにサン゠タポリーヌ界隈が目に入りました。けばけばしい周辺の雰囲気、猥雑な音楽が耳を打ち、はしなくも娘が満喫してきた世界のありさまが生まれて初めて目に飛びこんできたというわけです。ご老体にこれほど酷い一撃はありません。そして蠟人形館へ入ってみれば――あの場所の狂気にすっかり取りつかれてしまった。黄昏じみた照明、フランスの偉人の最期、蠟人形たちに四方を囲まれて……。

わかりますか！」バンコランが大声をあげ、こぶしをかためて椅子の腕木を叩いた。「ムッシュウ・オーギュスタンの言われた通り、蠟人形は想像力に魔法をかける。幻想の世界ですよ。それは見るものの本性に従い、恐怖、喜び、崇高さでわれわれを虜《とりこ》にする。しかも常日頃から自分だけの黄昏の世界に暮らしていたご老体は、他の誰よりも強く影響されてしまった。過去の声を耳にしてきた彼はいま、過去そのものを目にしていた。おそらくはあの恐怖回廊へ降りていったことでしょう。他に人気はなく、あの場にひとり立ち尽くす大佐が目に見えるようです。あの人にとって――そこは恐怖回廊でもなんでもなかった。

大佐が目にしたのは、観念的な理想ゆえに殺し、殺される人々です。そこでは残忍さや狂気がある種恐ろしいまでの威厳を身にまとっていました。ギロチンの下の籠に落ちる生首をにこりともせずに見届ける革命家たち。スペインの異端審問官が神の栄光という大義のもとに、慈悲のかけらもなく背教者どもを火刑に処している。シャルロット・コルデーはマラーを暗殺し、ジャンヌ・ダルクが火刑に赴く。それもこれも大義のため、けっして枉《ま》げてはならない恐るべき掟のためではなかったか？　これが彼が目にしたものです、あの部屋を訪れた見物人たちの中で、彼だけがそれを見たのです。

こうしていると、緑の光の中で、黒マントに身をつつみ、帽子を脱いだ大佐が背筋をのばして立つ姿が見えるようですな。いまや、信奉するものすべての重みが双肩にのしかかっている。わが娘がどういう人間か、何をしでかしたかに思いを致す。蠟人形館は無人だ。大佐は知らなかったが、もうしばらくしたら照明がすべて落ちる。じきに下世話な不見転《みずてん》のふしだら娘（というのが父親の評でした）がやってくるはず。ドラムロールがこだまし、墓からよみがえった過去の偉人たちが足並みそろえて行進してくる。

すべては神の御心のままに！　大佐は悠然と出ていきます。帽子は脱いだまま、出しなにあのナイフをマラーの胸板から抜き取って」

19　青酸にカードを一枚

バンコランはしばし黙りこくって足もとの絨毯に見入った。口を開く者はない。みな、一様に痛いほど感じとっていた。狂気にとらわれた頑健な老人が、金の握りのステッキをついてその場にたたずむ気配を。引きしまったあごの輪郭、揺るぎない目がまざまざと見てとれた。

「おかしいだろうか」バンコランがそっと問いかけた。「大佐がこの象徴的行為を続けたとしたら？　つまり、娘を刺し殺したあと、あの——サテュロスに抱かせたのは、そうすることで娘をある種の生贄に捧げたわけだ。あの階段を降りがけにサテュロスを目にしていたし、仕掛け壁があって隠し戸から通路に出られることも知っていた。照明が落ちていても計画実行の妨げにはならなかった。で、何があったかはご存じの通り。これも運命か、オーギュスタンさんが再び照明をつけたとき、大佐の娘は通路にいた。娘を目にするなり大佐はずぶりとやり、折しもそこへプレヴォー嬢が大通り側のドアを開けた。そうとも、その間の事情はみんな知っているだろう。

だが、大佐が娘の鍵を探した理由はわかったかな？　マルテルの家名を守るためだよ！　信奉する〝盲目の神々〟へわが娘を捧げることもできた。サテュロスの腕に預けて、あまねく世間に知らしめることもできた。うらぶれた蠟人形館に放置されるのは、あの娘の末路にふさわしい。だが、復讐の内情は盲目の神々との間だけにとどめなければならない。亡霊たちの仇を討ったが、断じてその理由を世間に悟らせてはならない。それは彼だけの秘密だ。あの銀の鍵が見つかろうものなら、そこから足がついてしまう。そうなれば、マルテル家の子女ともあろうものが、ふしだらな不見転《みずてん》だったという話がいやでも知れ渡ってしまう……」

バンコランは陰鬱な笑みをもらした。片手で軽く目をぬぐうと、それまでのゆるぎない声に一抹の当惑がまじった。

「説明しろって？　今まで話したいきさつ以上はする気はないよ。ギャランを殺したのは、ただやつが娘の素行を洩らし、その評判に泥を塗りかねない唯一の人間だと思ったからだ。そこで――ここは電話で本人から聞いた話を再び引用しておこう――ギャランに手紙を送ったそうだ。時間を決めて会いたい、娘の名誉を守るために金を払うつもりだとも伝えてやった。そしてあの通路で会う約束をとりつけ、その後（彼の話では）ギャランがクラブ内の支配人室に案内して金の受け渡しをすませる予定だった。ギャランは抜け目がなく慎重なやつだ、アパッシュどもにジェフの行方を追わせていたあの最中にさえ、面会の約束はちゃんと覚えていた。警察のイヌのことはあったが、ひとまず抜け出してこの男に会いに行かねばならなかった……。

マルテル大佐は再びあの蠟人形館に隠れ、またしてもあの大通り側のドアから出ていった。君とオーギュスタンさんが出てくる直前のことだ、ジェフ。そして逃げた。二つの犯罪の報復をおこなったのは、同じナイフだったんだよ」

ショーモンがしわがれ声で言った。「信じますよ。信じないわけにはいかない。でも、電話であなたにそんな話をするとは！――すべてをやりおおせたところでわざわざ自白した、とおっしゃりたいんですか？」

「私の考えでは、そこがこの犯罪のもっとも常軌を逸したところでね」バンコランは目の上にかざしていた手をさっと下ろすと、私に向きなおった。「ジェフ、気づいていたかい？　今日の午後に、あの屋敷へ一緒に出向いたとき、大佐が終始一貫して公平なチャンスをわざと――いかにも賭事師らしく――差し出していたのを？」

「前にもそう言ったね」ぼそぼそと答えた。「いや、ちっとも」

「うむ。実におみごとだったよ！　大佐は舞台を完璧に調えて、われわれを待ち受けていたんだ。そら、思い出してみろ……不自然なほどすまして、動こうともしなかっただろう？　あいさつしたとき、いかにもなポーカーフェイスをつくっていたじゃないか？　それに、何をしていたか思い出してみろよ？　座って、手の中で何かをひねくりまわしていたじゃないか、われわれのすぐ目の前で――何だった？」

私は思い出そうとした。ランプの灯、雨、凍るような大佐のまなざし、そして手には……。

「そういえば、何だか青い紙切れみたいなものを」

「そうとも、ここの蠟人形館の入場券だよ」

眉間にがーんと一撃食らったようだった。あの青い券か！　あのガラス仕切りの切符売場に座ったオーギュスタン嬢を思い起こして以来、ずっと頭にあったことなのに……。

「そうとも、すぐ目の前でね」バンコランが慎重に説明する。「わざと見せつけていたんだ、この蠟人形館へ来たことがあるという証拠をね。ここでもまた、自分自身の掟に従って動いていたわけだ。口に出しては言わなかった。しかし、そこらの殺し屋のように、殺したらさっさと逃げ出すようなまねはしちゃいかんと掟は告げていた。だから、警察にも十分な証拠を示すつもりだった。もしも連中の目が揃いも揃って節穴なら——それ以上の義理はない。前にも言ったし、もう一度言うが、私の経歴の上でもとびきり風変わりな殺人者だよ。だが、それだけじゃない、他にも二つほどやっている」

「で、そいつは？」

「こう言ったじゃないか。この四十年というもの、友人の屋敷へ毎週トランプをしに行く習慣なんだ、殺人のあった晩にもそうしていたと。こちらとしてはその裏を取るだけでよかったし、そうしていれば嘘がたちどころにばれ、完璧な決め手となるはずだった。大佐が欠席すれば、友人が気づかないはずはないからな。だが、血の巡りの悪い私はそのときは考えもしなかった！　仕上げに、大佐はとりわけ巧妙きわまるほのめかしをしてみせた。警察があの通路で腕時計のガラス片を見つけたはずと踏んでいたんだな。何をしたか、思い出したかい？」

「なんだよ？　さっさと話してくれよ！」

「そら、自分で思い出してみろ。ではこれで、とわれわれが辞去する間際だよ。何があった？」

「ええと……大時計が鳴りだして……」

「そうとも、そこで大佐は自分の手もとにちらりと目をやったが、腕時計などつけていなかった。それからその事実を強調するためにことさら眉をひそめ、顔を上げて大時計を見た。ジェフ、これ以上わかりやすいパントマイムはないよ。習慣――腕時計を見るのが癖なんだ。それがないと気づき、自然の流れで大時計に目をやるという寸法だよ」

まったく、あらためてこうして振り返ると、あっけないほど簡単な話だった。周到に仕組まれた大佐の答えを思いおこせば、いずれも過不足なく計算されていた。大佐はそもそもの始めから、この件を賭けの大勝負ととらえて最後まで演じきったのだ……。

「途中で何度か」バンコランが続ける。「大佐はくじけそうになった。妻の感情の堰《せき》が一気に崩れたときだよ。娘の母親からあんなことを言われ、じっと聞いているのは超人的といってもいい自制心を要したはずだ……しかも、その娘をわが手で刺し殺したとあってはね。だからいささか唐突ではあっても、われわれには早々にお引取りいただくしかなかったんだ。いかに大佐でも、堪えきれる限界にきていたんでね」

「でも、これからどうするつもりです?」ショーモンが食い下がった。「あなたは何をしたんですか?」

「今夜こちらへ来る前に」バンコランがおもむろに答える。「報告をひと通り聞いたあとでマルテル大佐に電話しました。真相をつかんだと伝え、手持ちの証拠を教え、空白部分を埋めていただきたいとお願いしたんですよ」

「それで?」

「お褒めにあずかりましたよ」

「ちょっと、限度ってもんはないの？」マリー・オーギュスタンがかみついた。「お芝居がかったまねはもうたくさんよ、ムッシュウ。お貴族様だってさ、はっ、ばかみたい！　人殺しじゃないの。そいつがしでかしたのは、これまで聞いたどの事件にも負けない冷酷残忍な人殺しよ。それなのに、自分が何をしたかわかってんの？　逃げる機会をみすみすくれてやったようなもんじゃないの」

「いえ」バンコランは落ち着いたものだ。「ですが、これからそうするつもりですよ」

「なんですって、まさか――」

バンコランが腰を上げた。その顔には思案のいろと恐ろしい笑みが浮かんでいた。

「そう、そのまさかです。この賭博師の紳士にかつて誰にも課したことのない過酷な試練を与えるつもりですよ。ことによると、そのせいで職を追われるかもしれませんがね。ですが、さきほど申したように大佐自身の規範に則って裁きをつけるつもりです。マルテル家の規範で裁いてやろうというんですよ……マドモワゼル、おたくの電話には延長コードがついていますか？　ここまで引いてきて、このテーブルに載せられますか？」

「なんのことやら、わけがわからないわ」

「いいから答えてください！　できますか？」

娘は唇をぎゅっと嚙んでぎくしゃくと腰を上げ、奥のカーテンのかかった戸口に消えた。やがて乱暴に長いコードを引っ張りながら電話を持って戻ってくると、本体をランプ脇のテーブルに載せた。

「もしよろしければ」と、ことさら他人行儀に、「あたしたち風情にもわかるように説明してくださると、ありがたいんですけど。どうして別室においでになれないのかしら――」

「お手数かけました。この場の皆さんに聞いていていてほしかったのでね。ジェフ、席を替わってもらってもいいかな？」

いったい何をもくろんでるんだ？　席を立って後方にしりぞいたが、バンコランは一同にもっとテーブルに寄れと身振りで伝え、ランプシェードにかかった新聞紙を取りのけた。とたんに、みなの顔がぱっと灯に照らされる。ショーモンは膝を乗り出し、両手をだらりとさげてひたすら目を凝らしていた。マリー・オーギュスタンは蠟人形そこのけに青白く固まっている。父親は支離滅裂なことをつぶやきながら、充血した目の奥でなにやら夢想中だ。

「もしもし《アロー》！」バンコランが受話器を構え、椅子に背を預ける。「もしもし《アロー》！　廃兵院《アンヴァリッド》一二八五番を頼む……」

なかば閉じた目を暖炉にすえ、片足をリズミカルにぶらぶらさせている。おもての通りでは車がサン＝タポリーヌ街を猛スピードで通り過ぎた。とギアが悲鳴をあげる音がして、別の車が横滑りし、罰あたりな罵声がとんだ。こもった室内で、その騒ぎはひときわけたたましく、厚いカーテン越しにヒステリーの発作じみて響いた。

「それ――それはマルテル家の番号じゃないか」ショーモンが言う。

「もしもし《アロー》！　廃兵院《アンヴァリッド》一二八五番ですか？　どうも。大佐にお取り次ぎ願いたいんですが……」

またもや間があき、オーギュスタン老人は寝巻きの袖口で鼻をこすりながら、ことさらぐすぐすいわせた。

「今頃は書斎で待機しているはずですよ」バンコランが考えを口に出す。「電話するから待っているようにと伝えておいたのでね……。もしもし？　マルテル大佐ですか？……バンコランです」

受話器を耳から離すと、しんとした中で電話の声がはっきり聞こえる。その声音には、どこかしら幽鬼じみたこの世ならぬ薄気味悪さがあった。かぼそいキイキイ声といっていいほどなのに、いやに落ち着きはらっている。

「ええ、ムッシュウ！」声がそう言った。「お電話をお待ちしていましたよ」

「さきほどお話しした通りの事情でして……」

「はい、それで？」

「あなたの逮捕をどうあっても命じないわけには参りません」

「それはそうでしょう、ムッシュウ！」機械じみた無表情な声が耳に障る。

「申し上げましたように、裁判になればスキャンダルは避けられませんぞ。ご家門の名も、娘さんや奥方のお名前も泥にまみれ、嘲笑の的になります。満員の法廷で、ご自分の行動や決断に至った次第をみずから述べ、カメラのフラッシュが盛大にたかれ、工員どもがソーセージをぱくつきながら、あれやこれやと取り沙汰のたねにされ……」

と、なおも周到な物言いをしていると、あの耳障りな声がさえぎった。

「それで、なんだとおっしゃる、ムッシュウ？」

「お手近に何か毒をお持ちかどうかお尋ねしました。そうしたら青酸カリをお持ちだと言われましたな。あれは即効性で苦痛もない毒です、ムッシュウ。それに、こうもおっしゃった――」

　そこで受話器を上げると、冷たい声がよりはっきり聞こえた。

「そして、こちらも繰り返し申し上げましょう、ムッシュウ」マルテル大佐がぴしりと言った。

「自らの罪の代価はいさぎよく払うつもりです。ギロチンなど恐れてはおりません」

「そういうことをお尋ねしているのではありません、大佐」バンコランが穏やかに応じる。

「もしもですよ、即座にそれをあおって楽におなりなさい、と、私が申し上げたらどうなさいますか……？」

　マリー・オーギュスタンが前へ踏み出したが、バンコランは口もとに断乎《だんこ》たる表情を浮かべて振り向いた。そうして彼女が引き下がると、また静かな口調に戻って通話を続ける。

「スポーツマンシップに則ってこられたあなただ、そうなさる権利があります――思い切って五分五分のチャンスに賭けてみる気がおありでしたら」

「どういうことですかな、それは」

「その青酸カリをあおれば、大佐、それで罪をあがなったことにしましょう。私なら、すべてを丸く収めることができます。あなたのお嬢さんとあのクラブのつながり、過去にしでかした不行跡の数々、あなたご自身のとられた行動――早い話がこの件にまつわる一切合財は――闇から闇へと葬られることになるでしょう。誓って、この言葉に嘘はありません」

電話線にへだてられた数マイル先からでも、ひっと息を呑むのが伝わってきた。大きな椅子におさまった老人が、鍛えあげた体をこわばらせる気配も手に取るようにわかる。

「い――いったい、なにを」声がかすれてきた。

「名門のお血筋はあなたで絶えます、大佐。それでもご一門の皆さんにとって、その名は依然栄誉につつまれたままでいることでしょう。誰ひとり傷つけることはありません！　私が警察を代表して、正義は守られたと言えば――名は遺せるわけですよ、大佐、あなたのお名前は」――冷静な口調が、ここで鋭いナイフのように尖った――「どんな攻撃にも汚されることなく、孤高を保っていられます……さもなければ、あなたは世間の笑い物だ。町の商店主どもは舌なめずりしてお嬢さんの不行跡を……」

「まったく、なんてことを」ショーモンがささやくように言うと身を乗り出した。「いたぶるのはやめろ！」

「……お嬢さんの不行跡を、娼婦役と遣り手婆の両方をひとりで演じたあさましさを面白おかしく話すでしょう……。そうした憂き目から救ってあげることができるんですよ、大佐。あなたさえ、ひと勝負打つ気がおありならね！」

先方が黙りこみ、やがて、しいて押し出すように、

「まだ、おっしゃることがいまひとつ……」

「そうですか、それじゃご説明しましょう。手近にあの青酸カリをお持ちですね？」

蚊の鳴くような声で、「机にしまってあります、小さい壜ですから。この何ヵ月か、折に触

れてずっと考えてきたもので……」

「じゃあ出してください、大佐。そうです、言われたとおりにしてください！　たった今、机の上に出して目の前に置いてください。苦しみもなく、名誉を保って最期を迎える道がそれです。しばし、とくとご覧なさい」

しばしの猶予があり、バンコランの足がさらにせわしなく揺れだした。こわばった笑みはさらに大きく、目には不穏にくすぶるものがある。

「いいですかな？　ほんの一瞬でこの世とおさらばです。娘の死を嘆くあまり父が後を追ったという名目で、ご家門の皆さんにも汚名をきせずにすむ。それで、と――トランプが一組ありますか？……いやいや、冗談などではありませんよ！……ある？　それはけっこう。では、これからこちらの条件を申し上げましょう……。

適当に札を二枚引いてください。最初の札が私の分、もう一枚があなたのです。そこにはあなたしかいませんね。どんな札を引いたかは誰にもわかりません――ですが、この電話でそれぞれの札を教えていただきたい……」

ショーモンがあえぐような声を洩らした。いまの話にひそんだそら恐ろしいまでの含みが、にわかに私にも呑みこめてくる。

バンコランは淡々と続けた。「私のかわりに引いた札があなたのより強ければ、青酸カリをしまって鍵をかけ、警察の到着をお待ちなさい。あとは――恐ろしい裁きの場をへたあげくに、汚名と醜聞にまみれてギロチン行きですな。ですが、もしもあなたの札のほうが強ければ、そこの青酸カリをお飲みなさい。誓って申し上げた通り、これにて本件の一切は他言無用にはからいます……。以前はひとかどの勝負師でいらしたあなただ、大佐。この勝負、乗りますか？……繰り返しますが、あくまであなたの言葉を信じますよ。実際に引いた札については、この世で誰ひとり知るすべはありません」

答えはしばらくなかった。バンコランが手にしたなんでもないニッケルめっきの受話器がおぞましいものに思えてくる。薄暗い書斎にあの老人がおさまり、禿頭にランプの光を受けて、食いしばったあごが襟に埋まるほどうつむき、青酸カリの壜をげじげじ眉のかぶさった目でにらむさまが脳裏に浮かんだ……。ブリキ時計がチクタクと時を刻む……。

「よろしいでしょう、ムッシュウ」あの声が応じた。聞きとるのがやっとの無表情な声から、相手がそろそろ限界にきているのが察せられる。「よろしいでしょう、ムッシュウ。そのお申し出を受けて立ちましょう。トランプを出してきますので、しばしお待ちを」

マリー・オーギュスタンが吐き出すように、「ひどい、人間じゃない。悪魔だわ！……あなたって人は――」

と、ひたすら両手をもみしぼる。そこへ、よりによって父親のほうが突如くつくつ笑いだし、おぞましさにいっそうの拍車をかけた。さもさも感じ入ったように赤い目をぎょろつかせ、両手をこすりあわせるたびに枯木とまごう指の節がぱきぽき鳴る。相変わらず頭をひょこひょこ上下させるところも、同感のあらわれととれなくもない……。

時計が重い時を刻み、暖炉の石炭がまたもがらりと燃え崩れたとき、受話器のはるか向こうから声がかかった……。

「もうよろしいですぞ、ムッシュウ」電話の声が、甲高く明瞭に伝わる。

「では、私の札を引いて――その札の重みをよくお考えなさい」（フォーブール・サン＝ジェルマンの夜の庭で、落ち葉がひそやかにざわめく。つややかなカードの裏を片手がまさぐる）

やがてこんな声がして、私はぎょっとして飛び上がりそうになった。

「ムッシュウ、あなたの札はダイヤの五でした」

「ほう」と、バンコラン。「大したことない札ですな、大佐！　ならば勝つのは簡単だ。がぜん勝ち目が出てきましたな。では、さきほどの私の話をよくお考えになって、ご自分の札をお引きになるように」

それまで半ば伏せていた目を上げ、人の悪い笑いを私へ向ける……。

チクタク、チクタク。場の静寂を小さなブリキ時計が切り刻んでゆく。車のギアがこれみよがしに絶叫を上げ、並んだ窓のおもてを行き過ぎる。オーギュスタン老人は指を鳴らし続けている……。

「いかがですかな、大佐？」バンコランがわずかに声を張った。

受話器の向こうで歯ぎしりするような音がした。ショーモンが青い顔で向きなおる。

「ムッシュウ、私の札は――」

そこで耳障りな声がふっつりやみ、荒い息遣いが聞こえた……。つづく小さな震えは、笑みの形にゆがめた唇が洩らす息だろう。そして、かそけき音をたてて、堅い木の床に落ちたガラスが割れる気配が伝わってきた。

あの声がゆるぎなく、はっきりと鄭重に告げた。

「ムッシュウ、私の札はスペードの三でした。警察をお待ちしております」

解説

鳥飼否宇

蠟人形は想像力に魔法をかける、とアンリ・バンコランは言った。（本書二九八ページ）

近く電波塔としての役割の大半をスカイツリーに譲り渡してしまう高さ三百三十三メートルの東京タワーは、首都の観光名所としてあまりにも有名だ。その東京タワーの基部には四階建てのビルがあり、飲食店やエンターテインメント施設が入っている。首都東京の眺望を目当てに訪問者がとぎれることのない展望台の喧騒もこの建物の三階までは届かないようで、筆者が訪れたときには客の姿もまばらだった。メジャーな観光スポットのお膝元でありながらぽっかりと人気《ひとけ》の絶えたフロアの一角では、等身大の人形たちが永遠に同じポーズをとり続けている。そう、ここは蠟人形館なのだ。

レオナルド・ダ・ヴィンチの「最後の晩餐」や「モナリザ」を再現した人形から、ビートルズやマリリン・モンローなどの世界的スター、さらには日本人宇宙飛行士の毛利衛《もうりまもる》さんや向井《むかい》千秋《ちあき》さんまで、居並ぶ蠟人形はなかなか精巧に作られている。特筆すべきはロックミュージシヤンのコーナーがあり、ジミー・ペイジやフランク・ザッパはまだしも、マニ・ノイマイヤーやマニュエル・グートシェンクなど、よほどのマニアでなければ名前を知らない人形まで展示されていること。筆者の目当てはまさにそれらの人形だったわけだが、なぜこんな超マニアックな「人選」がなされたかというと、蠟人形館のオーナーである日本マクドナルドの創業者藤《ふじ》田田《たでん》氏のご子息が、大のジャーマンロック好きだからとのこと。思わぬところで同好の士に出会えて、にんまりした次第。

だが、にんまりばかりもしていられない。拷問部屋というコーナーがあって、覗き穴が設けられている。ここへ目を当てると、中世の拷問のようすをリアルに再現したおぞましい人形たちがひしめき合っているではないか。鞭打ちの刑を受け目を剝き血を流す罪人、首枷《かせ》を嵌められ隈《くま》を作って泣き叫ぶ罪人……気の弱い人が覗いたら数日間は悪夢にうなされそうな地獄図が展開しているのだ。

蠟人形館として世界的に有名なマダム・タッソー館にも殺人鬼や拷問の人形を集めた「恐怖の部屋」があるという。人気スポットのロンドン・ダンジョンにも処刑シーンなどの身の毛のよだつ蠟人形が多数展示されているそうだ。

怖いもの見たさという人間の持つ根源的な欲求を満たすのに、蠟人形の死体にも似た冷たい触感はぴったりくる。蠟人形と残虐さは元々親和性が高いのだろう。

作品に怪奇趣味を盛り込むことの多かったジョン・ディクスン・カーがこんな恰好の題材を見逃すはずはない。本書の舞台であるパリのオーギュスタン蠟人形館にも「恐怖回廊」が存在し、斧使いの女殺人鬼ルシャール夫人や半人半獣の魔物サテュロス、恐怖政治を推進して暗殺されたジャン＝ポール・マラーなどの蠟人形がところ狭しと飾られているという設定である。元閣僚の令嬢が殺害された事件の捜査のため、予審判事のアンリ・バンコランと助手役のジェフ・マールが蠟人形館に赴《おもむ》いたところ、ルシャール夫人の蠟人形に命が宿り、動き出したというにわかには信じがたい館主の目撃証言が語られたのち、サテュロスの腕に抱かれた女性の死体が見つかる。なんと幻想的な発端だろう。さらに終盤になって明らかになるが、マラーの蠟人形は本書の殺人トリックにもひと役買っている。

蠟人形館という怪しげな舞台を生かしきったプロットであり、トリックであると言えよう。まるでカー本人が、蠟人形によって想像力に魔法をかけられたようではないか。

動くな、さもないと射殺するぞ、とジェフ・マールは言った。（本書二三七ページ）

アンリ・バンコランの登場するカーの初期四作品（『夜歩く』、『絞首台の謎』、『髑髏城《どくろじょう》』、および本書）では、アメリカ人の小説家ジェフ・マールがワトスン役を務めている。メフィストフェレスめいた風貌と評される予審判事のバンコランはいわゆる天才型の探偵だ。司法制度の異なる日本ではなじみのない予審判事という職位は、訴追された重罪事件を公判にするかどうか決定する立場の強制捜査権を持つ司法官のこと。証拠集めなどの捜査を行う際には警察を自由に動かす権限を持ち、バンコランも彼らを手足のように使っている。また、バンコランは嫌味なほどダンディな男だ。そのことは、本書の冒頭二ページを読むだけでよくわかるはずだ。

このような非の打ちどころのない探偵役の陰に隠れて、ワトソン役のジェフ・マールはふだん地味であまり目立たない。しかし、本書ではこのジェフが意外なほど大活躍する。蠟人形館と並ぶ今回の事件の舞台となる会員制の秘密社交クラブに単身潜入するようすが、第十二章から第十六章にわたって克明につづられているのだ。

ジェフ・マールがパリに留学経験のあるカー自身を投影した登場人物であることは疑う余地がない。第十二章の初めでは一九三〇年のパリが活写されているが、街のにおいや音、人いきれまでが伝わってきそうな迫真の描写は、カーの目に映ったパリの街そのものなのだろう。

一九三〇年のパリといえば、芸術分野ではシュルレアリスム運動がまっただ中の時期である。既存の価値観を打ち壊し、新たな秩序を模索する進取の機運に満ちていたはずだ。ムーラン・ルージュをはじめとするキャバレー文化が爛熟《らんじゅく》し、秘密社交クラブが半ば公然と営業されていた時代、パリの街は猥雑でどこか退廃的な空気に包まれながらも、異様な熱気を帯びエネルギーの充満した状態にあったのだろう。

まるで当時のパリの雰囲気に浮かされたように無鉄砲な行動をとるジェフ・マールの姿は、本書の読みどころのひとつ。秘密社交クラブに潜入してから、とある重大な証言の盗み聞きを経て、ついに発見されて命からがら逃走する場面まで、手に汗握る緊張感の連続である。

自己の分身ともいえるジェフの捨て身の活躍を描きながら、きっとカーはいかがわしさ芬々《ふんぷん》たる夜のパリに心を遊ばせていたのだろうと想像する。

フーダニットの傑出した逸品だ、と私は言いたい。

筆者は和訳されたカーの作品を全作読破している。『蠟人形館の殺人』もポケミスの旧訳版で、二十年以上前に読んだことがある。ところが、舞台になっている蠟人形館や秘密社交クラブのことは覚えていても、肝心のプロットはほとんどすっぽり頭から抜け落ちていた。どんな話だったっけと、初読時の読書ノートを開いてみると、「意外な犯人には心底驚嘆した」という一文が記されていた。プロットは依然として思い出さないけれども、どうやら当時相当に驚いたらしいことだけはわかった。

さて、どれほど意外な犯人だろう？　今回、新訳になった本書を眉に唾をつけながら、読み進めていくにつれ、読書ノートの感想が当てにならないように感じられてきた。怪しいと思われる人物が次々といなくなったり、容疑の圏外に逃れていったりして、犯人候補者のリストがいよいよ短くなっていく。となると、犯人はこの人間くらいしか考えられないだろう。理詰めというよりは、半分以上臆測でそう考えるしかなくなってくるのだ。

カーは結末の意外性を演出しようとするあまり、ときとして積み上げてきたプロットを最後に破綻させてしまうことがある。本書もその系列の作品なのではないかと嫌な予感にとらわれ始めたころ、バンコランによってだしぬけに指摘された真犯人の名前に、はからずも再び驚嘆してしまった。
あまりに意外な名前であり、しばし頭が混乱するが、バンコランの謎解きはあくまでも論理的だ。次々に回収されていく伏線をひとつひとつ確認していけば、カーが読者に対してちゃんとフェアプレイにのっとった勝負をしていたことが明らかになる。そのうえで真犯人の正体を読者に気取《けど》られないよう、カーは細心の注意を払って慎重に筆を進めているのだ。今回改めて読み返してみて、本書は犯人隠匿の卓越した職人技が光る逸品だと確信した。

もうひとつ、本書の優れた部分を指摘しておきたい。それは息づまるエンディング場面だ。真犯人を電話で追いつめたバンコランは、裁きを犯人自身の手に委ねる。電話越しのバンコランと犯人のやりとりの緊迫感は尋常ではない。

予審判事の権限を逸脱しているようにも思えるバンコランの鬼気迫る言動はまさに悪魔《メフィストフェレス》めいている。応じる真犯人の達観したような悠揚《ゆうよう》迫らざる受け答えも実に印象的。そして、運命の勝負が行われ、その結果はラスト一行で明らかになる。ある意味強烈なサプライズド・エンディングと言えよう。

果たして、最終的にバンコランは勝利したのだろうか？　深い余韻の残る素晴らしい幕切れだと評価したい。

アンリ・バンコラン・シリーズ

長篇

It Walks by Night（1930）『夜歩く』※本文庫刊
The Lost Gallows（1931）『絞首台の謎』※本文庫刊
Castle Skull（1931）『髑髏城』※本文庫刊
The Corpse in the Waxworks［英題 *The Waxworks Murder*］（1932）『蠟人形館の殺人』※本書
The Four False Weapons（1937）『四つの兇器』（ハヤカワ・ミステリ）

中短篇

いずれもカレッジの文芸誌《ハヴァフォーディアン》に発表。
☆＝『カー短編全集4／幽霊射手』、創元推理文庫、所収。
The Shadow of the Goat（1926）「山羊の影」☆
The Fourth Suspect（1927）「第四の容疑者」☆
The Ends of Justice（1927）「正義の果て」☆
The Murder in Number Four（1928）「四号車の殺人」☆

Grand Guignol（1929）「グラン・ギニョール」（『グラン・ギニョール』、翔泳社、所収）※『夜歩く』の原型となった中篇

なお、*Poison in Jest*（1932）『毒のたわむれ』（ハヤカワ・ミステリ）には語り手ジェフ・マールが登場している。

編集　藤原編集室

検印
廃止

訳者紹介　英米文学翻訳家。慶應義塾大学文学部中退。訳書にヒューリック〈狄《ディー》判事〉シリーズ，ドハティ「教会の悪魔」，ケアリー〈クシエルの矢〉シリーズ，コリア「ナツメグの味」（共訳）など多数。

蠟人形館の殺人

2012年3月23日　初版
2020年10月9日　4版

著者　ジョン・ディクスン・カー
訳者　和《わ》爾《に》桃《もも》子《こ》

発行所（株）東京創元社
代表者　渋谷健太郎

162-0814／東京都新宿区新小川町1-5
電話　03・3268・8231-営業部
　　　03・3268・8204-編集部
URL　http://www.tsogen.co.jp
振替　00160-9-1565
萩原印刷・本間製本

乱丁・落丁本は，ご面倒ですが小社までご送付ください。送料小社負担にてお取替えいたします。

ISBN978-4-488-11831-0　C0197

ジョン・ディクスン・カー（カーター・ディクスン）（米 一九〇六―一九七七）

John Dickson Carr (Carter Dickson)

〈不可能犯罪の巨匠〉といわれるカーは、密室トリックを得意とし、怪奇趣味に彩られた独自の世界を築いている。本名では**フェル博士**、ディクスン名義では**ヘンリー・メリヴェール卿**（H・M）が活躍する。作風は『**赤後家の殺人**』等初期の密室ものから、『**皇帝のかぎ煙草入れ**』など中期の心理トリックもの、そして『**死の館の謎**』等晩年の歴史ものへと変遷した。

不可能犯罪捜査課

ジョン・ディクスン・カー
宇野利泰 訳

カー短編全集1

〈本格ミステリ〉

発端の怪奇性、中段のサスペンス、解決の意外な合理性、この本格推理小説に不可欠の三条件を見事に結合して、独創的なトリックを発明するカーの第一短編集。奇妙な事件を専門に処理するロンドン警視庁D三課の課長マーチ大佐の活躍を描いた作品を中心に、「新透明人間」「空中の足跡」「ホット・マネー」「めくら頭巾」等、十編を収録する。

11801-3

妖魔の森の家

ジョン・ディクスン・カー
宇野利泰 訳

カー短編全集2

〈本格ミステリ〉

長編に劣らず短編においてもカーは数々の名作を書いているが、中でも「妖魔の森の家」一編は、彼の全作品を通じての白眉ともいうべき傑作である。発端の謎と意外な解決の合理性がみごとなバランスを示し、加うるに怪奇趣味の適切ないろどり、けだしポオ以降の短編推理小説史上のベストテンにはいる名品であろう。他に中短編四編を収録。

11802-0

パリから来た紳士

ジョン・ディクスン・カー
宇野利泰 訳

カー短編全集3

〈本格ミステリ〉

カー短編の精髄を集めたコレクション、本巻にはフェル博士、H・M、マーチ大佐といった名探偵が一堂に会する。内容も、隠し場所トリック、不可能犯罪、怪奇趣味、ユーモア、歴史興味、エスピオナージュなど多彩を極め、カーの全貌を知る上で必読の一巻である。殊に「パリから来た紳士」は、著者の数ある短編の中でも最高傑作といえよう。

11803-7

ジョン・ディクスン・カー
宇野利泰 訳

幽霊射手

カー短編全集4

〈本格ミステリ〉

カーの死後の調査と研究により発掘された、若かりし日の作品群やラジオ・ドラマを集大成した待望の短編コレクション。処女短編「死者を飲むかのように……」を筆頭に、アンリ・バンコランの活躍する推理譚と、名作「B13号船室」をはじめとする傑作脚本を収録。不可能興味と怪奇趣味の横溢する、ディクスン・カーの世界！　志村敏子 画

11820-4

ジョン・ディクスン・カー
宇野利泰・永井　淳 訳

黒い塔の恐怖

カー短編全集5

〈本格ミステリ〉

今は亡き〈不可能犯罪の巨匠〉ディクスン・カーの、長編小説以外の精華を集大成した一大コレクション。ことに傑作怪奇譚をはじめ、ラジオ・ドラマ、ホームズもののパロディ、推理小説論等、多方面にわたるカーの偉大な業績を集め巻末に詳細な書誌を付した本巻はカーの足跡をたどる上で逸することのできない一冊となろう。　志村敏子 画

11821-1

ジョン・ディクスン・カー
大村美根子・高見　浩・深町眞理子 訳

ヴァンパイアの塔

カー短編全集6

〈本格ミステリ〉

全員が互いに手を取り合っている降霊会の最中、縛られたままの心霊研究家が殺される。密室状況下で死んでいた男は自殺かと思われたが、死体の周囲に凶器が見あたらない「暗黒の一瞬」等々、カーの本領が発揮された不可能興味の横溢するラジオ・ドラマ集。クリスマス・ストーリー「刑事の休日」を併載。松田道弘の「新カー問答」を収める。

11825-9

ジョン・ディクスン・カー
三角和代 訳

帽子収集狂事件

ギディオン・フェル博士シリーズ

〈本格ミステリ〉

〝いかれ帽子屋〟による連続帽子盗難事件が話題を呼ぶロンドンで、ポオの未発表原稿を盗まれた古書収集家の甥の死体が、ロンドン塔で発見される。死体の頭には古書収集家の盗まれたシルクハットがかぶせられていた……。比類なき舞台設定と驚天動地の大トリックで、全世界のミステリファンをうならせてきたフェル博士シリーズの代表作。

11830-3

ジョン・ディクスン・カー
井上一夫 訳

盲目の理髪師

ギディオン・フェル博士シリーズ

〈本格ミステリ〉

大西洋航路の豪華船の中で二つの大きな盗難事件が発生し、さらに奇怪な殺人事件が持ち上がる。なくなった宝石が持ち主の手にもどったり、死体が消えたり、すれちがいと酔っぱらいのドンチャン騒ぎのうちに、無気味なサスペンスと不可能犯罪のトリックが織りこまれている。カーの作品中でも、もっともファースの味の濃厚な本格編である。

11828-0

ジョン・ディクスン・カー
高見 浩 訳
魔女の隠れ家
ギディオン・フェル博士シリーズ
〈本格ミステリ〉

チャターハム牢獄の長官をつとめるスタバース家の者は、代々、首の骨を折って死ぬという伝説があった。これを裏づけるかのように、今しも相続を終えた嗣子マルティンが謎の死をとげた。〈魔女の隠れ家〉と呼ばれる絞首台に無気味に漂う苦悩と疑惑と死の影。カー一流の怪奇趣味が横溢する中に、フェル博士の明晰な頭脳がひらめく……！

11816-7

ジョン・ディクスン・カー
厚木 淳 訳
テニスコートの謎
ギディオン・フェル博士シリーズ
〈本格ミステリ〉

ブレンダは愕然とした。雨上がりのテニスコートには、被害者と、発見者である自分自身の足跡しか残っていなかったのだ。犯人にされることを恐れた彼女は、友人と共にこの事実を隠し通して切り抜けようとするが。主人公達と犯人と警察の三つ巴の混乱の中、第二の不可能犯罪が発生する。フェル博士はこの難局をいかにして解決するのか？

11819-8

ジョン・ディクスン・カー
池 央耿 訳
亡霊たちの真昼
〈本格ミステリ〉

一九一二年の十月。作家のジム・ブレイクは、ハーパー社の依頼でニュー・オーリンズへと向かった。下院議員候補で同姓のクレイ・ブレイクを取材するためだった。だが、南へ向かう列車の中から、ジムの周囲には不可解なことが連続して起こる。そして、自殺としか思えない情況の下で、殺人事件が発生した。巨匠カー、最晩年の歴史推理。

11823-5

カーター・ディクスン
宇野利泰 訳
赤後家の殺人
ヘンリー・メリヴェール卿シリーズ
〈本格ミステリ〉

その部屋で眠ればかならず毒死するという、血を吸う後家ギロチンの間で、またもや新しい犠牲者が出た。フランス革命当時の首斬人一家の財宝をねらう企てに、ヘンリ・メリヴェル卿独特の推理が縦横にはたらく。カーター・ディクスンの本領が十二分に発揮される本格編であり、数あるカーの作品中でもベストテン級の名作と謳われる代表作。

11901-0

カーター・ディクスン
中村能三 訳
爬虫類館の殺人
ヘンリー・メリヴェール卿シリーズ
〈本格ミステリ〉

第二次大戦下のロンドン。熱帯産の爬虫類、大蛇、毒蛇、蜘蛛などを集めた爬虫類館に不可思議な密室殺人が発生する。厚いゴム引きの紙で目張りした大部屋の中に死体があり、その傍らではボルネオ産の大蛇が運命を共にしていた。そして殺人手段にはキング・コブラが一役買っている。幾重にも蛇のからんだ密室と、H・Mとの組み合わせ。

11902-7

ヘンリー・メリヴェール卿シリーズ

白い僧院の殺人

カーター・ディクスン
厚木　淳　訳

〈本格ミステリ〉

ロンドン近郊の由緒ある建物〈白い僧院〉。その別館でハリウッドの人気女優が殺された。建物の周囲三十メートルに及ぶ地面は、折から降った雪で白く覆われ、足跡は死体の発見者のものだけ。犯人はいかにしてこの建物から脱け出したのだろうか？　江戸川乱歩が激賞した、〈密室の王者〉の名に恥じない不可能犯罪の真髄をしめす本格巨編！

11903-4

ヘンリー・メリヴェール卿シリーズ

孔雀の羽根

カーター・ディクスン
厚木　淳　訳

〈本格ミステリ〉

二年前と同じ予告状を受け、警察はその空家を厳重に監視していた。銃声を聞いて踏み込んだ刑事が見たものは、若い男の死体、孔雀模様のテーブル掛けと十客のティーカップ。何もかもが二年前の事件とよく似ていた。そのうえ、現場に出入りした者は被害者以外にはいないのだ。この怪事件を、H・Mは三十二の手掛りを指摘して推理する！

11904-1

ヘンリー・メリヴェール卿シリーズ

仮面荘の怪事件

カーター・ディクスン
厚木　淳　訳

〈本格ミステリ〉

ロンドン郊外の広壮な邸宅〈仮面荘〉。ある夜、不審な物音に屋敷の者たちが駆けつけると、名画の前に覆面をした男が瀕死の状態で倒れていた。その正体はなんと、屋敷の現当主スタナップ氏その人だったのだ！　なぜ彼は、自分の屋敷に泥棒に入る必要があったのか。そして彼を刺したのはいったい誰か。謎が謎を呼ぶ、カー中期の本格推理。

11905-8

ヘンリー・メリヴェール卿シリーズ

青銅ランプの呪

カーター・ディクスン
後藤安彦　訳

〈本格ミステリ〉

女流探険家がエジプトの遺跡から発掘した青銅ランプ。持ち主が消失するという言い伝えどおりに、イギリスへ帰国したばかりの考古学者の娘が忽然と姿を消す。さらに⁉　本書はカーがエラリー・クイーンと一晩語り明かしたあげく、推理小説の発端は人間消失の謎に勝るものなしとの結論から書かれた作品。中期で最も光彩を放つ大作である。

11906-5

エドマンド・ゴドフリー卿殺害事件

ジョン・ディクスン・カー
岡　照雄　訳

〈歴史ミステリ〉

十七世紀ロンドン。治安判事エドマンド・ゴドフリー卿が不可解な失踪を遂げ、五日後に無惨な遺体となって発見された。虚実綯い交ぜの密告、反国王派の策動も相俟って、一判事の死は社稷《しゃしょく》を揺るがす大事件へと発展し……。不可能犯罪の巨匠カーが英国史上最大のミステリに挑戦、自ら探偵となって真相の究明に当たる、歴史ミステリの名作。

11826-6

Arthur Conan Doyle

アーサー・コナン・ドイル（英　一八五九—一九三〇）

開業医をしていたが芳しくなく、生活のために筆をとり、一八九一年『**緋色の研究**』で名探偵**シャーロック・ホームズ**を創造。これが圧倒的な人気を集め、一躍作家的地位を確立した。一方『**勇将ジェラールの回想**』等の歴史小説、**チャレンジャー教授**の活躍する『**失われた世界**』等のＳＦにもすぐれた業績を残し、それぞれの分野の古典として今なお愛読されている。

アーサー・コナン・ドイル
深町眞理子 訳

シャーロック・ホームズの冒険

シャーロック・ホームズ・シリーズ　〈本格ミステリ〉

ミステリ史上最大にして最高の名探偵シャーロック・ホームズの推理と活躍を、忠実なる助手ワトスンが綴るシリーズ第一短編集。ホームズの緻密な計画がひとりの女性によって破られる「ボヘミアの醜聞」、赤毛の男を求める奇妙な団体の意図がホームズによって鮮やかに解明される「赤毛組合」など、いずれも忘れ難き十二の名品を収録する。

10116-9

アーサー・コナン・ドイル
深町眞理子 訳

回想のシャーロック・ホームズ

シャーロック・ホームズ・シリーズ　〈本格ミステリ〉

レースの本命馬が失踪し、調教師の死体が発見された。犯人は厩舎情報をさぐりにきた男なのか？　名探偵ホームズの推理の手法が光る「〈シルヴァー・ブレーズ〉号の失踪」、探偵業のきっかけとなった怪事件「〈グロリア・スコット〉号の悲劇」、宿敵モリアーティー教授登場の「最後の事件」など、十一の逸品を収録するシリーズ第二短編集。

10117-6

アーサー・コナン・ドイル
深町眞理子 訳

シャーロック・ホームズの復活

シャーロック・ホームズ・シリーズ　〈本格ミステリ〉

ホームズが〈ライヘンバッハの滝〉に消えてから三年。ロンドンで発生した青年貴族の奇怪な殺害事件をひとりわびしく推理していたワトスンに、奇跡のような出来事が……。名探偵の鮮烈な復活に世界が驚喜した「空屋の冒険」、ポオの「黄金虫」と並ぶ暗号ミステリ「踊る人形」、「六つのナポレオン像」など珠玉の十三編を収める第三短編集。

10120-6

シャーロック・ホームズの最後のあいさつ

アーサー・コナン・ドイル
阿部知二 訳
シャーロック・ホームズ・シリーズ 〈本格ミステリ〉

世界中の国々で翻訳され、親しまれているホームズ。助手であるワトスン博士との名コンビは読者を魅了してやまない。怪奇小説的な展開を示す「藤荘」にはじまり、「ボール箱」「赤輪党」「ブルース＝パーティントン設計書」「瀕死の探偵」「フランシス・カーファクス姫の失踪」「悪魔の足」そして「最後のあいさつ」を収録した第四短編集。

10104-6

シャーロック・ホームズの事件簿

アーサー・コナン・ドイル
深町眞理子 訳
シャーロック・ホームズ・シリーズ 〈本格ミステリ〉

第五の、そして最後の短編集となった本書で、世紀の名探偵ホームズは本当の最後の挨拶を全世界の愛読者に送ることとなった。「高名な依頼人」「マザリンの宝石」「サセックスの吸血鬼」「ガリデブが三人」「這う男」「ライオンのたてがみ」「覆面の下宿人」等十二編。初出時の挿絵を付した新訳決定版。解説＝日暮雅通　エッセイ＝有栖川有栖

10109-1

緋色の研究

アーサー・コナン・ドイル
深町眞理子 訳
シャーロック・ホームズ・シリーズ 〈本格ミステリ〉

異国への従軍から病み衰えて帰国した元軍医のワトスン。下宿を探していたところ、同居人を探している男を紹介され、共同生活を送ることになった。下宿先はベイカー街二二一番地B、男の名はシャーロック・ホームズ――。永遠の名コンビとなるふたりが初めて手がけるのはアメリカ人旅行者の奇怪な殺人。ホームズ初登場の記念碑的長編！

10118-3

四人の署名

アーサー・コナン・ドイル
深町眞理子 訳
シャーロック・ホームズ・シリーズ 〈本格ミステリ〉

自らの頭脳に見合う難事件のない無聊の日々を、コカインで紛らわせていたシャーロック・ホームズ。世界唯一の私立探偵コンサルタントを自任する彼のもとを訪れた美貌の家庭教師メアリーの依頼は、奇妙きわまりないものであった。ホームズの犀利な推理と息詰まる追跡劇の行方は――。ワトスンの抱く恋も忘れがたき、シリーズ第二長編。

10119-0

バスカヴィル家の犬

アーサー・コナン・ドイル
阿部知二 訳
シャーロック・ホームズ・シリーズ 〈本格ミステリ〉

昔の呪われた伝説が、いまなお生きているのか、西部イングランドの名門、バスカヴィル家の当主が、突然、謎の変死をとげる。死体には外傷はないが、その顔は恐怖にゆがみ、かたわらには巨大な犬の足跡がついていた。闇にきらめく灯火。火を吐く魔の犬の跳梁！　荒涼たる一寒村を舞台に、恐怖と怪異にみちた妖犬に挑戦するホームズは？

10107-7

Peter Tremayne

ピーター・トレメイン（英　一九四三―　）

本名はピーター・ベレスフォード・エリス。イギリス生まれ。ケルト関係の学術書を数多く著し、学会の会長や理事もつとめる著名なケルト学者でもある。また小説家としても精力的に活動しており、ピーター・トレメイン名義の代表作**《修道女フィデルマ・シリーズ》**をはじめ、ホラーやファンタジー、ピーター・マクアラン名義のスリラーなどが刊行されている。

ピーター・トレメイン
甲斐萬里江　訳

蜘蛛の巣　上下

修道女フィデルマ・シリーズ

〈歴史ミステリ〉

アラグリンの族長が殺された。現場には血まみれの刃物を握りしめた若者。犯人は彼に間違いないはずだったが、都から派遣された裁判官フィデルマは納得できないものを感じていた。古代の雰囲気を色濃くたたえる七世紀のアイルランドを舞台に、マンスター王の妹で、裁判官・弁護士でもある美貌の修道女フィデルマが事件の糸を解きほぐす。

21807-2/21808-9

ピーター・トレメイン
甲斐萬里江　訳

幼き子らよ、我がもとへ　上下

修道女フィデルマ・シリーズ

〈歴史ミステリ〉

疫病が国土に蔓延するなか、王の後継者である兄に呼ばれ故郷に戻ったフィデルマは、驚くべき事件を耳にする。モアン王国内の修道院で、隣国の尊者ダカーンが殺されたというのだ。早速フィデルマは殺人現場の修道院に調査に向かうが、途中、村が襲撃される現場に行きあう……。美貌の修道女フィデルマが、もつれた事件の謎を解き明かす！

21809-6/21810-2

ピーター・トレメイン
甲斐萬里江　訳

修道女フィデルマの叡智《えいち》

修道女フィデルマ短編集
修道女フィデルマ・シリーズ

〈歴史ミステリ〉

王女にして法廷弁護士、裁判官の資格をもつ美貌の修道女フィデルマが、もつれた事件を痛快に解き明かす。巡礼としておとずれたローマの教会で聖餐杯のワインを飲んだ若者が急死、居合わせたフィデルマが急遽謎を解く「聖餐式の毒杯」など五編を収録。世界中の読書家に愛される〈フィデルマ・ワールド〉の入門編。日本オリジナル短編集。

21811-9

ピーター・トレメイン
甲斐萬里江 訳

蛇、もっとも禍《まが》し　上下

修道女フィデルマ・シリーズ

〈歴史ミステリ〉

女子修道院で頭部のない女性の死体が見つかった。腕に結びつけられた木片には、アイルランドの古文字が刻まれ、掌には十字架を握り締めていた。調査のため現地に向かう途中、フィデルマは乗組員がいきなり消え失せ無人で漂う大型船に遭遇、船内で思いもよらぬ物を発見する。王の妹にして弁護士、美貌の修道女フィデルマの推理が冴える。

21812-6/21813-3

ピーター・トレメイン
甲斐萬里江 訳

修道女フィデルマの洞察《どうさつ》

修道女フィデルマ短編集
修道女フィデルマ・シリーズ

〈歴史ミステリ〉

法廷弁護士にして裁判官の美貌の修道女フィデルマが解く事件の数々。宴の主人の死因を探る「毒殺への誘《いざな》い」、殺人犯にされた修道士を弁護する「まどろみの中の殺人」、競馬場での殺人を扱う「名馬の死」、孤島での修道女の死を調べる「奇蹟ゆえの死」、聖ブリジッド修道院の事件を解く「晩禱《ばんとう》の毒人参《ヘムロック》」の五編。日本オリジナル短編集第二弾。

21814-0

ピーター・トレメイン
甲斐萬里江 訳

死をもちて赦《ゆる》されん

修道女フィデルマ・シリーズ

〈歴史ミステリ〉

ウィトビアでの教会会議《シノド》を前に、アイオナ派の有力な修道院長が殺害された。調査にあたるのはアイオナ派の若き美貌の修道女フィデルマ。対立するローマ派から選ばれたサクソン人の修道士とともに、事件を調べ始める。フィデルマの名を世に知らしめることになる大事件と、相棒エイダルフとの出会いを描いた、ファン待望の長編第一作登場。

21815-7

ピーター・トレメイン
甲斐萬里江 訳

サクソンの司教冠《ミトラ》

修道女フィデルマ・シリーズ

〈歴史ミステリ〉

フィデルマはローマにいた。幸いウィトビアの事件を共に解決したエイダルフが加わっている、カンタベリー大司教指名者の一行と同行することができたのだ。ところが、肝心の大司教指名者がローマで殺されてしまった。犯人はどうやらアイルランド人修道士らしい。フィデルマとエイダルフは再び事件の調査にあたるのだが……。長編第二作。

21816-4

ポール・ドハティー
古賀弥生 訳

毒杯の囀《さえず》り

アセルスタン修道士シリーズ

〈本格ミステリ〉

一三七七年、ロンドン。老王エドワード三世の崩御と、まだ幼いリチャード二世の即位により、政情に不穏な気配が漂うさなか、裕福な貿易商が自邸で毒殺され、執事が縊死するという事件が起こる。これらの怪死に挑むは、酒好きのクランストン検死官と、書記のアセルスタン修道士。中世英国を舞台にした傑作謎解きシリーズ、ここに開幕。

21902-4

G. K. Chesterton

G・K・チェスタトン （英 一八七四―一九三六）

逆説と諧謔の大家G・K・チェスタトンの面目が存分に発揮された推理譚は、コナン・ドイルの作品と並んで後世の作家たちに計り知れない影響を与えた。ことに数多くの斬新なトリックが盛り込まれた**ブラウン神父**の物語全五冊は、短編推理小説の宝庫である。また幻想的な長編『**木曜の男**』など、この作家ならではの独特な小説世界が読む者をとらえて放さない。

ブラウン神父の童心

G・K・チェスタトン
中村保男 訳

〈本格ミステリ〉

奇想天外なトリック、痛烈な諷刺とユーモア、独特の逆説と警句、全五冊におよぶ色彩ゆたかなブラウン神父譚は、シャーロック・ホームズものと双璧をなす短編推理小説の宝庫で、作者チェスタトンのトリック創案率は古今随一だ。まんまるい顔、不格好で小柄なからだ、大きな黒い帽子とこうもり傘の神父探偵の推理は常に読者の意表をつく。

11001-7

ブラウン神父の知恵

G・K・チェスタトン
中村保男 訳

〈本格ミステリ〉

収載作品は、トリックの点でチェスタトンの作品でも十指にはいるほど優れている「通路の人影」、ポオの「盗まれた手紙」にも比肩される「銅鑼の神」、仮装舞踏会を舞台に神父の心理試験反対論を織りまぜた傑作「器械のあやまち」、チェスタトンの奇術趣味がよく現われ、カー、ロースン、H・H・ホームズなどの先駆「グラス氏の失踪」等。

11002-4

ブラウン神父の不信

G・K・チェスタトン
中村保男 訳

〈本格ミステリ〉

チェスタトンの作品中、とりわけ優れている「犬のお告げ」を中心に、奇想天外の密室トリックで、チェスタトンならではの大胆さが現われている名作「ムーン・クレサントの奇跡」、カーの先駆ともいうべきオカルティズムの色濃い「金の十字架の呪い」、これもカーの『白い僧院の殺人』の先駆とみなされる「翼ある剣」ほか四編の珠玉を収録。

11003-1

ブラウン神父の秘密

G・K・チェスタトン
中村保男 訳

〈本格ミステリ〉

総数八十八編の推理小説を書き、ブラウン神父物の短編では既に第四冊目の本編に至ってもトリックに新鮮な工夫がこらしてあるのはさすがである。カーのフェル博士やH・Mを彷彿させる人物の登場する、一種の密室殺人事件「飛び魚の歌」、常識を超えたユーモアと恐怖の底に必然的動機のある奇抜な「ヴォードリーの失踪」等全十編を収録。

11004-8

ブラウン神父の醜聞

G・K・チェスタトン
中村保男 訳

〈本格ミステリ〉

五人の人物が全員消失するという、アガサ・クリスティの『そして誰もいなくなった』に先んじたような、実に例のない作品「古書の呪い」を初め、「ブルー氏の追跡」「とけない問題」と、「緑の人」など、いずれもチェスタトン特有のユーモアと、逆説にあふれた粒よりの傑作ぞろい！　ファンには欠くことのできない重要な短編集である。

11005-5

木曜の男

G・K・チェスタトン
吉田健一 訳

〈スリラー〉

無政府主義者の秘密結社を支配している委員長〈日曜日〉の峻烈きわまりない意志。次々と暴露される〈月曜〉、〈火曜〉……の各委員の正体。前半の奇怪至極な神秘的雰囲気と、後半の異様なスピードが巧みにマッチして、謎をいっそう奥深い謎へとみちびくのだ。諷刺と逆説と、無気味な迫力に満ちた逸品として世を驚倒させた著者の代表作。

11006-2

奇商クラブ

G・K・チェスタトン
中村保男 訳

〈本格ミステリ〉

会員は既存のいかなる商売の応用、変形でない完全に新しい商売を発明し生活を支えなければならない。この変わったクラブ、奇商クラブの面々をめぐる事件を、発狂し隠退した裁判官バジルが解決する逆説に満ちた探偵譚。チェスタトンがブラウン神父シリーズに先駆けて発表した短編集。全六編に、中編傑作「驕りの樹」「背信の塔」を併録。

11007-9

詩人と狂人たち

G・K・チェスタトン
中村保男 訳

〈本格ミステリ〉

ガブリエル・ゲイルは風変わりな詩人画家であるが、いくつかの怪事件を解決した名探偵でもあった。「もし、あたり一面についた誰かの手の跡を見せられたら、その男がなぜ逆立ちをして歩いたか教えてあげましょう」彼自身狂人で逆立ちをよくするから、それがわかるというのだ。奇怪な謎を解決するゲイルの幻想的な探偵作法。全八編収録。

11008-6

Dorothy L. Sayers

ドロシー・L・セイヤーズ（英　一八九三―一九五七）

オックスフォードに生まれたセイヤーズは、広告代理店でコピーライターの仕事をしながら二三年に第一長編『**誰の死体?**』を発表。そのモダンなセンスにおいて紛れもなく黄金時代を代表する作家だが、名作『**ナイン・テイラーズ**』を含む味わい豊かな作品群は、今なお後進に多大な影響を与えている。ミステリの女王としてクリスティと並び称される所以である。

ピーター・ウィムジイ卿シリーズ
シャーロック・ホームズのライヴァルたち

ピーター卿の事件簿

ドロシー・L・セイヤーズ
宇野利泰 訳

〈本格ミステリ〉

クリスティと並ぶミステリの女王、セイヤーズが生み出した、貴族探偵ピーター卿の活躍を描く待望の作品集。絶妙の話術が光る秀作を集めた。「鏡の映像」「ピーター・ウィムジー卿の奇怪な失踪」「盗まれた胃袋」「完全アリバイ」「銅の指を持つ男の悲惨な話」「幽霊に憑かれた巡査」「不和の種、小さな村のメロドラマ」など、全七編を収録。

18301-1

ピーター・ウィムジイ卿シリーズ

誰の死体?

ドロシー・L・セイヤーズ
浅羽莢子 訳

〈本格ミステリ〉

実直な建築家が住むフラットの浴室に、ある朝見知らぬ男の死体が出現した。場所柄、男は素っ裸で、身につけているものは金縁の鼻眼鏡のみ。一体これは誰の死体なのか? 卓抜した謎の魅力とウイットに富む会話、そしてこの一作が初登場となる貴族探偵ピーター・ウィムジイ卿。クリスティと並ぶミステリの女王が贈る会心の長編第一作!

18302-8

ピーター・ウィムジイ卿シリーズ

雲なす証言

ドロシー・L・セイヤーズ
浅羽莢子 訳

〈本格ミステリ〉

兄のジェラルドが殺人犯⁉ しかも、被害者は妹メアリの婚約者だという。お家の大事にピーター卿は悲劇の舞台へと駆けつけたが、待っていたのは、家族の証言すら信じられない雲を掴むような事件の状況だった! 兄の無実を証明すべく東奔西走するピーター卿の名推理と、思いがけない大冒険の数々。活気に満ちた物語が展開する第二長編。

18303-5

ピーター・ウィムジイ卿シリーズ

不自然な死

ドロシー・L・セイヤーズ
浅羽莢子訳

〈本格ミステリ〉

殺人の疑いのある死に出合ったらどうするか。とある料理屋でピーター卿が話し合っていると、突然医者だという男が口をはさんできた。彼は以前、癌患者が思わぬ早さで死亡した折に検視解剖を要求したが、徹底的な分析にもかかわらず、殺人の痕跡はついに発見されなかったのだという。奸智に長けた殺人者を貴族探偵が追いつめる第三長編！

18304-2

ピーター・ウィムジイ卿シリーズ

ベローナ・クラブの不愉快な事件

ドロシー・L・セイヤーズ
浅羽莢子訳

〈本格ミステリ〉

休戦記念日の晩、ベローナ・クラブで古参会員の老将軍が頓死した。彼には資産家となった妹がおり、兄が自分より長生きしたならば遺産の大部分を兄に遺し、逆の場合には被後見人の娘に大半を渡すという遺言を作っていた。だがその彼女が偶然同じ朝に亡くなっていたことから、将軍の死亡時刻を決定する必要が生じ……。ピーター卿第四弾。

18305-9

ピーター・ウィムジイ卿シリーズ

毒を食らわば

ドロシー・L・セイヤーズ
浅羽莢子訳

〈本格ミステリ〉

推理作家ハリエット・ヴェインは恋人の態度に激昂、袂《たもと》を分かった。最後の会見も不調に終わったが、直後、恋人が激しい嘔吐に見舞われ、帰らぬ人となる。医師の見立ては急性胃炎。だが解剖の結果、遺体からは砒素が検出された。偽名で砒素を購入していたハリエットは訴追をうける身となる。ピーター卿が決死の探偵活動を展開する第五長編。

18306-6

ピーター・ウィムジイ卿シリーズ

五匹の赤い鰊《にしん》

ドロシー・L・セイヤーズ
浅羽莢子訳

〈本格ミステリ〉

釣師と画家の楽園たるスコットランドの長閑な田舎町で、嫌われ者の画家の死体が発見された。画業に夢中になって崖から転落したとおぼしき状況だったが、当地に滞在中のピーター卿はこれが巧妙な擬装殺人であることを看破する。怪しげな六人の容疑者から貴族探偵が名指すのは誰？　後期の劈頭をなす、英国黄金時代の薫り豊かな第六長編。

18307-3

ピーター・ウィムジイ卿シリーズ

死体をどうぞ

ドロシー・L・セイヤーズ
浅羽莢子訳

〈本格ミステリ〉

砂浜にそびえる岩の上で探偵作家ハリエット・ヴェインが見つけた男は、無惨に喉を掻き切られていた。手元にはひと振りの剃刀。見渡す限り、浜には一筋の足跡しか残されていない。やがて潮は満ち、死体は流されるが……。さしものピーター卿も途方に暮れる難事件。幾重もの謎が周到に仕組まれた雄編にして、遊戯精神も旺盛な第七長編！

18308-0